天官賜福

천관사복

天官賜福

묵향동후 장편소설

8

BLab

天官賜福

목차

93장 만신굴의 만신, 얼굴을 드러내다

부적 수백 장과 중중첩첩 쌓인 거대한 바위조차도 그를 막지 못하다니!

풍신과 모정의 반응은 무척 기민했다. 풍신은 잇달아 화살을 퍼부었고, 모정은 칼을 휘둘러 검광을 날리고는 사련을 붙잡고 서둘러 도망쳤다. 풍신은 아까 써먹은 수법을 동원해 요란하게 돌을 떨어뜨리며 욕을 뱉었다.

"염병, 환장하겠네! 어찌 이렇게 빨리 여길 찾아냈지?"

모정이 받아쳤다.

"내가 어떻게 알아? ……붉은 실! 붉은 실이다! 놈의 손에 아직 붉은 실이 이어져 있어!"

두 사람은 그제야 화들짝 정신을 차리고 사련의 한쪽 손을 나란히 붙잡았다. 하지만 사련은 두 사람을 순순히 따를 위인이 아니었다. 그는 다른 손으로 붉은 실이 매인 손을 감싸 쥐며 외쳤다.

"안 풀 거야!"

풍신이 말했다.

"태자 전하, 이 붉은 실을 매고 계시면 그자가 찾아낼 겁니다. 쫓기지 않으려면 풀어야 합니다!"

사련은 제 손을 붙든 채 대답했다.

"쫓아와도 무서워할 필요 없잖아? 난…… 삼랑에게 자세히 물어보고 싶어."

모정이 눈을 부릅뜨며 말했다.

"뭘 더 물으시겠다고요? 아무래도 전하는 그자에게 산 채로 잡아먹혀야 그자의 대단함을 아실 것 같네요."

"삼랑은 원래 대단한데? 너희는 그 벽화가 뭐였는지 말해 주지도 않으면서 삼랑에게 가까이 가지 말라고 하잖아. 이래서야 날 전혀 설득할 수 없어."

"그는 귀왕이고, 행실이 괴이합니다. 애초에 남들이 설득할 필요가 없다고요. 보통 사람들은 이 두 가지만 봐도 가까이해선 안 된다는 걸 알겠죠?"

사련이 손가락 두 개를 내밀며 말했다.

"둘 중에 골라. 내가 삼랑에게 제대로 물어볼 수 있게 하든지, 아니면 그 벽화를 자세히 볼 수 있게 하든지."

풍신과 모정은 무서운 무언가라도 생각났는지 입꼬리가 일그러지고 미간이 꿈틀댔다. 그러고는 사련의 앞을 가로막으며 이구동성으로 고함쳤다.

"둘 다 안 됩니다!"

그러자 사련은 소매를 걷어붙였다.

"안 된다고 했겠다. 그럼 싸움으로 해결하자! 누가 먼저 덤빌래? 아니면 둘이 같이?"

"네가 먼저 해!"

모정은 풍신에게 외치더니 한쪽으로 물러났다. 풍신도 반드시 사련을 이기리라는 확신은 별로 없어 보였지만, 이 정신 나간 청년을 구해 보자는 일념으로 손에 든 활을 단단히 쥐었다.

"좋습니다! 태자 전하, 죄송합니다!"

사련도 입을 열었다.

"나도……."

그런데 누가 알았으랴. 개막식의 인사말이 끝나지도 않았는데 별안간 등이 뜨거워졌다. 동시에 누군가가 사련의 등 뒤에서 외쳤다.

"멈춰요! 말하지 마세요!"

그러자 그의 온몸이 철판 덩어리처럼 굳어 버렸다.

게다가 목소리도 나오지 않았다!

뒤편에서 불쑥 튀어나온 모정이 풍신에게 말했다.

"끌고 가자. 이 부적은 전하를 잠시 멈춰 놓을 순 있지만 오래가진 못해."

풍신은 약간 아연해졌다.

"왜 전하를 기습했어? 일대일로 싸우자며?"

사련도 모정이 다짜고짜 한 입으로 두말을 할 줄은 몰랐다. 옛 부하들에 대한 믿음이 깊지 않았다면 이리 쉽게 덫에 걸리지는 않았을 터다. 모정이 말했다.

"지금 일대일로 싸울 시간이 어딨어. 전하는 일부러 이러시는 거다. 딱 보면 알잖아, 화성이 쫓아올 때까지 시간을 끄는 거라고. 지금 이 꼴 안 보여? 하는 짓이 아주 귀신에 홀린 거나 똑같아. 지금은 네가 무슨 말을 해도 사리 판단이 안 되실 거다. 화성이 허튼소리로 어르고 달래면 불여우한테 홀리는 것처럼 홀랑 믿으실지도 몰라."

잠시 고민해 보니 모정의 말에도 일리가 있는 것 같았다. 풍신은 한숨을 내쉬며 말했다.

"전하, 저희가 전하를 일부러 속이려던 게 아니라, 그 자식은 전하께…… 너무 낯 뜨거워서 차마 입에 담지도 못합니다! 저희랑 가시죠."

모정도 말했다.

"가시죠."

모정의 이 말은 제안이나 부탁이 아닌 지령이었다. 방금 사련의 등을 치기 전, 그는 자신의 피로 이루어진 종명부(從命符)를 손바닥에 미리 그려 놓았다. 종명부는 술법에 걸린 자가 술법을 건 자의 지시를 따르도록 한다. 다만 실제로 수행할 수 있는 지령은 간단한 몇 가지에 불과했다. 이를테면 '말하지 마', '따라와', '멈춰', '빨리 뛰어' 같은 것들. 다소 복잡한 지령은 수행하기도 어렵고 사람의 마음을 미혹할 수도 없다. 금의선 같은 거물 요괴만이 그런 경지에 들 수 있었다.

또 사련을 데리고 한참을 내달리던 두 사람은 무더기로 쌓인 돌무더기에 앞길을 가로막혔다. 풍신은 막힌 길을 보며 입을 열었다.

"여긴 왜 돌로 막혀 있지? 못 지나가나?"

"네가 떨어뜨린 돌 아냐? 왜 나한테 물어봐."

풍신이 미심쩍게 물었다.

"그래도 길 안내를 한 건 너잖아? 왜 여기로 데려왔어? 여긴 우리가 아까 왔던 곳인데 왜 또 돌아온 거지?"

모정은 풍신의 질문을 한 귀로 흘렸다.

"웃기네. 난 여기 길도 모르는데 어떻게 안내를 해? 우린 계속 되는대로 도망쳤던 거잖아?"

또 싸우게 될 분위기이자 풍신이 손을 내저으며 말했다.

"됐다, 너랑 잡소리 할 시간 없어. 그냥 파 버리자!"

화성이 뒤쫓고 있으니 앞으로 나아가면 나아갔지 뒤로 물러설 수는 없었다. 그랬다간 정면으로 맞닥뜨릴 가능성이 너무도 컸다. 길이란 막기는 쉬워도 뚫기는 어려운 법이다. 두 사람은 사련을 한쪽 구석에 얌전히 세워 두었다. 풍신이 요란하게 주먹을 내리꽂았다. 모정은 다시 이마에 핏대를 세운 채 위풍당

당한 참마도로 커다란 바위를 조각냈다. 공격 두세 번 만에 금세 길이 뚫렸다. 돌무더기가 와르르 굴러떨어지면서 흙먼지가 흩날렸다. 그런데 사련을 불러오려던 순간, 연기와 먼지가 걷힌 맞은편에 붉은 옷자락이 떡하니 서 있을 줄 누가 알았으랴. 사련의 눈이 환하게 빛났다. 화성이었다!

그는 서늘한 눈빛으로 말없이 뒷짐을 지고 서 있었다. 풍신은 그 자리에서 저도 모르게 불쑥 외쳤다.

"무슨 끈질긴 망령도 아니고!"

말 그대로 끈질긴 망령이나 다름없었다. 아까 분명히 뒤로 따돌렸는데 어떻게 순식간에 다시 눈앞에 나타난단 말인가? 언제부터 여기를 지키고 있었는지는 모르지만, 그들이 알아서 장애물을 파헤치고 제 발로 찾아들 때까지 조용히 기다렸으니 참 괴이하고 집요한 망령이라고밖에 할 말이 없었다.

풍신과 모정은 삽시간에 뒤로 물러서서 거리를 벌렸다. 화성은 그들을 보는 대신 시선을 한쪽으로 옮기더니, 사련을 향해 한 걸음을 옮겼다. 그의 목표물을 알아차린 풍신과 모정은 단숨에 몸을 날려 사련의 앞을 가로막고 한목소리로 외쳤다.

"가까이 오지 마라!"

화성의 안색은, 심히 어두웠다.

평소의 혈우탐화라면 누군가 감히 가까이 오지 말라고 한들 안중에도 두지 않았을 것이다. 되레 웃음을 흘리며 기어코 가까이 다가가야 정상이었다. 그런데 지금은 정말로 두려움에 감히 경거망동할 수 없다는 것처럼 걸음을 멈추었다.

이윽고, 그가 느릿하게 운을 뗐다.

"지금 뭐 하자는 거지?"

나름대로 차분하게 들리는 말투였다. 그러거나 말거나 풍신은 직설을 퍼부었다.

"계속 시치미 뗄 것 없다. 여긴 원래부터 네 소굴이었지. 우린 신상이 뭔지 벌써 다 봤다. 그리고 그 벽화, 그것도 전부 봤어!"

화성은 옆으로 비스듬히 서서 그들의 앞을 가로막고 있었다. 이 말이 나오자 뒷짐을 진 손이 약간 움찔거리나 싶더니, 손가락 두 개가 부자연스럽게 오그라들었다.

"……."

그는 고개를 살짝 숙이고 담담한 목소리로 말했다.

"전하도 보셨나?"

한없이 낮게 깔린 목소리는 담담하게 들리면서도 조금 잠긴 듯 갈라졌다. 분명 어딘가 이상했다. 사련은 속으로 외쳤다.

'못 봤어!'

정말로 무엇 하나 제대로 보지 못했다. 하지만 지금 사련은 잠자코 돌벽 한구석에 기대어 있는 게 고작일 뿐, 움직이기는 커녕 소리를 낼 수도 없었다. 그 모습은 마치 풍신과 모정 뒤에 숨어 있는 것처럼 보였다. 차마 화성을 마주하지 못하고 그와 말도 섞고 싶지 않다는 것처럼. 이내 풍신이 활시위를 당겼다.

"그래. 네가 어떤…… 생각을 품었는지, 우린 낱낱이 알고 있다. 귀왕인 너를 존중해서 부탁하겠는데, 조금이라도 자중할 마음이 있다면 두 번 다시 태자 전하께 가까이 오지 말아 줬으면 좋겠군."

이 순간 사련의 마음은 불붙은 초가집처럼 짙은 연기로 자욱했다. 화성이라면 분명 자신의 이상을 알아챌 수 있을 터였다. 사련은 그가 잠깐이라도 자신에게 말을 걸고 문제를 눈치채 주기만을 고대했다. 하지만 화성은 그를 건너다볼 생각이 전혀 없는 듯 냉랭하게 말했다.

"그분께 가까이 가지 말라고? 너희 둘, 무슨 신분과 자격으로 내게 그 말을 하는 거지?"

그는 두 사람이 대답할 틈도 주지 않고 사납게 눈을 치켜떴다.

"덕분에 오히려 생각났군. 너희들과는 아직 끝장을 보지 않았었지!"

말이 떨어지기가 무섭게, 수천수만의 은나비가 날카롭게 포효하며 두 사람을 습격했다.

이처럼 질풍처럼 몰아치는 공세 앞에서는 법력 방패를 펼치는 것만이 유일한 선택지였다. 풍신과 모정이 외쳤다.

"방패!"

투명한 법력 방패에 막힌 은나비 떼가 공중에서 반짝이는 은빛으로 부서지나 싶더니, 이내 새로운 나비로 빠르게 응결되어 쉴 틈 없이 몰아닥쳤다. 두 사람이 나비 떼를 막으며 뒤로 후퇴하는 한편, 화성은 한 걸음씩 여유롭게 다가섰다. 결계 속 광풍에 사납게 나부끼는 검은 머리카락과 눈동자 깊은 곳에 도사린 분노와 살기. 이 모습은 대낮처럼 환한 은나비의 빛 아래로 남김없이 드러났다. 이렇게 일방적으로 막아 내기만 하는 것은 너무 불리했다. 풍신과 모정은 서로 눈빛을 교환한 끝에 공격을 감행하기로 했다. 두 사람은 법력 방패를 펼친 채 앞으로 돌격하며 각자 무기를 빼 들었다. 세 사람은 넓지 않은 석굴 안에서 싸우기 시작했다. 풍신은 사령나비를 상대하고, 모정은 화성에게 맞섰다. 화성은 왼손으로 곡도 액명을 소환해 정면으로 반격했다.

사련은 액명이 제대로 싸우는 모습을 본 것이 이번이 처음이었다. 늘씬한 곡도는 차가운 듯 요염하면서도 스산했다. 은빛은 목숨을 앗아 갈 듯 위협적이었다. —과연 소문대로 영락없이 사기가 넘치는 요도였다!

실로 흠잡을 곳 없는 전투였다. 화성은 혼자 둘을 상대하면서도 밀리는 법이 없었다. 사련은 숨을 죽이고 지켜보았다. 머지않아 액명의 칼끝에 걸린 모정의 참마도가 바위 표면에 꽂혔다. 모정은 아직 칼자루를 쥐고 있었으나 뜻밖에도 칼을 뽑아내지 못했다. 그가 흠칫한 순간, 아래턱에 화성의 주먹이 꽂혔다. 모정은 송두리째 공중으로 솟구치며 칼자루를 놓치고 말았다. 한편 풍신의 화살도 사령나비 떼의 날카로운 은빛 날개에 잘려 나갔다. 아무래도 머릿수가 너무 많으니 대처하기가 어려웠다.

승부는 이미 기울었다. 구석에서 무수한 실이 바스락거리며 기어 와 두 사람을 다시 커다란 하얀 고치로 싸맸다. 실은 몸부림칠수록 바짝 휘감겨 왔다. 모정은 그 실타래를 정신없이 잡아 뜯으며 일갈했다.

"역시 우리를 그 구덩이에 버린 게 너였군!"

풍신의 목소리가 이어졌다.

"이건 거미줄이 아니야! 이건……!"

사련도 문득 깨달았다. 이건 고치의 실이다!

고치를 깨고 나비가 나오기 직전에 번데기가 만들어진다. 저 거미줄 같은 기이한 실타래는 애당초 화성이 만들어 낸 것이었다. 어쩌면 이 흉포하기 그지없는 사령나비와 관련이 있을지도 몰랐다.

전세가 판가름 나자 화성은 곡도를 거두고 비웃음을 흘렸다.

"난 너희를 피난시키려고 떨어뜨린 거다. 네놈들이 설산에서 소리를 질러 대 눈사태를 일으키지 않았다면 이 만신굴에 들어올 기회 따위 없었을 거란 소리야. 내가 네놈들의 하찮은 목숨을 구해 줬는데 고맙지도 않나?"

화성은 원래 눈사태가 지나가고 설산이 잠잠해지면 풍신과 모정은 여기에 내버려 두고 사련만 데리고 나갈 계획이었다. 그런데 누가 예상이나 했을까. 두 사람이 고치를 물어뜯고 크게 다투는 바람에 사련이 그들을 발견하게 됐고, 뒤이어 사건이 줄줄이 꼬리를 물었다. 이런 일만 없었어도 사련은 한 점의 신상도 살펴보지 않고 화성을 따라 나갔을지도 모른다.

그러나 이제 상황은 최악으로 치달았다. 모든 비밀이 갈기갈기 찢겨 밝은 햇빛 아래 드러났다.

사련은 마음이 초조했지만 여전히 제자리에 얌전히 앉아 있었다. 화성의 눈빛 속 한기가 점차 깊어져 갔다. 그는 모정을 내려다보며 나직하게 말했다.

"아무래도 칼에 타고난 재능이 있는 건 네가 아니라 나인 것 같군."

모정은 하얀 실에 목이 졸려 안색이 붉으락푸르락했다. 입가로는 피가 쏟아지고 있었다. 그는 가까스로 말문을 뗐다.

"네놈! ……너는……? 그랬군, 이제 알겠어……."

풍신도 이를 악물며 말했다.

"……뭘…… 알아냈는데!"

"이 자식이…… 왜 이렇게 나를 원수 취급하는지 알겠어……. 어쩌면 너도 비슷한 이유일지 몰라!"

풍신이 기침을 토하며 물었다.

"무…… 무슨 이유?"

모정이 진저리를 치며 말했다.

"저놈은 미쳤으니까! 벽화에 뭘 그려 놨는지 잊었어? 저놈이 바로…… 태자 전하가 배자 언덕에서 돌아오신 뒤로 키우고자 하셨던 그 어린 병사잖아. 전하께서 칼솜씨가 괜찮다고, 칼을 쓰기에 적합하다고 했던……."

“그게 놈이 널 원수 취급하는 거랑 무슨 상관인데!”

모정은 대답이 없었다. 퍽, 하는 소리와 함께 그의 얼굴에 주먹을 꽂은 화성이 서늘하게 웃으며 대신 말했다.

“그야, 날 병영에서 내쫓았거든.”

그 일도 모정의 짓이었다니!

풍신은 흠칫 놀랐다.

“……환장하겠네! 왜 놈을 병영에서 쫓아냈어? 너한테 미움이라도 샀어?”

모정은 피투성이가 된 얼굴로 대답했다.

“집으로 돌려보냈을 뿐이야. 전쟁이 무슨 좋은 일도 아니니까! 난들 이 정도로 미쳐서 지금까지 원한을 품고 있었을 줄 알았겠…….”

말을 끝맺기도 전에 또 살벌한 주먹이 들이꽂혔다. 모정의 얼굴은 퍽, 소리와 함께 반쯤 일그러졌다. 화성은 미소를 지으며 말했다.

“그때 왜 나를 쫓아냈는지, 내가 모를 것 같나? 응?”

모정의 눈빛이 번득였다. 화성은 또 이죽거리며 한마디를 덧붙였다.

“이쯤 되니 누가 폐물인지 알 만하지 않아?”

“…….”

모정은 아픈 곳을 찔린 듯 피를 울컥 토하고는 한 글자 한 글자 잇새로 짓이겼다.

"쫓아내길 다행이었지. 행여나 네놈을 군에 남겨 뒀다면, 태자 전하께 서서히 접근하고 온종일 지켜보면서 머릿속으로 무슨 더러운 생각을 했을지 누가 알아? 참으로 역겹구나!"

사련은 가슴이 덜컥 조여들었다. 모정이 입을 뗐을 때 화성은 이미 주먹을 들어 올린 뒤였다. 그러나 '역겹다'는 말이 나오자 화성의 손이 허공에서 굳어졌다. 창백한 손등에 푸른 혈관이 돋았다. 단단히 주먹을 쥔 손가락이 풀렸다 조여들기를 거듭 반복했다.

이윽고 화성이 서늘한 말투로 말했다.

"이 일은 우선 넘어가도록 하지. 솔직하게 고해라. 아까 네놈들이 눈사태가 일어나기 전에 소리친 그 말, 사실이냐?"

모정은 눈을 크게 뜨고 풍신을 바라보았다. 그들을 바라보던 풍신도 눈이 휘둥그레졌다.

두 사람 모두 어떻게 대답해야 좋을지 모르는 눈치였다. 화성의 날카로운 목소리가 이어졌다.

"내 인내심에는 한계가 있어. 셋 셀 동안 대답해라. 하나, 둘!"

이렇게 급하게 다그칠 줄 누가 알았을까. 이때, 모정이 순간적으로 기지를 발휘해 목청껏 소리쳤다.

"태자 전하! 뒤세요!"

이 말이 나오자, 등에 종명부가 찍혀 있는 사련은 대답하듯 자리를 박차고 내달렸다. 화성은 동시에 고개를 돌렸다. 구석에서 하얀 실 두 가닥이 바람 소리를 내며 튀어나와 사련을 맹렬하게 휘감았다. 결국 그는 두 걸음도 못 가 넘어졌다.

이 상황은 마치 사련이 내내 넋이 나가 있거나, 현실을 받아들이지 못하거나, 싸움에 끼어들기 싫다는 이유로 한참을 서 있다가 마침내 도망치기로 작정했으나 실패한 것처럼 보였다. 하지만 사실 그는 애당초 도망칠 생각 따위 하지 않았다!

사련은 하얀 실에 손발이 단단하게 묶여 바닥에 누워 있었다. 검은 머리칼과 흰 소매가 온 바닥에 늘어졌고, 삿갓은 한쪽으로 굴러떨어졌다. 천천히 돌아선 화성은 한참 침묵한 끝에 사련을 향해 다가갔다. 그가 겨우 몇 걸음 옮겼을 무렵, 풍신이 참지 못하고 소리쳤다.

"화성!"

화성의 발걸음이 멈칫했다. 그가 고개를 가볍게 틀었다.

풍신은 체면을 모조리 내려놓고 말했다.

"태…… 태자 전하를 놔줘라! 전하께선 충분히 비참하셨어. 너, 그분께 그런 짓은……."

화성이 말없이 사련의 곁으로 다가서더니, 사련의 무릎과 등 아래로 손을 넣어 안아 올렸다.

사련은 그의 팔 안에 기대었다. 마침 뒤쪽의 커다랗고 하얀 고치들의 표정이 보였다. 풍신은 양이 범에게 갈기갈기 찢겨 잡아먹히는 참상을 보는 것처럼 크게 고함치기 시작했다. 모정도 다시 이로 실을 찢어 내려고 애썼지만 각도가 좋지 않아 헛수고였다. 화성은 이 만신굴을 손바닥 보듯 훤히 알고 있었다.

그가 통로를 몇 번 돌아가자, 두 사람의 모습과 목소리는 이내 자취를 감추었다.

사련은 화성의 품에 안겨 어둡고 깊숙한 석굴 내부로 들어갔다. 두 사람 곁을 밝히는 빛이라곤 가물가물 날갯짓하는 은빛 사령나비 한 마리뿐이었다. 사련은 화성의 표정이 잘 보이지는 않았지만, 그의 팔과 몸이 경직되어 있다는 것은 느낄 수 있었다.

이전에도 화성은 사련을 몇 번 안아 보았지만, 지금은 분명히 무언가가 달라졌다. 심지어 사련의 목과 손도 직접적으로 건드리지 않았다. 사련은 내내 화성의 얼굴을 들여다보며 힘껏 눈을 깜박였다. 하지만 화성은 눈 한번 마주치는 법 없이 시선을 피하며 다짜고짜 한 석굴에 들어섰다. 석굴 안에는 바위로 된 침상이 있었다. 그는 품에 안은 사련을 곧장 침상에 내려놓았다. 그러곤 사련을 눕히려다 문득 무언가를 발견하고 사련의 등 뒤를 살펴보았다.

"놈들이 전하께 주술을 걸었습니까?"

사련은 속으로 쾌재를 불렀다. 드디어 알아챘구나!

하지만 지금에서야 사련의 이상을 눈치챘다는 것은 아까 화성이 그만큼 경황이 없었다는 방증이기도 했다. 사련은 화성이 종명부를 지워 주기를 기다렸다. 그런데 무슨 영문인지, 화성은 손을 뻗다 말고 다시 멈칫했다. 결국 그는 손을 거두고 사련을 침상에 반듯이 눕혔다.

사련의 걱정을 덜어 주려는 것일까. 그는 가라앉은 목소리로 입을 열었다.

"안심하세요, 전하. 당분간은 그 두 폐물을 죽이지 않을 겁니다. 정말로 죽여 버리고 싶지만."

바위 침상 위에는 두툼하고 부드러운 새 짚이 깔려 있었다. 사련은 배기는 것 하나 없이 푹신하게 그 위에 누워 있었다. 다만 이제는 속이 타다 못해 오장육부에서 연기가 날 지경이었다. 왜 이 주술을 풀어 주지 않는지 도통 이해가 가지 않았다. 애써 버둥거리는 와중, 화성이 그의 허리께에 손을 뻗더니 허리띠를 끌렀다.

참 우연찮게도, 사련은 하필 이때 등에 묻은 종명부의 효력이 사라져 가는 것을 느끼고 다리를 힘껏 움직이며 '윽!' 하는 외마디 소리를 냈다.

그래 봐야 다 죽은 물고기가 최후의 발악으로 한번 펄떡이며 저항하는 모양새라 썩 위협적이지는 않았다. 하지만 화성은 그대로 얼어붙더니 재빨리 손을 떼며 말했다.

"안 할 겁니다!"

제 무거운 말투에 사련이 또 겁을 먹고 거부감을 느꼈으리라 생각했는지, 화성은 다시 몇 걸음 물러섰다. 말투를 누그러뜨린 그는 조심스러워하며, 마치 뭔가 인내하듯이 읽을 수 없는 표정으로 나직하게 입을 열었다.

"전하, 저는 아무 짓도 하지 않을 겁니다. 부디…… 겁내지 마세요."

사련은 알아차렸다.

주술이 풀리고 나면 사련에게 어떤 대답을 들을지에 대해 화성은 아직 자신이 없는 모양이었다. 그래서 아예 대답을 듣지 않기로 한 것이다.

화성은 어떤 충동을 억누르고 있는 것처럼, 맹세하는 어조로 다시 한번 나직하게 덧붙였다.

"전하, 절 믿으세요."

이 '나를 믿어라'라는 말은 그가 이전에 말했던 것에 비하면 썩 자신감이 없게 들렸다. 사련은 어떻게든 대답하고 싶었지만 그럴 수가 없었다. 계속 몸부림치다가는 화성의 오해가 더 심해질지도 몰랐다. 그는 할 수 없이 똑바로 누워 꼼짝 않고 얌전히 종명부의 위력이 지나가기만을 기다리기로 했다. 그가 더 이상 '저항'하지 않자, 화성은 다시 다가와 손을 뻗고 사련의 허리끈을 끌렀다.

사련은 속으로 중얼거렸다.

'삼랑?'

물론 화성이 남의 위기를 노려 일을 저지르는 사람은 아니라고 믿어 의심치 않지만, 예상을 완전히 벗어나는 이 전개에 사련은 두 눈을 크게 떴다. 화성은 사련의 옷을 풀기는 했으나 최대한 그의 몸에 닿지 않으려고 애를 쓰느라 속도가 더뎠다. 그는 한참이 걸려서야 사련의 겉옷을 치우고 중의(中衣)까지 벗겨 냈다. 사령나비 한 마리가 사련의 어깨로 날아와 앉았다. 따듯하고 간지러운 감각이 피부를 기어올랐다. 사련은 옆쪽을 곁눈질하고서야 깨달았다. 자줏빛으로 살짝 부은 어깨가 군데군데 조금씩 터 있었다. 은나비가 내려앉고 나니 상태가 차츰 나아지기 시작했다.

차가운 눈밭을 힘겹게 오르고 구르면서 생긴 동상이었다.

애당초 사련은 전혀 모르고 있었다. 그는 통각에 그다지 민감하지 않았으니까. 얼면 어는 것이지, 이 상처를 발견했더라도 저절로 아물 때까지 그대로 방치했을 것이다. 그러나 사련 본인보다도 그가 어디를 다쳤는지 잘 알았던 화성은 내내 이 사실을 염두에 두고 있다가 기어코 상처를 치료해 주었다.

사련이 조금 넋이 나가 있을 무렵, 화성은 다시 그의 팔을 받쳐 들었다. 동상은 손발에 더 많았다. 거기에다 격렬하게 달리고 끌려다녔던 탓에 어떤 곳에서는 피가 다 흐르고 있었다. 사련은 통증은 무섭지 않았지만 간지럼을 탔다. 게다가 문득, 먼 옛날의 조각난 기억들이 머릿속에 절로 떠올랐다. 칠흑같이 어두웠던 동굴, 뜨겁게 떨려 오던 소년의 두 손, 어찌할 바를 모르고 아무 곳에나 닿았던 손길, 엉망으로 뒤섞였던 가쁜 숨과 심장의 고동…….

본디 그의 기억 속에서 더 옅어질 수도 없을 만큼 희미해져선 진작에 먼지를 뒤집어쓰고 구석에 내던져진 기억들이었다. 하지만 다시 돌이켜 보니 전혀 다른 느낌이 들어서 머리를 감싸 쥐고 비명을 지르고 싶었다. 더욱이 지금 화성은 그의 눈앞에서 거의 그때와 다름없는 일을 하고 있었다. 사련의 얼굴과 머릿속은 타들어 갈 지경이었다. 화성에게 이런 모습은 정말로 보여 주고 싶지 않았다. 다만 화성 역시 그를 바라보는 법이 없었다. 그는 약속대로 선을 넘지 않고, 반쯤 드러난 사련의 흰 어깨에 시선이 닿지 않도록 고개를 살짝 틀었다.

바로 이때, 화성의 등 뒤에서 목소리 하나가 불쑥 튀어나왔다.

"화성! 이 미친 자식, 태자 전하께 무슨 짓을 하려는 거냐? 참으로 역겹구나!"

화성은 빠르게 고개를 돌렸다. 사련도 너머에 있는 석굴 입구를 바라보았다. 목소리의 주인은 뜻밖에도 모정이었다!

풍신도 함께였다. 두 사람은 아까 화성의 실에 휘감겨 번데기 신세가 되었는데 어떻게 탈출해서 여기까지 찾아왔는지 모를 일이었다. 그들은 석굴 안에 펼쳐진 장면을 보고는 나란히 안색이 창백해졌다. 사련의 얼굴도 새하얗게 질렸다.

이렇게 끔찍한 장면이라니!

풍신은 화성을 손가락질하고, 다시 홑옷이 반쯤 벗겨진 사련을 가리키더니 한참이 지나고서야 몇 글자를 짜냈다.

"네…… 네놈…… 당장 전하를 놔줘!"

화성은 곧바로 사련의 옷가지를 끌어 올리고는 서늘하게 말했다.

"이 폐물들이 주제도 모르고 또 찾아왔군. 명줄이 긴 게 싫은 모양이지."

모정이 조소했다.

"그 더러운 손 치워. 어디서 두꺼비가 분수도 모르고 백조 고기를 먹겠다고. 팔백 년을 꿈꿔 왔다는 말은 집어치워라. 네놈은 천년만년을 갈망해도 태자 전하의 손가락 하나 못 건드려!"

이 말을 들은 사련의 마음속이 덜컥, 울렸다. 희미한 분노와 함께 미묘한 의구심이 느껴졌다.

이 두 사람은 대체 왜 이럴까? 아까 화성이 그들을 흠씬 두들겨 주었다지만 이렇게까지 악담을 퍼부을 정도는 아니었다. 특히 모정은 일부러 화성을 격노하게 하려는 것 같았다. 화성이 분노한다면 분명 뒤끝이 좋지 않을 터였다. 그렇다고 싸워서 이길 수도 없는데 대체 무슨 목적으로 이러는 것일까? 게다가 그들의 말끝은 은근히 사련을 겨누고 있었다. 마치 어떻게든 천하를 혼란하게 만들고 싶다는 것처럼. 격분한 화성이 사련에게 무슨 짓이라도 저질렀으면, 하고 바라는 것처럼.

예상대로 화성은 격노했다. 창백한 얼굴에 검은 기운이 감돌았다. 그가 가만히 중얼거렸다.

"기왕 그렇게 죽고 싶다면—!"

그의 눈빛 속에서 더없이 노골적으로 살의가 느껴졌다. 사련은 가슴이 무섭게 내려앉았다.

'안 돼!'

하지만 늦었다. 곡도가 칼집에서 빠져나왔다. 이내 액명의 섬뜩한 빛이 허공을 스쳤다.

순간 움찔한 풍신과 모정은 무의식적으로 각자 고개를 숙여 아래를 보았다. 다행히 그들의 몸에 상처는 보이지 않았다.

그러나 미처 안도의 숨을 내쉬기도 전, 혹은 제대로 반격하기도 전, 그들의 상반신이 '쿵' 소리와 함께 하반신에서 떨어져 내렸다.

격렬하게 뿜어져 나온 피가 온 땅을 집어삼켰다.

상황이 이렇게 전개될 줄은 꿈에도 생각지 못했다. 놀란 사련은 침상 위에서 맥없이 넋을 놓았다.

놀랍게도, 화성은 풍신과 모정의 허리를 두 동강 냈다. 두 사람은 아직 숨이 붙은 상태로 바닥에서 바르작거렸다. 한 사람은 이를 악물고, 한 사람은 포효했다. 차마 눈 뜨고는 지켜보지 못할 참혹한 정경이었다. 화성은 냉혹한 얼굴로 곡도를 거두었다. 뺨 한쪽에 핏자국이 약간 묻어났다. 검붉은 빛깔이 더해지자 그의 사특한 분위기가 한층 돋보였다.

피바다 속에 잠시 서 있던 화성은 이내 돌아서서 사련에게 다가왔다. 사련은 화성의 굳어진 얼굴을 멍하니 바라보다가, 그가 가까이 다가오고 나서야 조금 정신이 들었다. 이때 화성은 이미 사련의 눈앞까지 다가선 참이었다. 그는 사련의 한쪽 손을 움켜쥐고, 있는 힘껏 자신의 품으로 안아 당기며 나지막하게 속삭였다.

"……어떻게 놓을 수 있겠습니까."

사련은 그에게 단단히 안긴 채 말을 잇지 못했다. 화성은 다시 그의 귓가에 나직한 한마디를 속삭였다. 심장이 가슴에서 뛰쳐나올 것처럼 고동쳤다. 이때 문득, 몸이 가벼워진 느낌이 들었다.

모정이 그의 등에 그렸던 종명부가 마침내 지워졌다.

말로는 놓을 수 없다고 했으면서도, 종명부를 풀어 준 화성은 슬쩍 손에서 힘을 풀고 사련을 놓아주었다. 사련은 크게 숨을 들이마시고 벌떡 일어나 바닥에 낭자한 피바다로 달려들었다.

"풍신? 모정? 너희 둘, 괜찮아?"

중상을 입은 모정은 입가에 피가 넘치고 눈빛이 부옇게 흐려져 있었다. 풍신은 아직 숨이 붙어 있었다. 그는 사련의 손을 세게 붙잡으며 입을 달싹였다.

"태자…… 전하……."

사련도 그의 손을 꽉 붙들고 말했다.

"응? 무슨 할 말이 있는 거야?"

풍신은 피를 한 모금 삼키고 이를 악물며 말했다.

"조심하십시오……. 화성…… 에게 가까이 가지 마십시오……. 놈은…… 괴물입니다!"

마치 죽기 직전 비장하게 내놓는 최후의 경고처럼 들렸다. 그런데 무슨 일인지, 사련의 얼굴은 점점 평온하게 가라앉았다.

"괴물?"

그는 풍신의 손을 놓고 일어서며 말했다.

"난 삼랑이 너희보다 괴물일지, 그게 더 궁금한데?"

이 말이 나오자 풍신이 움찔했다. 말을 마친 사련은 벼락같이 방심을 뽑아 풍신의 가슴을 꿰뚫고 그를 무참히 땅에 붙박았다.

풍신은 믿을 수 없다는 표정을 지었다.

"전하, 이게 무슨……!"

그가 말을 채 끝내기도 전에 목소리가 끊어졌다. 사련은 그의 가슴에서 방심을 뽑아 피를 털어 내고 화성의 옆으로 물러섰다. 그러곤 검 끝으로 바닥의 두 시체를 가리키며 입을 열었다.

"벌써 피도 봤는데, 둘 다 그 가죽을 뒤집어쓰고 말하는 건 그만두지?"

"하하하……."

바닥에서 난데없이 냉소가 흘러나왔다. 허리가 두 쪽으로 잘려 나간 모정의 시체가 고개를 비틀더니, 웃음을 터뜨려 댔다.

그의 상반신은 바닥에 엎드린 상태이니 최대한 고개를 돌려도 뺨이 바닥에 닿아야 정상이었다. 하지만 그의 머리는 완전히 위로 돌아가, 사련을 정면으로 바라보며 웃고 있었다.

역시 예상대로였다. 이 둘은 진짜 풍신과 모정이 아니라 어디서 튀어나왔는지 모를 모조품들이었다.

진짜 풍신과 모정은 여전히 커다란 고치에 갇혀서 물어뜯고 나올 방법을 모색하고 있을 터였다. 방금 화성이 사련의 종명부를 풀어 주면서 귓가에 속삭인 말이 바로 이것이었다.

저 두 사람의 안색이 창백했던 건 충격이나 두려움 때문이 아니라, 애초부터 사람이 아니기 때문이었다.

사련은 이미 검을 뽑아 세운 뒤였다. '풍신'과 '모정'은 오싹한 웃음을 곁들이며 이구동성으로 말했다.

"정 그리 원한다면야."

말을 마친 두 사람은 끈적한 피고름 같은 액체로 변했다. 화성이 사련의 앞을 가로막았다. 그 피고름은 땅 위를 흘러 하나로 합쳐지더니, 끓는 것처럼 기포가 부글부글 솟아오르면서 서서히 인간의 형상으로 엉겨 붙었다. 덩어리가 차츰차츰 뒤틀리면서 모양을 갖추고 자라났다. 오싹한 한기가, 이를 지켜보던 사련의 등줄기를 따라 기어올랐다.

이내 그들의 앞에 있던 '풍신'과 '모정'은 자취를 감추었다. 그 자리를 대신한 것은 훤칠한 백의 소년이었다.

몸집을 보니 이 소년은 대략 열일곱에서 열여덟 살 정도로, 청년에 더 가까웠다. 얼굴에는 가면을 쓰고 있었다. 절반은 울고, 절반은 웃는 가면. 얼굴은 보이지 않았으나 가면 뒤에서 맑고 깨끗한 청년의 목소리가 흘러나왔다.

그가 온화하게 말했다.

"안녕, 사련."

사련의 입술이 무의식중에 움찔거렸다. 머리카락이 온통 곤두섰다. 그의 앞을 가로막고 있던 화성은 칼을 들어 그 청년을 베어 버렸다.

그 백의 청년은 곡도 액명의 요사한 칼끝을 마주하고도 전혀 두려워하지 않았다. 간발의 차이로 칼날을 피한 그는 삽시간에 화성의 뒤쪽에서 나타나 사련의 얼굴을 만지려는 듯이 손을 뻗었다. 이내 은빛 검광이 날아들었다. 화성은 거듭 그의 앞을 가로막고 서늘하게 말했다.

"그 더러운 손 치워라."

아까 들은 말을 고스란히 돌려준 셈이었다. 그 백의 청년의 오른손은 액명에 잘려 땅에 떨어졌다. 그러나 이는 그에게 아무런 영향도 끼치지 못했다. 그는 넓은 소매를 툭 털어 잘려 나간 팔을 덮었다가, 다시 손을 내밀었다. 팔이 잘려 나갔던 곳에 새로운 팔이 자라나 있었다. 손톱을 세운 손이 화성의 오른쪽 눈을 향해 돌진했다.

모든 과정은 눈 깜짝할 사이에 이어졌다. 화성 역시 기민하게 피했으나 한쪽 뺨에 두 줄기 핏자국이 남았다.

화성이 속도로 상대를 압도하지 못하다니, 이는 전례 없는, 사련으로서는 처음 보는 사건이었다. 화성의 눈빛이 서늘하게 굳어졌다. 곧바로 책략을 바꾼 그는 수천수만의 사령나비를 소환해 백의 청년을 맹렬하게 덮쳤다. 은나비 떼가 그 백의 청년을 은빛 찬란한 고치가 되도록 휘감았으나 오래 버티지는 못할 터였다. 화성이 사련을 끌어당기려던 찰나, 은나비 떼가 날카롭게 포효하며 반짝이는 은가루로 폭발하고 말았다.

화성의 안색이 희미하게 변했다. 단번에 이 많은 사령나비가 부서지다니, 사련은 상황이 불리해지고 있음을 알아챘다. 사령나비 떼를 조각조각 터뜨린 백의 청년은 사방에 어지러이 흩날리는 은가루 뒤에 숨어 있다가, 새로 자라난 손을 불현듯 내밀어 다시 화성의 오른쪽 눈을 노렸다.

이번에는 사련이 방심을 뽑아 휘두를 차례였다. 이 일격은 백의 청년의 팔은 물론이고 몸 절반 남짓을 동강 냈다. 이 틈을 타 화성이 외쳤다.

"전하, 가세요!"

사련도 지금은 싸울 때가 아니란 것을 알았다. 이쯤에서 적당히 물러나야 했다. 두 사람은 함께 석굴을 뛰쳐나와 칠흑같이 어두운 동굴 통로를 거침없이 내달렸다. 사련은 달리는 와중에 입을 열었다.

"그야! 그는…… 정말로 죽지 않았어!"

화성은 길을 안내하며 달렸다. 속도는 훨씬 빨랐으나 무척 침착했다. 그는 길을 따라 나비 방어진과 실타래로 겹겹이 장애물을 세우면서 말했다.

"본인이 아닐지도 모릅니다."

그러자 사련이 우뚝 멈춰 섰다. 그는 머리를 살짝 감싸 쥐며 말했다.

"아니야…… 난 느낄 수 있어. 분명 본인이 맞아! 죽지도 않은 데다 더 강해지기까지 했어. 뭔가가 그를 다시 태어나게 한 거야……. 그렇지 않고서야 어떻게 풍신과 모정의 모습으로 화할 수 있었겠어? 선경에 오른 신관은 흉내 내기가 무척 어려워. 그 두 사람의 가짜 가죽을 만드는 건 거의 불가능해!"

사련의 어조가 어쩐지 심상치 않았다. 화성도 움직임을 멈추고 돌아서서 그를 붙들었다.

"전하! 두려워하지 마세요. 그가 꼭 강해졌으리란 법은 없습니다. 그리고 다른 가능성도 있습니다. 그가 풍신과 모정을 무척 잘 안다는 겁니다! 그래서 두 사람의 가짜 가죽을 만들 수 있었던 거예요. 그자는 틀림없이 전하와 그 두 사람 모두가……."

말이 채 끝나기도 전, 사련의 시선이 화성이 붙잡은 자신의 손으로 가닿았다. 이를 본 화성의 말과 표정이 전부 굳어졌다. 그는 표정을 지우고 손을 다시 거두어 등 뒤에 두고는, 몸을 돌려 계속 앞으로 걸었다. 그러나 사련은 그를 따라가지 않았다.

"삼랑."

화성은 그대로 얼어붙으며 걸음을 멈추었다. 그러나 뒤돌아보는 대신 대답만 꺼냈다.

"전하."

나름대로 침착한 목소리였다. 사련은 그의 뒤에 서서 운을 뗐다.

"아까는, 많은 일이 일어나서 다들 좀 정신이 없었지."

"네."

사련이 말을 이었다.

"정신이 없는 건 지금도 마찬가지지만, 그래도 난 이 기회에 네게 한 가지 묻고 싶어. 네가 꼭 사실대로, 진지하게 대답해 줬으면 해.”

“…….”

짧게 뜸을 들인 화성이 대답했다.

“좋습니다.”

사련은 숙연하게 물었다.

“‘금지옥엽의 귀인’이, 대체 누구야?”

인연의 붉은 실이 매인 화성의 손가락이, 알아차리지 못할 만큼 희미하게 움찔거렸다.

한참을 침묵하고서야 그가 천천히 말했다.

“이미 다 아시면서 어찌 또 물으십니까.”

사련은 고개를 끄덕였다.

“그렇구나. 널 오해한 게 아니었어. 정말 그랬구나.”

화성은 말이 없었다.

이윽고, 사련이 담담한 어조로 거듭 물었다.

“넌, 내가 이 일에 대해 어떻게 생각하는지 궁금하지 않아?”

“…….”

화성이 고개를 살짝 틀었다. 뒤돌아보고 싶지만, 한편으로는 사련을 마주할 엄두가 나지 않는 것처럼 보였다. 그는 뺨에 난 붉은 핏자국만 드러낸 채로 입을 열었다.

“전하께서는, 그걸 제게 말씀하지 않아 주실 수 있겠습니까.”

그는 목소리마저 잠겨 있었다. 사련이 대답했다.

“미안해. 이 일은 분명히 말하지 않으면 안 돼.”

화성은 결코 숨을 쉴 필요가 없었지만, 이 말을 듣고 나자 숨을 깊이 들이마셨다.

안색이 애처로울 만큼 창백했다. 그래도 그는 웃어 보이며 자못 의젓하게 말했다.

"맞습니다. 그래야겠죠."

그는 판결을 기다리는 사형수처럼 눈을 감았다. 그런데 무슨 일이었을까. 그 두 눈은 감은 지 얼마 되지 않아 다시 불현듯 뜨였다.

한 쌍의 팔이 등 뒤를 감싸더니, 단숨에 힘껏 그를 끌어안았다.

그의 등에 얼굴을 묻은 사련은 마찬가지로 아무런 말이 없었다. 아무런 말도 없었지만, 그래도 충분했다.

긴 침묵이 흘렀을 무렵, 사련은 자신이 껴안은 사람이 돌아서서 반대로 자신을 단단히 부둥켜안는 것을 느꼈다.

정수리 위에서, 화성의 목소리가 머뭇머뭇 울리는 게 들려왔다.

"……전하, 당신께선 정말…… 제 목숨을 앗아 갈 작정이십니까."

바로 이때, 두 사람의 뒤쪽 석굴 깊은 곳에서 다시 한번 폭발음이 울려 퍼졌다. 저 멀리 흰빛이 어둠을 가르자 은나비 떼의 날카로운 비명이 흘러들었다.

나란히 고개를 든 두 사람이 흠칫, 안색을 가라앉혔다. 사련은 붙들고 있던 화성의 소매를 놓으며 외쳤다.

"얘기는 나중에 하자!"

이렇게 두 사람은 계속해서 전진했다. 다만 이번에는, 서로의 손을 단단히 맞잡은 채였다.

사련은 여전히 얼굴이 뜨거웠지만 애써 태연한 척 말했다.

"삼랑, 너는 어떻게 그 풍신과 모정이 가짜라는 걸 알았어? 진짜 두 사람은 지금 괜찮은 거야?"

화성의 상태도 사련과 마찬가지였다.

"그 두 폐물 쪽에 사령나비를 남겨서 감시하는 중이었는데 어떻게 두 놈이 더 나타나겠습니까? 안심하세요, 전하. 놈들은 멀쩡합니다. 안 죽어요."

"우선 풍신과 모정을 고치에서 풀어 줘야 해. 그와 맞닥뜨렸다가 반격도 못 하면 큰일이니까!"

"이쪽입니다, 따라오세요!"

이 만신굴은 역시 화성의 지반이 맞았다. 한 길목에서 갈림길 대여섯 개가 나타나도 그는 바로 한 치의 오차도 없이 정확하게 올바른 길을 골랐다. 그들은 머지않아 아까 두 사람과 헤어졌던 곳으로 되돌아왔다. 멀리서 그 두 사람이 또 서로 물어뜯는 소리가 들려왔다.

"왜 전하를 도망치게 했어? 꼴좋네, 이제 놈이 전하를 보쌈해 갔잖아!"

"안 내보내면, 그놈의 마수에 당하게 놔두냐?"

"뭐래? 그냥 전하로 화성을 유인할 생각이었으면서!"

사련은 울지도 웃지도 못하는 심정이 됐다. 벽에 달라붙은 거대한 고치들은 한창 이로 실을 물어뜯으며 서로 욕을 퍼붓고 있었다. 그러다 돌아온 사련을 발견하고는 놀란 나머지 입 안 가득한 실도 미처 못 뱉고 말했다.

"어떻게 탈출하셨습니까?"

사련의 삿갓은 여전히 그 자리에 떨어져 있었다. 사련은 얼른 그 삿갓을 주워 등 뒤로 멨다. 묵직한 실타래가 두 사람을 놓아주고 어두운 구석으로 움츠러들었다. 풍신과 모정은 멍투성이 얼굴로 나란히 바닥에 떨어졌다. 그러다 사련의 뒤편 어둠 속에서 걸어 나온 화성을 발견하고는 또 얻어맞게 생겼군, 골치 아프게 됐다, 싶었는지 얼굴 근육을 꿈틀댔다. 풍신이 사련의 팔꿈치를 낚아채 뒤로 끌어내려던 순간, 사련이 먼저 화성을 붙잡았다.

풍신은 의문에 빠졌다.

"으음? 태자 전하?"

그러거나 말거나, 화성은 벌써 길을 안내하고 있었다.

"형, 이쪽으로."

그 두 사람이 어떻게 기꺼이 화성을 따라가겠는가. 풍신이 입을 열었다.

"전하, 왜 아직도 놈과 같이 다니시는 겁니까?"

모정이 끼어들었다.

"그러니까 내가 홀렸다고 말했잖아."

사련은 두 사람을 상대하는 대신, 부드럽지만 단호한 손길로 화성을 붙잡았다.

“설명할 시간 없어. 아무튼 일단 출발하자. 적이 뒤를 쫓고 있어!”

손길이 닿아오자 화성의 눈빛이 어렴풋이 흔들렸다. 이내 그가 싱긋 웃으며 말했다.

“쓸데없는 소리는 적당히 하고, 알아서들 따라와라. 기분이 좋으니 잠깐은 넘어가 주지.”

두 사람은 차마 믿기지 않는다는 듯 착잡한 표정을 지었다. 저 귀신은 머릿속에 은밀한 생각만 잔뜩 쌓아 놓고 팔백 년을 관음(觀淫)한 무서운 놈인데, 사련은 어째서 아무 일도 없었다는 듯이 그와 함께 다니는 것일까. 두 사람의 사고방식으로는 도저히 이해할 수가 없었다. 정말이지 제 발등에 스스로 도끼를 내리찍은 기분이었다. 반신반의하던 모정은 결국 다른 요점을 골라 물었다.

“적이라니요? 만신굴은 저자의 지반인데 무슨 적이 있답니까? 뺨에 저 상처는 적이 만든 겁니까? 혈우탐화를 다치게 할 만한 자는 천하에서도 손에 꼽을 텐데요.”

“백무상이었어.”

이 이름이 나오자 풍신과 모정의 안색도 변했다. 이내 그들은 두말없이 사련을 뒤따랐다.

그들이 누구보다 잘 알았기 때문이다. 사련은 무슨 수가 있어도 절대 이 존재를 두고 농담이나 거짓말은 하지 않았다. 절대 이 존재를 착각할 리도 없었다. 아까까지 만신굴에서 피 터지도록 싸웠던 일행은 이제 사이좋게 질주하기 시작했다. 모정이 외쳤다.

"대체 뭐가 어떻게 된 겁니까?"

사련은 그 백의 청년이 두 사람으로 둔갑한 이야기를 들려주었다. 그들은 경악을 금치 못했다.

"저희로 둔갑을 했다고요? 말도 안 됩니다!"

사련이 대답했다.

"확실해! 너무 촉박해서 자세히 들여다보진 못했지만, 누가 봐도 너희 둘이었어!"

풍신이 아연한 목소리로 말했다.

"하지만 백무상이 어떻게 이 세상에 존재할 수가 있습니까? 놈은 제군의 손에 죽었잖아요?"

모정이 말을 얹었다.

"그딴 게 쉽게 죽을 리가 없지. 당시에는 정말 죽었지만 기회를 봐서 환생했을 수도 있고!"

사련은 한 가지 일을 떠올리고 화성을 돌아보았다.

"삼랑! 우리가 막 동로산에 들어섰을 때, 네가 갑자기 숙면 상태에서 깨어나서 당장 뭔가를 피해야 한다고 재촉했었잖아. 그때 네가 느낀 게 그였던 거지?"

화성은 가만히 고개를 끄덕였다.

"맞아."

사련이 중얼거렸다.

"역시! 나중에 갈림길에서 서쪽을 골랐을 때 동쪽에서 몇천 마리 요괴를 죽인 자도 그였어. 정말 환생한 거야. 하지만 아직 힘이 모자라서, 법력을 축적할 발판으로 삼으려고 동로산을 향하는 요괴와 귀신들을 죽였던 거고…… 그리고 이젠 회복을 마쳤겠지. 심지어 더 강해졌을지도 몰라."

누가 뭐래도 그는 처음으로 세상에 악명을 퍼뜨린 절경귀왕이었으니까.

이때 모정이 이상한 낌새를 눈치채고 입을 열었다.

"태자 전하, 저자가 우리를 어디로 안내하고 있는지 아십니까? 나가는 길은 아닌 것 같은데요?"

화성이 대답했다.

"당연히 나가는 길이 아니지. 애초에 나갈 수가 없거든."

풍신이 기겁했다.

"뭐라고? 이 석굴은 그쪽 지반이잖아? 설마 본인이 길을 잃었으려고."

"그럴 리가 없잖아……."

사련이 한마디 하자 화성이 말을 이었다.

"백무상은 지금 출구와 이어진 길목을 막고 있다. 지금 그 꼴로 놈과 싸워서 이길 자신이 있다면 굳이 말리진 않겠다만. 사양 말고 가라."

어쨌거나 풍신과 모정도 선락국 사람이라 사련과 마찬가지로 그 존재에 대해 지울 수 없는 어두운 그림자를 품고 있었다. 실로 부득이한 상황이 아니라면 결코 그와 맞서고 싶지 않았다. 풍신은 석굴 위를 올려다보며 말했다.

"아예 천장을 뚫고 나갈 순 없는 건가?"

화성이 비웃으며 핀잔을 놓았다.

"위쪽은 설산이다. 또 눈사태에 휩쓸리고 싶은 모양이지."

애석하게도 지사의 삽은 인옥에게 비상용으로 넘겨 둔 참이었다. 물론 쓰는 방법을 연구해 본 적도 없지만. 그렇지만 않았어도 당장 조용히 구멍을 파고 빠져나갔을 터다. 풍신이 거듭 말했다.

"그럼 우린 지금 무턱대고 돌아다니고 있는 건가?"

사련이 대답했다.

"무턱대고 돌아다녀도 그는 어떻게든 쫓아올 테니까 출구로 이어지는 그 길목을 떠나게 되겠지. 그 기회에 반대편 사람들이 빠져나가면 돼."

모정이 날카롭게 물었다.

"잠깐, 반대편 사람? 둘로 갈라지자는 말씀입니까? 한쪽은 미끼를 자청해 놈을 유인하고, 다른 쪽은 저들끼리 탈출하라고요?"

"바로 그거야! 백무상이 다시 세상에 나타났다는 사실을 제군께 알려야 해. 너희는 여길 빠져나가서 어떻게든 상천정에 소식을 전……."

모정이 말허리를 잘랐다.

"아니, 잠깐! 누굴 미끼로 쓸지 벌써 다 정하신 겁니까?"

사련은 고개를 저으며 말했다.

"내가 정한 게 아니야. 백무상이 정했지."

말뜻을 이해한 모정은 입을 다물었다. 사실상 추격의 대상이 누가 되느냐는 자신들이 고를 만한 문제가 아니었다. 여기서 백무상이 가장 열심히 추격할 대상을 고르라면, 그건 분명 사련이었다.

풍신은 망설임 없이 입을 열었다.

"저는 여기 남아서 전하와 함께 놈을 상대하겠습니다."

예전에는 일이 생기면 모정은 사련의 소식을 전하는 인편 역할을, 풍신은 남아서 사련을 돕는 역할을 도맡았었다. 마치 지금 그 장면이 거듭 눈앞에 펼쳐진 기분이었다. 하지만 사련은 화성을 흘긋 쳐다보며 말했다.

"마음은 고마워! 하지만 괜찮아. 삼랑이 남을 거야."

풍신이 덜컥 받아쳤다.

"그자를 어떻게 남깁니까? 그는……."

화성의 미간이 슬쩍 구겨졌다. 사련이 대신 입을 열었다.

"괜찮아. 난 삼랑을 믿어."

온화한 말투였으나 태도는 한없이 단호했다. 풍신은 저도 모르게 멍하니 읊조렸다.

"전하."

사련은 그의 어깨를 툭 다독여 주며 말했다.

"둘이서 같이 가. 동로산은 벌써 닫혀 버려서 빠져나갈 수 있을지 확실하지도 않잖아. 게다가 그…… 검란 모자를 찾으려던 거 아니었어?"

사련의 귀띔에 풍신의 안색이 어둡게 가라앉았다. 이때 사령나비 한 마리가 화성의 손목을 감싼 은제 호완에서 빠져나왔다. 화성이 입을 열었다.

"따라가라."

모정과 풍신이 화성과 사련을 번갈아 쳐다보았다. 결국 모정이 조용히 한마디 했다.

"몸조심들 하세요."

그러고는 뒤돌아서더니 그 은나비를 따라 다른 동굴 통로로 뛰어들었다. 이윽고 풍신도 뒤따라 걸음을 옮겼다.

그렇게 네 사람은 이 갈림길에서 흩어졌다. 사련은 멀어져 가는 두 사람의 뒷모습을 눈으로 좇았다. 이때 멀리서 또다시 폭발음이 들려왔다. 자리에 남은 두 사람은 서로 눈빛을 교환했다. 화성이 가라앉은 목소리로 입을 열었다.

"왔네."

사련이 말했다.

"길을 안내해 줘."

예상대로 그 백의 청년은 사련을 노리고 돌격해 왔다. 화성은 가는 내내 사령나비 진으로 장애물을 만들어 그 백의 청년과 일정한 거리를 유지하는 동시에 수많은 통로의 상황을 감시했다. 폭발음과 함께 사령나비 떼의 날카로운 비명이 들려올 때마다 화성의 안색이 조금씩 굳어졌다. 사련도 그 소리에 명치께가 욱신거렸다. 굽이치는 통로를 돌고 돌아 한 석굴로 들어섰을 무렵, 사련이 결국 말을 꺼냈다.

"이렇게…… 많은 은나비를 잃게 될 줄이야."

비록 그 사령나비 떼는 대외적인 명성이 아주 별로이긴 하지만, 사련이 보기엔 하나같이 귀엽고 사랑스러운 정령일 뿐이었다. 희생을 무릅쓴 이 자폭 공격이 그저 잠깐이나마 적의 발목을 잡기 위함이라고 생각하니 너무나 가슴이 아팠다. 반면에, 짧게 냉소한 화성은 두꺼운 암벽 너머를 꿰뚫어 보는 것처럼 시선을 던지며 나직하게 말했다.

"걱정 마. 놈이 하나를 죽이면 또 열 마리를 만들면 돼. 한계까지 버티면서 쏟아부을 테니까, 어느 쪽이 먼저 쓰러질지 보자고."

사련은 어쩐지 가슴이 떨리는 기분에 속으로 중얼거렸다.

'……이건 정말, 곤란하네.'

물론 화성은 무심코 흘린 표정이었겠지만, 이렇게 독기와 반항심이 묻어나는 자신감은 정말이지 당해 낼 도리가 없었다.

이윽고 화성은 무슨 신호라도 받은 것처럼 걸음을 늦추더니 사련에게 말했다.

"유인에 성공했어. 그 두 사람, 금방 빠져나갈 거야."

"잘됐네! 이제 천천히 방법을 생각하면 되겠다."

"응, 시간은 많아. 제법 먼 거리를 따돌렸거든. 지금은 우선 여기 숨어서 대책을 생각해 보자."

"……."

그런데 누가 알았으랴. 삽시간에 두 사람을 감싼 공기가 다소 어색해졌다.

민망한 감정에서 오는 어색함은 아니었다. 이는 미묘한 쑥스러움이었다. 등 뒤의 존재에게 쫓기느라 급급했던 데다가 풍신과 모정이 함께 있었던 탓에 방금까지만 해도 불투명한 감정이었다. 물론 아까 '얘기는 나중에 하자'고 말했다지만, 막상 잠깐의 여유를 되찾은 '나중'이 오고 나니 어떻게 말머리를 꺼내야 좋을지 감이 잡히지 않았다.

사련은 큼큼, 헛기침을 하고는 손가락을 세워 뺨을 긁적였다. 어떤 자세를 해도 어색한 기분이었다. 입을 열고는 싶지만, 너무 깊이 파고드는 바람에 지루해진다거나 너무 의도적으로 느껴질까 봐 걱정이었다. 그저 화성이 먼저 어떤 식으로라도 말을 꺼내 주기만을 간절히 바랄 따름이었다. 하지만 화성도 진지하게 책략을 세우고 있는 것처럼 얼굴을 굳히고 있었다. 하지만 정말로 책략을 세우고 있는지는 장담할 수 없었다. 뒷짐을 진 그의 손이 희미하게 떨린 것 같았기 때문이다.

이때, 두 사람은 한 신상 옆을 지나쳤다. 만신굴 안의 신상은 대부분 실제 사람 크기에 달했는데, 이 신상은 만듦새가 투박한 편에 키도 반쯤 작았다. 지나가는 김에 신상의 머리에 덮인

면사를 잡아챈 순간, 사련의 눈이 반짝였다.

"삼랑, 이것도 네가 만든 거야?"

화성은 흘긋 시선을 던지고 침묵했다. 잠시 뒤에야 대답이 들려왔다.

"옛날에 서툴렀을 때 빚은 거야. 보지 마, 형."

이 말은 틀림없는 사실일 터였다. 그도 그럴 것이, 이 신상은 정말 못생기기 그지없었다. 신상을 조각한 사람이 머릿속의 그 완벽한 모습을 재현하려고 기를 썼다는 사실은 알겠으나, 솜씨가 부족해서인지 결과물이 영 신통치 않았다. 물론 말라비틀어진 대추처럼 얼굴이 일그러진 정도는 아니었지만, 비율이 엉망인 데다 머리에 문제가 있는 사람처럼 웃고 있다는 것만큼은 분명했다.

다만 그런 와중에도 세부적인 장식은 빠짐없이 챙겼다. 때문에 사련은 이것이 태자열신상임을 알아볼 수 있었다. 심지어는 그 붉은 산호주 귀걸이까지 쌍쌍이 깎아 놓았다.

사련은 묵묵히 입을 틀어막고 고개를 돌렸다. 그러곤 최대한 자연스러운 표정을 짓기 위해 손으로 힘껏 얼굴을 문질렀다. 그의 모습에, 화성은 민망하기 그지없는지 황급히 말했다.

"그만 보세요, 전하."

그러고는 다시 신상에 면사를 씌우듯 덮어 올렸다. 사련이 황급히 변명했다.

"오해하지 마! 난 진심으로 귀엽다고 생각했어!"

하지만 생각해 보면 화성이 조각한 건 자신이 아니던가? 이 말은 결국 자신더러 귀엽다고 칭찬한 격이 아닌가? 두 눈 버젓이 뜨고 헛소리를 하다니, 이 무지막지한 뻔뻔함에 사련은 결국 웃고 말았다. 이를 본 화성도 눈을 내리깔고 웃음을 흘렸다.

이렇게 나란히 웃고 있으니, 묘한 조바심이 느껴지던 어색한 공기가 한결 옅어졌다.

계속해서 앞으로 걸음을 옮기자 이번에는 와상[#1] 하나가 길가에 나타났다. 그 와상은 머리부터 발끝까지 연기 같은 흰 면사로 뒤덮여 있었다. 호기심이 발동한 사련이 신상을 뒤덮은 면사를 끌어 내리려는데, 화성이 단숨에 그의 손목을 낚아챘다.

"전하!"

만신굴에 들어온 뒤로 화성은 대체로 그를 '전하'라고 불렀다. 사련의 시선을 받은 화성은 그를 움켜쥐었던 손을 놓았다. 여전히 조금은 어색한 기색이었다.

사련이 말했다.

"내 신상이란 건 벌써 다 아는데, 그래도 보면 안 돼?"

"신상을 보고 싶으면 나중에 형이 못 봤던 제일 잘 깎은 석상을 보여 줄게. 이쪽 석굴에 있는 건 보지 마."

사련은 영 이해가 가지 않았다.

"왜? 난 여기 만신굴에 있는 석상은 전부 솜씨가 대단하다고 생각하는걸. 정말로. 안 보고 지나가면 너무 아쉬울 것 같아.

#1 와상 臥像. 오른쪽 어깨를 아래로 두고 옆으로 누운 석상

그러고 보니 그 벽화도…….”

그런데 화성이 다짜고짜 이렇게 말할 줄 누가 알았으랴.

“부수고 올게.”

심지어 그는 정말로 가 버릴 기세였다. 사련은 다급히 그를 붙잡았다.

“아냐, 아냐, 그러지 마! 왜 부수려고? 내가 봐서 그래? 그래, 알았어…… 솔직히 말할게. 사실 아주 일부만 봤어. 그, 정월 제천유랑 군영 막사 부분만. 나머지는 끝까지 못 봤어. 풍신과 모정이 못 보게 했거든. 난 애초에 네가 뭘 그렸는지도 몰라. 그러니까 부수지 마!”

“…….”

화성은 비로소 사련을 돌아보며 말했다.

“정말로?”

사련은 그를 붙잡고, 진심을 다해 말했다.

“정말로. 내가 보는 게 싫으면 그냥 안 볼게.”

화성은 내심 안도한 것처럼 싱긋 웃으며 말했다.

“별로 대단한 그림도 아니야. 보고 싶은 그림이 있다면 차라리 나한테 직접 부탁해.”

그의 이런 반응은 사련의 호기심을 한층 자극했다. 하지만 화성을 몰아세웠다간 또 그 진귀한 벽화를 부수겠다며 나설지도 모르니 억지로 호기심을 가라앉혀야 했다. 몇 걸음을 뗐을 무렵, 사련은 문득 미간을 좁혔다.

"……이상하네."

화성도 입을 열었다.

"뭐가?"

그는 화성을 돌아보며 말했다.

"백무상이 왜 동로산에 왔을까?"

"힘이 완전히 회복되지 않아서 동로를 빌미로 다시 태어나려는 목적일지도 모르지."

"그럼 한마디로 지금 그는, '절'…… 이 아니라는 거잖아?"

"그럴 가능성도 배제할 순 없지."

아까 백무상이 둔갑한 '풍신'과 '모정'은 난데없이 등장해 사람을 놀라게 했다. 게다가 '못 이겨, 도망치자!'라고 판단한 사련이 다짜고짜 화성을 끌고 도망친 바람에 두 사람은 백무상과 제대로 맞서지도 못했다. 때문에 지금 백무상의 실력이 어느 정도인지 가늠해 볼 기회가 없었다.

그저 허세일 뿐이었을까? 아니면 여유로운 태도였을까? 눈 깜짝할 새에 몇 번 겨룬 공격으로는 판단이 서지 않았다. 사련은 생각에 잠겨 중얼거렸다.

"난 그 가짜 가죽들만 보고 무의식적으로 백무상이 더 강해졌다고 생각했어. 하지만 지금은…… 아직 완전히 회복하지 못했을지도 몰라. 아마 지금이 가장 약한 시기가 아닐까? 아니면 왜 동로산에 왔겠어? 어쩌면…… 시도해 볼 만하겠어."

지금이라면 그를 쓰러뜨릴 수 있을지 말이야.

곧바로 화성의 대답이 따라붙었다.

"좋아. 나도 같이 상대할게."

사련은 퍼뜩 정신을 차리고 재빨리 입을 열었다.

"아냐, 아냐, 넌 정면으로 맞서지 마. 나 혼자 시험해 보면 돼!"

절경귀왕들은 보통 함부로 겨루지 않고 흑수침주와 혈우탐화처럼 사시사철 무탈하게 지낸다. 상천정 신관들은 실력이 어떤지, 궁관과 신도와 세력 범위가 얼마나 되는지 마음만 먹으면 속속들이 알 수 있으나 귀왕들은 사정이 다르기 때문이다. 그들은 자신의 정체를 숨기듯 진정한 실력도 숨길 수 있다. 서로의 실력에 확신이 없으니 '절'끼리 서로 싸우면 어떤 승부가 날지도 미지수였다. 그래서 웬만하면 평형을 유지하는 것이다.

화성이 말했다.

"걱정할 필요 없어. 승패는 모르는 거니까. 설마 형은 내가 형 혼자서 놈을 상대하게 둘 것처럼 보여?"

"……."

사련은 고개를 내저었다.

"그런 게 아냐, 삼랑. 우리는 달라. 그는…… 날 죽이지 않을 거야. 장담해."

"어째서?"

짧게 망설인 사련은 끝내 대답을 피했다.

"넌 그 존재가 얼마나 무서운지 모르니까……."

그러자 화성이 그의 말끝을 잘랐다.

"전하! ―저도 압니다."

사련은 그제야 화성도 선락군에 입영한 적이 있다는 사실이 떠올랐다. 화성 역시 몸소 선락 전장에 나서서 시체가 즐비하게 널린 참상을 목격한 몸이었다. 하지만 화성은 결국 사련과 달랐다. 그는 군오와 백무상의 그 끔찍한 격전을 두 눈 뜨고 지켜보지 못했다. 그렇다고 백무상과 말을 섞어 본 것도 아니었다.

여기까지 생각한 사련은 힘껏 고개를 내저었다.

"너를 못 믿어서가 아니야. 난 그냥…… 네가 조금이라도 피해를 보는 게 싫어서 그래."

이 말에 화성의 눈빛이 어른거렸다. 이윽고 그가 웃으며 입을 열었다.

"형, 걱정 마. 난 이미 죽은 몸이잖아. 그렇게 간단히 또 죽지는 않아. 그리고 내가 했던 말 잊었어? 내 유골을 찾아내지 않는 한, 놈은 날 어쩌지 못해."

말이 나오자 사련은 새삼스레 이 사실을 깨닫고 급히 물었다.

"잠깐! 다른 건 일단 나중에. 삼랑, 네…… 유, 유골은 잘 숨겨 뒀어?"

"진작에 숨겨 놨지."

고개를 끄덕인 사련은 잠시 뜸을 들이다 결국 한마디 묻고 말았다.

"제대로 숨긴 거 확실해? 충분히 안전한 곳이야? 들키진 않겠지?"

화성이 유유자적 답했다.

"내가 아는 한, 이 세상에서 가장 안전한 곳이야."

하지만 사련은 만사에 절대적인 일은 없다고 생각했다.

"정말 그 정도로 자신이 있다고?"

화성은 가만히 눈웃음을 지었다.

"유골을 숨긴 그곳이 사라진다면 나도 더 이상 존재할 필요 없어. 당연히 자신 있지."

사련은 '존재할 필요가 없다'는 말이 무척 마음에 걸렸지만, 여기는 안전한 곳이 아니라 듣는 귀가 있을지도 모르니 깊이 파고들기는 곤란했다. 그는 꾹 참고 말을 아꼈다. 하지만 이쯤 되니 사련은 화성에게 진심으로 묻고 싶었다. —화성은 어떻게 죽었을까?

정말 궁금하지만 입 밖에 낼 수 없는 질문이었다. 사람이 죽고 나면 그 혼백은 집념 하나만으로 이 세상에 남는다. 대개는 고통과 원념에서 비롯된 집념이 가장 강력하다. 하물며 절경귀왕이 될 정도라면 여간 깊은 집념이 아닐 터다. 자칫 이 질문을 했다가 아픈 상처를 헤집는 꼴이 되어 화성이 괴로워하면 어쩌나 두려웠다. 그리된다면 사련 역시 견디기 힘들 것이다. 그리고 또 한 가지. 화성은 지난 팔백 년을 어떻게 살아온 걸까?

여기까지 떠올렸을 무렵, 불현듯 사련의 머릿속에 어떤 무서운 생각이 스쳤다. 그는 등에 번지는 식은땀을 느끼며 외쳤다.

"삼랑!"

"응?"

사련의 손가락이 움찔 오그라들었다.

"그…… 하나 더 묻고 싶은 게 있어."

"편하게 물어봐."

사련은 그를 빤히 응시하며 말했다.

"혹시 지난 팔백 년 동안, 선락국 시절 말고 다른 시기에도 날 본 적 있어?"

"……."

화성은 느릿하게 돌아보며 말했다.

"유감스럽지만, 끝까지 포기하지 않고 찾으려고 노력했는데도 결국 보지 못했어."

사련이 거듭 캐물었다.

"정말로?"

화성은 그의 눈동자를 직시하며 대답했다.

"정말로. 왜 그렇게 물어보는데?"

사련은 남몰래 한숨을 돌리고 겨우 웃어 보였다.

"아무것도 아니야. 그냥, 그동안 꼴사나운 나날을 보냈거든. 얼마나 흐지부지하고 실패한 인생이었는데. 혹시나 네가 봤다면 좀 난처했을 거야."

화성이 하핫, 웃었다.

"그럴 리가 있나?"

하지만 사련의 얼굴에는 조금의 웃음기도 없었다.

"농담하는 거 아니야. 정말 실패한 인생이었어."

이 말을 들은 화성은 웃음을 거두고 표정을 가라앉혔다.

"그래도 괜찮습니다. 전하께서 예전에 말씀하셨잖아요?"

사련은 멍해졌다.

"나? 내가 뭐라고 했었는데?"

화성이 유유히 말을 이었다.

"내겐 한없는 영광을 누리는 것도 너고, 먼지 속으로 추락한 것도 너야. 중요한 건 '너'지, 어떤 '너'인지가 아니야."

그는 사련을 향해 눈을 깜빡이더니 한쪽 눈썹을 추켜세웠다.

"저도 마찬가집니다."

"……."

한참 넋을 놓고 있던 사련은 별안간 팍, 하고 얼굴을 감쌌다. 온 머리통이 뜨겁게 익은 기분이었다.

"내, 내가 그런 말을 했었어?"

"그럼요! 발뺌할 생각 마, 형."

팔로 얼굴 앞을 가린 채 사련이 외쳤다.

"아, 아니겠지!"

"한번 볼래요? 찾아서 보여 줄까?"

사련은 벌떡 고개를 쳐들었다.

"으응? 너…… 설마…… 아니겠지……. 삼랑, 너…… 전부 기록해 둔 거야?"

"농담이야, 농담."

"솔직히 별로 못 믿겠어……."

"형, 날 믿어."

"이제 안 믿어!"

두 사람은 또 다른 갈림길에 다다랐다. 이때 갑자기 바람이 끼쳐 왔다. 화성은 살짝 몸을 비틀고 앞을 막아서더니, 사련을 감싸려는 것처럼 한 손을 치켜들었다.

사실 그리 강한 바람도 아니라서 막을 필요는 없었다. 화성은 순전히 자연스레 움직였을 뿐이었다. 바람은 지나갔지만, 여전히 부스스한 머리칼에 마음이 산란해졌다. 사련은 문득 깨달았다. 자신을 바라보지 않는 화성의 표정과 윤곽은 하나같이 차가웠다. 손을 드는 동작은 무심하면서도 흐트러짐이 없었다. 심지어 화성 본인도 자신이 무턱대고 움직였다는 사실을 의식하지 못했다. 마치 그를 지키는 것이 일종의 본능인 것처럼.

사련은 다시 덜컥 외쳤다.

"삼랑!"

화성은 고개를 틀어 그를 바라보고서야 빙긋 웃었다.

"전하, 뭡니까?"

사련은 아마 화성의 이 웃음도 무의식에서 나왔으리란 생각이 들었다.

또렷하고 거센 목소리가 그의 마음속에 대고 말했다. 이 사람은, 정말 자신을 신으로 여기고 있다고.

사련의 손가락이 조용히 손바닥을 파고들었다.

"동로산을 빠져나가면, 네게 정말 많은 얘기를 하고 싶어."

화성은 가볍게 고개를 끄덕였다.

"좋아요. 기다릴게요."

사련의 질문이 이어졌다.

"풍신 쪽은 탈출했을까?"

"이미 탈출했습니다."

"그럼 백무상은? 우릴 뒤쫓지도 않고 그 두 사람을 막지도 않았잖아? 지금 어디 있지? 여기서 얼마나 떨어져 있어?"

"놈은 지금……."

그는 말끝을 흐리며 안색을 어렴풋이 바꾸더니, 두 손가락으로 오른쪽 눈썹을 가만히 눌렀다. 이내 그가 말문을 뗐다.

"……사라졌어요."

"!"

사련이 놀란 목소리로 물었다.

"사라지다니?"

화성은 침착하게 시선을 집중하고 살펴보며 말했다.

"감쪽같이 자취를 감췄습니다."

아무리 귀신이라도 사령나비가 겹겹이 포위한 이 만신굴에서 감쪽같이 자취를 감출 순 없었다.

"잠깐 볼게?"

경황없이 말한 사련은 두 손으로 화성의 어깨를 움켜쥐고 발뒤꿈치를 살짝 들어 이마를 맞대었다. 화성은 그의 허리를 감싼 채 뒤로 떼어 내려 했지만, 결국엔 포기하고 더욱 단단히 고쳐 안았다.

앞서 화성이 보았던 장면이 사련의 눈앞에 빠르게 펼쳐졌다. 그 백의 청년은 어느 석굴 안에 유유히 도착했다. 또다시 덮쳐온 무수한 사령나비가 그를 은빛 고치 형태로 휘감고 얼마간 대치했다. 이내 진이 깨지고 은빛이 폭발했다. 파스스, 은나비 떼는 온 허공에 빛을 뿌리며 부서졌다. 그러나 은빛이 가라앉았을 무렵, 그는 자취를 감추었다.

이어서 화성의 오른쪽 눈이 사련의 시선을 이끌며 온갖 석굴 통로 안의 정경을 훑어보았다. 통로마다 그 백의 청년이 이동하고 있는 모습이 보였다. 사련은 얼굴을 살며시 떼고 미심쩍게 중얼거렸다.

"설마 떠났나?"

하지만 남들은 몰라도 그는 너무나 잘 알았다. 백무상은 자신을 본 이상 끈질기게 집착하며 물고 늘어질 것이다. 화성이 말했다.

"어쩌면 방금 그 추측이 맞을지도 몰라. 동로를 빌미로 다시 '절'의 몸이 되는 게 놈의 급선무겠지. 그래서 먼저 떠난 거야."

이 목소리는 귓가에 바짝 붙어 흘러나왔다. 사련은 그제야 퍼뜩 정신을 차렸다. 깨닫고 보니 자신은 화성의 뺨을 쥔 채였고, 화성은 그 손길에 허리를 살짝 숙이고 있었다. 사련은 황급히 손을 내려놓으며 말했다.

"막아야 해!"

그들이 동로산에 온 목적은 '절'이 될 가능성을 지닌 모든 인물을 막기 위해서다. 방금 내내 백의 청년을 피해 숨었던 두 사람은 상황을 다시금 확실히 인식하고 나자 수많은 신상 사이를 누비며 그를 직접 찾아 나서기 시작했다. 그들은 금세 백의 청년이 사라진 곳에 도착했다.

예상대로 석상 몇 개 말고는 아무것도 없었다. 온통 은빛으로 뒤덮인 바닥 위에서 완전히 부서지지 않은 은나비들이 찢긴 날개를 파닥이고 있었다. 사련은 허리를 숙이고 몸을 낮추었다. 효과가 있을지는 모르겠으나 나비들을 두 손으로 감싸 안아 줄 생각이었다. 바로 이때, 등 뒤에서 화성의 목소리가 울려 퍼졌다.

"……형, 이쪽으로 와 봐."

억눌린 분노가 느껴지는 목소리였다. 다만 사련을 향한 분노는 아니었다.

사련은 고개를 들었다. 노기 어린 시선으로 앞쪽의 한 신상을 노려보고 있는 화성이 눈에 들어왔다.

그건 머리부터 발끝까지 흰 면사로 뒤덮인 신상이었다. 꿈쩍없이 서 있는 윤곽이 어렴풋이 보였다. 한 손으로 검을 들고 치켜든 것인지 한쪽이 뾰족하게 불거져 있었다.

그러나 지금, 그 날카로운 검 끝에서 피가 서서히 배어 나와 계속해서 넓게 번지며 면사를 붉게 물들이고 있었다.

검에 피가 묻은 것이다.

누가 보아도 이 신상이 수상하다는 것을 알 만한 장면이었다. 어쩌면, 지금 이 면사에 덮인 것은 본래의 신상이 아니라 다른 존재일지도 몰랐다. 훌쩍 도약한 사련은 화성의 옆에 나란히 서서 그 신상을 향해 방심을 겨누었다. 그러자 화성이 가라앉은 얼굴로 손을 휘둘러 그 면사를 젖혔다.

사련의 두 동공이 한순간 조여들었다.

면사에 덮인 것은 그의 신상이 맞았다. 한 손에는 검을 들고 한 손에는 꽃을 쥔 채 미소를 띤 태자열신상이었다. 다만, 그 미소에서 옅은 피비린내가 느껴졌다.

핏줄기의 근원지는 신상이 든 검이었다. 검날 위에 한 소년이 꽂혀 있었다. 얼굴에 온통 붕대를 휘감고 온몸을 피로 적신 소년. 다름 아닌 낭형이었다.

94장 동로가 닫히면 반드시 절이 탄생할지니

낭형의 머리는 의식을 잃은 듯 한쪽으로 꺾인 채였다. 낭형을 발견한 사련은 무의식적으로 구하려 달려들려다가 황급히 걸음을 멈추고 생각했다. 방금 여기엔 백무상 혼자뿐이었는데, 낭형이 어떻게 갑자기 나타났지?

한없이 고명하고 성스러운 태자열신상이 척척한 핏자국에 엉망으로 더럽혀지자 화성의 안색이 분노로 어두워졌다. 화난 기색이 역력한 얼굴이었다. 손에 들린 곡도 액명에서도 한기가 진동했다.

그가 한 글자씩 잇새로 짓이겼다.

"당장 내려와."

'낭형'은 정말로 꺾인 머리를 곧추세우고 두 눈을 떴다. 그러곤 검에 꽂힌 몸을 천천히 뽑더니 바닥으로 떨어졌다.

아까 진을 치고 습격한 은나비 떼를 부스러뜨린 그는, 어수선한 은빛이 흩날리는 틈에 이 신상의 면사 아래로 숨어들어 낭형의 모습으로 둔갑한 것이다.

낭형의 모습으로 둔갑했다면 필시 어딘가에서 낭형을 본 것이리라. 사련이 입을 열었다.

"진짜 낭형은 어디 있지?"

화성은 예상 밖의 말을 꺼냈다.

"애초에 '진짜 낭형' 따위는 없었던 걸지도."

처음부터 '낭형'이 존재하지 않았던 것이라면, 그게 단지 백무상이 완전히 회복하지 못한 모습일 뿐이었다면, 그렇다면 상황은 쉽게 설명된다. 하지만 여군산에서 죽은 소형 낭자를 생각해서라도 이 가설은 인정하고 싶지 않았다. 사련은 곧바로 다른 가능성을 떠올리고 느릿하게 운을 뗐다.

"어쩌면…… 낭형은 잡아먹혔을지도 몰라."

맞은편에 있는 '낭형'의 몸이 늘씬하게 자라나기 시작했다. 천천히 흘러내린 붕대 사이로 백무상의 희비면이 드러났다. 그는 이 말을 듣고 가볍게 고개를 들더니 미소를 머금은 듯한 목소리로 말했다.

"정답이다."

역시 그랬다.

군오에게 패한 백무상은 나머지 혼백 한 줌으로 인간 세상을 떠돌았다. 그렇게 숱한 세월을 떠돌다 어느 순간 같은 처지인

낭형을 발견했을 것이다.

그는 어떤 방법으로 낭형을 홀리거나 속여서 그의 몸에 기생했을 게 분명하다. 허약한 혼백 조각으로는 낭형을 집어삼킬 여력이 없었을 테니까.

낭형의 몸에 달라붙어 서서히 힘을 회복한 결과가 바로 사련과 화성의 눈앞에 보이는 이 모습이다. 백무상은 귀신이 귀신을 잡아먹는 방식으로 낭형이라는 숙주를 지배했다. 예컨대 하현이 백화진선을 집어삼켰다면, 낭형은 거꾸로 종속되고 만 것이다.

기다릴 새도 없이 '낭형'은 완벽한 백무상의 모습으로 화했다. 화성은 그를 노려보며 입을 열었다.

"낭형은 어째서 네놈에게 자신의 영체를 넘겼지?"

사실 이것은 생판 얼굴도 모르는 남을 찾아가 '날 너희 집에 들여보내고 한솥밥을 먹게 해 달라'고 요구한 것이나 마찬가지다. 낭형은 명색이 몇백 년을 묵은 귀신이다. 겁이 많아 쉽게 움츠러들기는 해도 그 정도로 멍청하지는 않을 터다. 이내 백무상이 온화하게 대답했다.

"답해 주는 건 어렵지 않다. 다만, 옆에 계신 그분께서 내가 떠들게 내버려 두려나 모르겠군?"

화성은 옆으로 시선을 옮겼다. 사련의 표정이 조금 이상했다. 심지어는 자신에게 날아든 시선조차 전혀 느끼지 못하는 눈치였다. 백무상이 말을 이었다.

"낭씨 성, 영안국, 인면역. 그 아이는 어째서 내게 기꺼이 잡아먹혔을까? 정말 그 이유를 모르겠나?"

사련의 얼굴이 삽시간에 희게 질리더니 손등에 핏줄이 돋았다. 그는 단번에 검을 휘두르며 일갈했다.

"입 다물어!"

백무상은 형체를 지우듯 빠르게 몸을 피했다. 사련의 일격은 캉, 소리를 내며 자신의 신상이 들고 있던 그 장검을 베어 버렸다.

이런 낭패가 다 있나. 태자열신상에서 태자의 검이 부러졌으니 이 신상은 이제 불량품으로 전락한 셈이다. 순간 사련은 냉수 한 바가지를 뒤집어쓴 사람처럼 퍼뜩 정신을 차렸다. 사령나비 떼가 격노한 기색으로 새까맣게 날아들었다. 백무상은 싱거운 웃음을 흘리며 여유 만만하게 소매를 들고 얼굴을 가리더니, 미련 없이 어둠 속으로 빠르게 잠겨 들었다. 잘려 나간 검을 바라보던 사련은 무의식적으로 화성에게 말했다.

"미안……."

그러나 화성은 그의 말끝을 잘랐다.

"전하께서 제게 사과를 하시다니, 조금 우습지 않습니까? 놈은 갔습니다. 이제 어쩔까요?"

사련은 겨우 마음을 가다듬고 대답했다.

"도망쳤나? 동로에 들어가게 놔둘 순 없어!"

두 사람은 만신굴을 빠져나와 다시 설산 위로 기어올랐다. 머리를 내밀기 무섭게 산이 흔들리는 느낌이 들었다. 위쪽을 바라보자, 눈이 간간이 쏟아졌다. 아까보다 심하면 심했지, 결코 만만한 눈사태는 아니었다. 눈밭 아래에 파묻힌 무언가가 잠에서 깨어난 것처럼 노성을 지르며 천년 묵은 적설을 털어내고 있었다. 사련이 외쳤다.

"여길 올라갈 수 있을까?"

화성은 사련의 손을 단단히 그러쥐었다.

"절 따라오시면 됩니다!"

두 사람은 홍수처럼 쏟아지는 눈사태를 거슬러 올라갔다. 한 걸음 디딜 때마다 세 걸음을 물러설 만큼 힘겹고 아슬아슬했지만, 거센 눈사태와 수많은 구덩이를 피해 가며 산길을 뚫고 전진했다.

그렇게 마침내 정상에 도착했다. 산꼭대기에 두툼하게 뒤덮인 얼음층은 몇 겹인지 가늠도 되지 않았다. 사련은 조금만 빨리 걸었다간 미끄러져 넘어질 것 같다는 생각이 들었다. 하지만 화성은 거리끼는 기색 없이 그를 이끌고 침착하게 걸음을 내디뎠다. 두 사람은 분화구 앞에 다다랐다. 하늘을 향해 울부짖는 거대한 입 같은 모습이 자못 장관이었다. 내려다본 아래쪽은 온통 칠흑 같은 어둠이었다. 착각인지는 모르겠으나 가장 깊숙한 곳에서 오싹한 붉은빛이 아른아른 비치는 것도 같았다. 사련은 어쩐지 속이 떨리는 기분을 느끼며 머리에 쓴 삿갓이 눈보라에 날아가지 않게 고쳐 눌렀다.

"벌써 들어간 건가?"

화성은 짧게 시선을 던지더니 안색을 굳히며 대답했다.

"들어갔습니다."

"그걸 어떻게 알아?"

"동로가 닫히고 있으니까요."

흠칫한 사련은 당혹감을 감추지 못했다.

"어째서? 이렇게 빨리 닫혀 버린다고? 귀신들끼리 안에서 살육을 시작해야 닫히는 거 아니었어?"

"일반적인 상황에선 그렇죠. 하지만 입장한 귀신이 동로를 뚫고 나갈 잠재력이 극히 크다고 판단했을 때, 그 귀신이 동로를 닫으라고 요구하면 동로가 직접 입구를 닫기도 합니다."

화성은 잠시 뜸을 들이다 덧붙였다.

"예전에 제가 그렇게 했고요."

사련이 거듭 물었다.

"백무상은 정말 '절'이 맞을까? '절'이었던 귀왕이 다시 동로에 들어가면 어떻게 돼?"

"한 번 등선했던 신관이 다시 천겁을 겪는 일과 다를 게 없습니다."

즉, 한층 강해진다는 뜻이 된다.

백무상이 이 관문을 돌파하게 내버려 둔다면 상상을 초월하는 결과가 뒤따를 터였다.

또한 동로를 뚫고 산을 빠져나온 그가 처음으로 찾아갈 사람은, 단연코 사련이었다.

한없이 깊고 아득한 심연을 오랫동안 응시한 끝에, 사련은 느릿하게 입을 열었다.

"삼랑, 나…… 내려가 봐야 할 것 같아. 이젠 끝을 내야지."

화성이 담담한 목소리로 말했다.

"내려가요. 같이 갈게."

사련은 고개를 들어 그를 바라보았다. 화성도 고개를 들고 눈을 맞추더니 한쪽 눈썹을 까딱 치켜세우며 웃었다.

"그래 봐야 거슬리는 놈 하나 처리하고 다시 한번 동로를 뚫으면 그만입니다. 그렇게 어려운 일도 아니에요."

화성이 느긋한 태도를 보이자, 사련도 팽팽히 긴장했던 마음을 누그러뜨리며 살포시 웃었다. 곧이어 화성이 한마디 덧붙였다.

"대신 한 가지."

"응?"

살며시 고개를 돌린 순간, 불현듯 화성이 한 손으로 그의 허리를 감싸 품으로 끌어당겼다. 이내 다른 손으로는 그의 턱을 살짝 들어 올리더니 그대로 입술을 머금었다.

눈보라 속에서 부둥켜안고 긴 입맞춤을 한 끝에 두 사람의 입술이 천천히 떨어졌다. 한참 넋을 놓은 사련은 뒤늦게야 정신을 차리고 새빨개진 얼굴로 두 눈을 멀거니 떴다.

"……가, 갑자기 뭐야?"

물론 처음 해 보는 일은 아니지만, 지금껏 두 사람은 '법력을 빌리려고', '숨을 건네려고', '어쩌다 실수로' 같은 번지르르한 이유를 내세웠었다. 그러나 모종의 속사정이 밝혀지면서 이런 거짓된 이유는 덜컥 진실을 드러내고 말았다. 이제 이 행위에 담긴 의미도 더는 가볍게 넘길 수가 없었다. 사련은 손을 어디에 두어야 좋을지 모를 지경이었다. 화성의 팔꿈치를 잡아채야 할까, 아니면 가슴을 밀어내야 할까. 그것도 아니면 얼굴을 가로막아야 하나?

화성이 그의 귓가에 대고 짧게 숨을 가다듬나 싶더니, 나직하게 입을 열었다.

"……우선, 전하께 비상용으로 법력을 조금 빌려드릴 테니…… 받아 주시겠습니까?"

사련은 무의식적으로 목울대를 꿈틀대고는 말을 더듬었다.

"조, 조금이라기엔 너무 많은 것 같은데…… 지난번에 빌린 것도 아, 아직 못 갚았고……."

"많지 않아요. 서두르지 않으셔도 됩니다. 시간 날 때 천천히 갚으시면 언젠간 청산되겠죠."

"응, 으응."

사련은 그렇게 대답을 얼버무리곤 냅다 줄행랑을 치려 했다. 하지만 화성이 거듭 그를 붙잡으며 일러 주었다.

"전하! 어디로 가시려고요. 그쪽이 아닙니다."

사련은 그제야 자신이 왔던 길로 달려가고 있다는 것을 깨닫고 서둘러 제자리로 되돌아왔다. 그러는 와중에 빙판에 발까지 헛디뎠다. 그는 황급히 삿갓을 잡으며 대답했다.

“그, 그게 아니라, 그냥 조금 추워서, 잠깐 돌면서 몸이나 풀까 하고…….”

삿갓을 머리에 썼다 등에 걸기를 반복한 끝에, 사련은 결국 화성의 손을 단단히 붙들었다. 두 사람은 나란히 서서 아래로 펼쳐진 거대한 심연을 내려다보았다.

화성이 가벼운 어조로 입을 열었다.

“일이 해결되고 나면, 형에게 내가 가장 잘 조각했다는 그 신상을 보여 줄게.”

“좋아.”

대화를 마친 두 사람은 이내 아래로 뛰어내렸다.

스산한 광풍이 귓가를 스치면서 막대한 충격이 파도처럼 덮쳐 왔다. 하지만 두 사람의 손은 떨어지기는커녕 서로를 한결 단단히 맞잡았다.

이때 문득, 허공에 떠 있던 사련의 손바닥 안이 텅 비었다.

서로 손을 놓쳤다거나 화성이 그를 뿌리친 게 아니었다. 제 손바닥 안에 갇힌 화성의 손이 별안간 실체를 잃고 사라진 것이었다.

사련의 가슴이 철렁 내려앉았다.

“삼랑?”

빠르게 아래로 떨어지는 도중인지라 지금 내지른 소리는 한순간 머리 위 열 장 바깥까지 희미하게 멀어졌다. 얼마나 지났을까. 사련은 마침내 안정적으로 바닥에 착지했다. 그는 곧바로 자리에서 일어났다.

"삼랑?"

돌아오는 대답은 없었다. 텅 빈 메아리가, 지금 그가 어느 광활한 공간에 덩그러니 서 있다고 말해 주고 있었다.

사면을 뒤덮은 칠흑 같은 어둠 속, 유일하게 보이는 곳은 위쪽이었다. 사련은 머리 위를 올려다보았다. 새하얀 하늘이 점처럼 줄어들고 있었다. 그건 서서히 닫히고 있는 동로의 분화구였다.

그런데 화성은 어디로 갔지?

후욱, 소리와 함께 사련은 손바닥에 불꽃을 피웠다. 주변 상황을 살펴볼 심산에서였다. 그러나 이 작은 불꽃은 심오한 어둠을 비추기엔 역부족이었다. 온 불빛이 어둠에 꼼짝없이 빨려 들어가는 것만 같았다. 게다가 실수로 법력을 조절하지 못해 불꽃이 높이 솟구치면서 머리카락을 태울 뻔했다. 사련은 얼른 그 불덩이를 바닥 한쪽에 내던졌다. 불빛은 마침 먼발치에 서 있는 희뿌연 뒷모습을 비추었다. 사련은 경계심을 바짝 곤두세웠다.

"누구냐!"

그 하얀 뒷모습이 빙글 돌아서더니 옅은 웃음을 섞어 대답했다.

"누군지 알지 않느냐."

목소리는 들려왔으나 그 사람의 얼굴 근육은 조금도 움직이지 않았다.

그건 애초에 사람 얼굴이 아니라, 반은 울고 반은 웃는 가면이었기 때문이다.

사련은 저도 모르게 목청을 높였다.

"삼랑!"

물론 이 얼굴을 보면 소름이 절로 끼치고 오한이 들지만, 지금 그는 무서워서가 아니라 걱정되는 마음에 목청을 높인 것이었다. 역시나 돌아오는 대답은 없었다. 그 희비면은 사련 쪽으로 한층 가까이 다가서며 말했다.

"부를 것 없다. 동로는 이미 닫혔어. 여기엔 우리 둘뿐이다."

사련은 무심코 다시 시선을 들었다.

아까까지만 해도 새하얀 하늘이 보이던 곳이었다. 그러나 지금은, 그 자그마한 빛줄기마저 주변의 어둠에 모조리 잡아먹혔다.

즉, 동로가 정말로 닫혔다는 뜻이 된다.

설마 이런 상황이 닥치리라곤 사련도 예상치 못했다.

자신과 백무상, 이렇게 둘이서 동로 안에 갇혔다?

우리 두 사람이? 어떻게 우리 둘일 수가 있지?

사련은 방심을 쥐고 검 끝으로 그 흰 인영을 가리키며 일갈했다.

"이게 대체 어떻게 된 거지? 또 네가 수작을 부렸나? 삼랑은? 지금 어디 있지!"

백무상이 두 손가락으로 검날을 집더니 다른 손으로 그 위를 가볍게 튕겼다. 지극히 맑고 시원한 금속음이 울려 퍼졌다.

"갔다."

이를 지켜보던 사련의 눈빛이 차가워졌다. 뼈마디에서 바드득, 소리가 흘러나왔다.

"……똑바로 말해. 갔다니?"

백무상이 유유히 입을 열었다.

"네 옆을 지키기 싫어졌거나, 떠났거나, 죽었거나. 하나 골라 보거라."

"……."

가슴이 싸늘하게 식나 싶더니 격노가 위로 솟구쳤다. 사련은 검을 휘두르며 외쳤다.

"헛소리 집어치워!"

백무상은 다시 거뜬하게 검날을 받아 내며 말했다.

"그래, 그래, 다 헛소리고말고. 걱정하지 말거라. 그자라면 벌써 동로 밖으로 내보냈으니, 지금 달려와도 때를 맞추진 못할 것이다."

화성만 안전하다면 제때 도착하지 못하는 것쯤은 아무래도 좋았다. 사련은 조용히 한숨을 돌렸다.

백무상이 말을 덧붙였다.

"하지만 그자는 여기 들어오지 않는 편이 좋아. 당장은 어떨지 모르겠다만, 이따 네 모습을 본다면 더는 곁에 머무르고 싶지 않아질지도 모르니."

"……."

인내심이 바닥난 사련은 거듭 검을 휘두르며 고함쳤다.

"입 닥쳐!"

백무상은 그의 모든 공격을 여유롭게 회피했다. 사련이 핏대를 세웠다.

"나도 당할 만큼 당했는데, 뭘 더 어쩌란 거야! 대체 뭘 어쩌고 싶은 거냐고! 대체 언제까지 날 따라다닐 생각인데! 어째서 살아 있는 거야? 왜 동로까지 왔어!"

"너 때문이다!"

사련은 잠시 멈칫하더니 숨을 몰아쉬며 물었다.

"그게 무슨 뜻이지?"

백무상이 느긋하게 답했다.

"네가 왔으니 나도 온 것이다."

이 대답을 들은 사련의 얼굴이 움칫 구겨졌다.

그러나 아무리 묵직한 분노와 살기를 담아도, 백무상은 검이 어디로 날아들지 내다보는 것처럼 한 치의 오차도 없이 공격을 피했다. 사련은 검을 휘두르면 휘두를수록 한 가지 잔혹한 사실을 깨달았다.

이길 수 없다.

"그래."

마치 그의 마음을 읽은 것처럼 백무상이 말했다.

"넌 못 이긴다."

말이 끝나기 무섭게 백무상이 손날을 세워 사련의 손목을 내리쳤다. 극심한 고통이 온몸으로 번져 오자 사련은 제풀에 검을 놓치고 말았다. 뒤이어 백무상은 그의 머리채를 휘어잡고 무참히 바닥으로 내리찍었다.

귓가가 먹먹하게 울렸다. 코와 입 속에서 피비린내가 감돌았다. 머릿속은 끝을 모르고 요동쳤다.

긴 시간이 흘렀을 무렵, 누군가의 손이 사련의 머리를 붙잡더니 쪼개진 땅 구덩이에서 끌어 올렸다. 위쪽에서 목소리가 들려왔다.

"가엽기도 해라."

사련은 피를 왈칵 토했다. 피와 어둠이 뒤섞여 시야가 흐릿했다. 백무상이 말을 이었다.

"어찌 태자 전하는 만날 때마다 늘 이런 꼬락서니일까. 참 안타깝고도 유쾌한 일이야."

사련은 이를 악물고 쏟아지는 피를 삼키며 갈라진 목소리로 말했다.

"……너무 으스대지 마라. 내가 지금 널 이길 수 없어도…… 다른 사람이라면 가능해. 설령 네가 동로를 빠져나간다 한들 제군께서 널 다시 죽이실 것이다."

하물며 화성도 있지 않던가.

그런데 이때, 백무상이 의외의 대답을 내놓았다.

"내가 동로를 나간다고 누가 그러더냐?"

이 말에 사련은 얼이 빠졌다.

백무상이 아니라고? 그 말고 누가 더 있지?

백무상은 사련의 머리채를 끌어내 눈을 맞추고 상냥하게 말했다.

"태자 전하, 아무래도 오해를 하신 모양이군. 이 동로를 뚫고 나갈 '절'이 확실히 하나 있긴 하다만, 그건 내가 아니야. 너지."

사련은 경악을 금치 못했다.

"……뭐라고? 내가 무슨……."

말을 끝맺기도 전에 한 가지 생각이 머릿속을 맴돌았다. 문득 온몸에 식은땀이 흘렀다.

백무상의 목소리가 이어졌다.

"그래, 축하한다. 드디어 내 진정한 목적을 깨달았구나. 이게 바로 네가 그리 좋아하는 '세 번째 길' 아니더냐?"

지금 동로 안에는 한 귀신과 한 신관뿐이니 언뜻 보기엔 두 가지 길만 존재했다. 백무상이 그를 죽이고 동로를 빠져나가거나, 두 사람 모두 나갈 생각을 접고 영영 이 동로에 갇히거나.

그러나 사실, 세 번째 길이 존재했다.

사련이 이대로 자살해 귀신의 몸으로 백무상을 죽인다면, 그도 '절'이 되어 동로를 빠져나갈 수 있었다.

사련은 가까스로 충격에서 헤어 나왔다.

"……대체 무슨 속셈이지? 그런 생각은 집어치워! 왜 이렇게까지 해야 하는데! 날 '절'로 만들기 위해서? 난 너만큼 미치지 않았어! 어차피 내 손으로 널 죽이라고 해도 난 못 이겨! 일부러 져 준대도 동로는 승부를 인정하지 않을 테고!"

"그래? 날 이길 수 없다? 그건 모르지."

백무상은 그리 말하며 반대쪽 손을 내밀었다. 먼발치의 불빛이 사련의 시야를 선명히 밝혀 주었다. 그 손 위에 나타난 것은, 백무상이 쓴 가면과 똑같은 가면이었다.

백무상이 말했다.

"이 희비면을 기억하느냐? 네게 아주 잘 어울리는구나."

사련은 눈을 부릅떴다.

두려움이 조그마한 벌레 떼처럼 꾸역꾸역 가슴을 기어올랐다. 그는 간신히 목소리를 쥐어짰다.

"……치워, 치워…… 당장 치워!"

백무상이 웃음을 흘리며 말했다.

"보아하니 태자 전하는 기억력이 좋지 않은 모양이군. 정 그렇다면 내가 도와줘야겠지?"

말을 마친 그는 창백한 희비면과 끝없는 어둠을 한데 뒤섞어, 사련의 얼굴 위로 묵직하게 내리덮었다.

95장 연등을 밝힌 밤, 한 푼어치 외로운 넋

사련은 놀란 나머지 잠에서 퍼뜩 깨어났다.

식은땀에 젖은 몸으로 벌떡 일어나 앉은 그는 손으로 얼굴을 짚었다.

잠에서 깬 것은 어떤 꿈 때문이었다. 꿈속에서 그의 부황과 모후는 대들보에 목을 매고 자살했다. 하지만 그는 그 모습을 보고도 무감정했다. 눈물도 나오지 않았다. 그는 덩달아 멍하니 흰 비단을 달아매고 머리를 집어넣었다. 아래를 내려다보니 희비면을 쓴 백의 청년이 자신을 향해 냉소를 짓고 있었다. 가슴이 오싹해진 동시에 비단이 조여들며 질식감이 몰려왔다. 그는 그렇게 잠에서 깼다.

창밖의 하늘빛은 벌써 희끄무레 밝았다. 바깥에서 목소리가 들려왔다.

"전하! 일어나셨습니까?"

사련은 반사적으로 대답했다.

"일어났어!"

얼마간 거친 숨을 몰아쉬고서야 그는 여기가 침상 위가 아님을 깨달았다. 자신은 바닥에 깔린 멍석에 앉아 있었다. 짚을 두툼하게 깔아 제법 푹신했으나 사련이 느끼기에는 영 불편했다. 역시 이런 간이식 잠자리에는 적응하기 어려웠다. 이곳 역시 객잔이나 궁전이 아니라 다 무너져 가는 태자묘였다. 그가 누워 있던 곳은, 벌써 다 헐리고 털린 태자묘 본전이었다.

방금 바깥에서 소리친 사람은 풍신이었다. 이른 아침부터 먹을 것을 가지러 다녀온 그는 나와서 식사를 하라며 사련을 닦달했다. 짧게 대답한 사련은 자리에서 일어났다.

꿈에서 느낀 그 질식감이 어찌나 생생했던지, 그는 본능적으로 목을 더듬었다. 목을 조이는 비단이나 목을 맨 끔찍한 흔적이 남지는 않았는지 살펴볼 생각이었다. 그런데 예상 밖에 손끝에 무언가가 만져졌다.

순간 놀란 사련은 먼발치 바닥에 던져 놓은 거울 앞으로 달려가 집어 들고 목을 비추어 보았다. 흰 목을 감싸고 있는 새카만 고리가 보이자 마음이 차분하게 가라앉았다. 전부 기억났다.

주가.

사련의 손가락이 그 주가를 가볍게 더듬었다.

일단 인간으로 폄적되면, 평범한 사람들보다 조금 더디게 늙는 것 외에는 별다른 특권을 누릴 수 없다. 하지만 군오는 그에게 주가를 채우면서 인정을 베풀어 주었다.

이 주가는 그의 법력을 봉인하는 동시에 그가 늙거나 죽지 않도록 나이와 육체까지 봉인했다. 여기에 군오는 만약 그가 다시 등선하게 된다면 과거의 모든 잘못을 백지로 돌리고 이 주가도 풀어 주겠노라, 그리 덧붙였다.

하지만 이 물건을 몸에 차는 것은 숫제 죄인의 얼굴에 낙인을 찍는 셈이니 빼저린 치욕이 아닐 수 없었다. 여기까지 생각한 사련은 한쪽에서 흰 비단을 집어 목에 둘렀다. 팔을 드는 순간 서서히 목을 조여 오던 꿈속의 공포감이 떠올랐다. 잠시 머뭇거린 그는 끝내 목과 입가를 빈틈없이 동여맨 뒤에야 문을 나섰다.

풍신과 모정은 한참 밖에서 그를 기다리고 있었다. 모정은 풍신이 가져온 따끈따끈한 찐빵을 세상 무심한 표정으로 먹고 있었다. 풍신은 사련에게 찐빵 두 개를 내밀었다. 사련은 하얗고 투박한 그 생김새에 입맛이 싹 사라져 버려, 고개를 가로저으며 받지 않았다. 풍신이 말했다.

“전하, 그래도 아침은 드셔야 합니다. 저희도 이제 일을 해야죠. 가만히 앉아 있는 게 능사는 아닙니다.”

모정은 눈동자 한번 들지 않고 끼어들었다.

“그래요, 찐빵 아니면 먹을 만한 것도 없습니다. 또 쓰러졌다 깨어나셔도 어차피 이걸 드셔야 할 겁니다.”

풍신이 눈을 부라렸다.

"말본새가 뭐 그따위야?"

사련은 등선한 지 수년 동안 식사의 묘미를 잊고 살았다. 그러다 며칠 전 갑자기 어지러움을 느끼고서야 자신이 사나흘을 굶었다는 것을 자각했다. 모정은 지금 그 일화를 언급한 것이다. 두 사람이 아침 댓바람부터 싸우는 모습을 보고 싶지 않았던 사련은 잽싸게 화제를 돌렸다.

"가자. 오늘 일감을 찾을 수 있을지도 의문이잖아."

본디 사련은 금지옥엽 태자에 속세를 초월한 신선의 몸이었던지라 생계를 걱정할 필요가 없었다. 하지만 지금은 태자라고 하자니 선락국은 멸망했고, 신이라고 하자니 진작에 폄적된 신세였다. 평범한 사람과 다를 게 없으니, 앞날을 걱정해야 할 따름이었다. 수도자의 본업은 당연히 귀신 잡는 법사지만, 날이면 날마다 귀신 잡는 법사 일감이 들어오는 게 아니었다. 따라서 그들은 대부분 짐꾼이나 심부름꾼 같은 자질구레한 일거리를 찾아야만 했다.

다만 이런 일거리도 반드시 얻어지리란 보장이 없었다. 당장 살 곳을 찾아 떠도는 빈민들이 너무 많았기 때문이다. 다들 찐빵에 밥 반 그릇만 주면 품삯도 마다하고 일하겠다며 떼로 몰려드는데 이 세 사람이 어떻게 일거리를 차지하겠는가? 어쩌다 자리를 얻어도, 사련은 자신들보다 더 간절한 사람이 보이면 선뜻 양보부터 하고 나섰다. 아니나 다를까, 세 사람은 반나절을 떠돌고도 빈손이었다. 모정이 말했다.

"좀 안정적이고 떳떳한 일자리를 찾을 수는 없나?"

풍신이 대꾸했다.

"쓸데없는 소리. 찾을 수 있었으면 진작에 찾았지. 떳떳한 일자리는 꼭 얼굴을 보잖아? 전하의 얼굴을 모르는 자가 없는데 정체를 들켰다간 조용히 넘어가겠어?"

모정은 입을 다물었다. 한편 사련은 입가를 가린 비단을 한층 단단히 둘러맸다. 맞는 말이었다. 행여나 정체를 들켰다간 알아서 줄행랑을 치거나 흠씬 얻어맞고 쫓겨나거나, 둘 중 하나였다. 짐을 호송하는 짐꾼만 해도 그렇다. 신원 불명에 얼굴도 보여 주지 않는 사람에게 어느 누가 마음 놓고 짐을 맡기겠는가? 그렇다고 사람을 죽이는 청부업자를 할 수도 없는 노릇이니 선택의 폭이 상당히 좁았다.

신은 배를 곯는다고 걱정할 리가 없다. 하지만 인간은 밥을 먹어야 했다. 어릴 적부터 생각할 필요가 없었던 이 문제는 십여 년 만에 현실로 다가와 사련을 괴롭혔다. 하지만 신이 배고픔이 어떤 기분인지 모른다면 어떻게 배를 곯는 신도들의 심정을 이해할 수 있겠는가? 어떻게 그들의 마음에 공감할 수 있겠는가? 이쯤 되면 이것도 하나의 경험이겠거니, 생각해야 할 터였다.

이때 멀지 않은 곳에서 북 두드리는 소리가 들려왔다. 사람들이 한데 몰리자 세 사람도 인파를 따라 걸음을 옮겼다. 무인 몇 사람과 어릿광대가 사람들 사이에서 힘차게 호객 타령을 하고 있었다. 그건 기예를 파는 무인들이었다. 모정이 다시 의견을 내놓았다.

“정 어려우면 저희도 기예나 팔죠.”

사련도 같은 생각을 하고 있었다. 입을 달싹이려는 순간, 무인들을 쳐다보던 풍신이 입을 열었다.

“무슨 헛소리야. 천금 같은 전하의 옥체로 어떻게 저런 일을 해?”

모정이 눈을 흡뜨며 응수했다.

“벽돌도 날라 봤는데 기예라고 뭐가 달라?”

“벽돌 나르기는 자기 힘으로 하는 밥벌이지만, 기예 팔이는 남들에게 심심풀이 웃음거리가 되어야 하니 당연히 다르지!”

말하는 와중에, 펄펄 날뛰던 어릿광대가 발을 삐끗하며 나동그라졌다. 사람들이 웃음을 터트렸다. 그는 다시 몸을 일으키더니 굽실거리며 드문드문 구경값으로 바닥에 떨어진 돈을 주웠다. 사련은 이 모습에 내심 거부감을 느끼고 힘껏 고개를 내저으며 ‘기예 팔이’라는 선택지를 머릿속에서 지워 버렸다. 사련을 본 모정이 말을 바꾸었다.

“좋아. 그럼 물건을 전당포에 맡기자.”

풍신이 대꾸했다.

“이미 너무 많이 맡겼어. 그러니까 지금까지 버텼지. 남은 건 팔면 안 돼.”

이때 인파 뒤쪽에서 난데없는 비명이 들려왔다. 누군가 외쳤다.

“병사! 병사다!”

병사가 왔다는 소식에 구경꾼들이 우르르 흩어졌다. 머지않아 무기를 든 병사들이 새 갑옷을 늠름하게 빛내며 일렬로 모습을 드러냈다. 그들은 거리를 어슬렁대다가 의심스러운 사람이 보이면 잡아다 심문했다. 세 사람은 인파 사이에 몸을 숨겼다. 옆쪽 사람들이 수군거렸다.

"누굴 잡으려고 저러나?"

"걱정 말게, 우리는 아니야. 내 들어 보니까 잠적한 선락국 황족을 잡는다던데."

"누가 여기 근처에서 수상한 인물을 봤다잖아. 그래서 요즘 들어 성안을 철저하게 뒤지는 거지."

"정말인가? 거참 기가 막히는군, 여기까지 도망을 다 치고!"

이내 세 사람 사이에 눈빛이 오갔다. 사련이 나직하게 입을 열었다.

"어서 그쪽으로 가 보자."

나머지 두 사람은 고개를 끄덕였다. 각자 흩어져서 조용히 빠져나온 그들은 눈에 띄지 않게 한참을 걸은 뒤에야 다시 합류해 빠르게 질주했다.

어느 외떨어진 숲 어귀까지 달려왔을 무렵, 사련은 숲속 멀리서 피어오르는 연기를 보고 가슴이 쿵 내려앉았다. 설마 영안국 병사들이 벌써 여기를 찾아내 불을 질렀단 말인가?

가까이 달려간 숲속에는 어느 사냥꾼이 산에 머물면서 지었는지 모를 낡은 오두막 한 채가 숨어 있었다. 그 연기는 그 오두막에서 피어오른 것이었다. 사련이 목청 높여 외쳤다.

"모후! 무슨 일입니까? 안에 계세요?"

목소리가 울려 퍼지자 한 부인이 기쁜 얼굴로 마중을 나왔다.

"황아, 왔느냐?"

다름 아닌 황후였다. 소박한 차림새에 많이 야윈 모습이 과거 귀부인 시절과는 조금 달라 보였다. 평소와 다름없는 태도로 기뻐하는 얼굴을 보니 별문제가 없는 것이 확실했다. 사련은 그제야 한숨을 돌리고 황급히 물었다.

"저 연기는 뭡니까?"

황후는 겸연쩍은 눈치로 말했다.

"……별거 아니다. 오늘은 혼자 밥을 해 볼까 해서……."

사련은 기가 막혔다.

"됐습니다! 웬 밥을 하시겠다고요? 두 분께선 풍신과 모정이 가져오는 음식만 드시면 됩니다. 이 연기는 너무 눈에 띕니다. 연기가 있으면 사람이 있다는 뜻이니 영안국 병사들이 찾아올지도 몰라요. 방금 성안에서 벌써 그들을 맞닥뜨렸습니다. 이 도시에도 계엄령이 내려졌으니 다른 장소를 물색해야 합니다."

풍신과 모정은 오두막으로 들어가 연기를 껐다. 황후도 긴장을 감추지 못하고 안으로 들어가 국주와 상의했다. 이내 문을 나선 풍신이 목소리를 낮추었다.

"전하, 국주 폐하는 뵙지 않으실 겁니까?"

사련은 고개를 가로저었다.

"됐어."

아버지는 망국의 군주에 아들은 폄적된 천신이니, 서로 누가 더 형편없는지 겨룰 처지도 못 되었다. 다들 체면이 말이 아닌지라 나란히 마주 앉아도 진솔한 대화는커녕 눈싸움만 벌일 것이 뻔했다. 그러니 최대한 피하는 게 상책이었다. 사련은 목소리를 높여 말했다.

"모후, 오늘 떠날 것이니 이따가 짐 꾸려 놓으세요. 저녁에 모시러 오겠습니다. 그럼 이만 가 보겠습니다."

황후는 다시 다급히 걸어 나왔다.

"황아, 벌써 가는 것이냐? 오랜만에 들렀는데 오자마자 가려는 게야?"

"수련을 해야 해서요."

실상은 일을 찾으러 가야 했다. 아니면 이 많은 입을 어떻게 먹인단 말인가. 황후가 물었다.

"아침 식사는 들었고?"

사련은 고개를 가로저었다. 지금 세 사람은 뱃가죽이 등에 붙을 지경이었다. 황후가 말을 이었다.

"그래서야 몸이 쉬이 망가진다. 내 마침 죽을 쑤었으니 어서 몇 입 들고 가거라."

사련은 속으로 중얼거렸다.

'죽을 쑤는데 무슨 연기가 그렇게 심해요. 궁전을 통째로 태우는 수준이었는데…….'

황후는 이어서 풍신과 모정에게도 말했다.

"너희들도 들어가서 같이 들려무나."

풍신과 모정은 상상치도 못한 대우에 연거푸 손사래를 쳤으나 황후의 고집은 꺾일 줄 몰랐다. 두 사람은 별수 없이 조심스레 탁자 앞에 앉았다. 다들 어쩐지 쩔쩔매는 기색이었다. 물론 기쁜 마음에 쩔쩔매는 것이었다.

그러나 황후가 그 죽을 가져오자, 두 사람의 기쁨은 경악으로 탈바꿈했다.

성안으로 돌아온 뒤에도 모정의 구역질은 계속됐다. 그는 비틀거리며 입을 열었다.

"그 죽…… 냄새가 어째 소여물 같더니만, 먹어 보니까 맛도 그렇더라!"

풍신이 으르렁댔다.

"닥쳐! 괜히 그 음식 떠오르게 만들지 마! 황후마마께선 아무래도…… 존귀한 분이시라…… 부엌에 들어가신 적이 없을 테니…… 그것도 충분히…… 우웩!"

모정은 코웃음을 치며 받아쳤다.

"내 말이 틀렸나? 그게 소여물 같지 않았으면…… 가서 마마께 한 그릇 더 달라고 하든지! 우웩!"

두 사람은 사이좋게 구역질을 해 댔다. 사련이 두 사람을 붙잡고 등을 두드려 주며 말했다.

"그만들 해! 봐 봐, 저기 앞에…… 일거리가 있는 것 같아!"

사련의 말대로였다. 세 사람은 앞으로 휘청휘청 걸음을 옮겼다. 번듯하게 차려입은 소두목들이 거리에서 호객하며 사람을 모집하고 있었다. 사례금이 제법 두둑했다. 게다가 인원 제한 없이 오는 족족 사람을 받았다. 재빨리 일꾼에 지원한 그들은 초췌하고 앙상한 빈민들과 떼를 지어 어떤 넓은 진창에 도착했다. 새로 집을 지으려는 곳이라 제대로 건물을 세우기 전에 집터부터 평평하고 단단하게 땅을 다져야 했다. 세 사람은 손바람이 나도록 일하느라 온몸에 진흙을 뒤집어썼다. 한쪽에서 흙을 옮기던 풍신은 새파래진 얼굴로 배를 움켜쥐며 욕했다.

"……염병! 그 소여물이 배 속에서 요괴로 변하고 있는 것 같아!"

사련은 흙 광주리를 등에 지고 조용히 말했다.

"더 버틸 수 있겠어? 아니면 잠깐 옆에 앉아 있을래?"

그러자 모정이 사련에게 말했다.

"전하도 잠깐 쉬었다 가시죠."

"괜찮아. 난 아직 버틸 만해."

그 대답에 모정은 눈을 희게 뒤집었다.

"그냥 그만 버티시죠. 그 옷 더러워지면 제가 빨아야 한다고요. 차라리 저 혼자 일하고 말지."

먼발치에서 누군가가 고함쳤다.

"떠들지 말고 똑바로 일해! 어디서 농땡이야! 품삯 받기 싫은 모양이지?"

끈기가 강한 풍신은 다시 이를 악물더니, 처음보다 곱절은 되는 진흙을 등에 짊어졌다.

"고작 몇 푼 주면서 뭘 시끄럽게 위세를 부려?"

뙤약볕이 쏟아지는 대낮부터 노을이 질 때까지 분투한 끝에, 드디어 대공사가 막을 내렸다. 몸은 그다지 고달프지 않았다. 다만 눈곱만큼도 두둑하지 못한 품삯과 식량을 위해 이 고생을 했다고 생각하니 마음이 고달팠다. 어렵사리 여유를 찾은 세 사람은 그나마 깨끗한 바닥에 누워 숨을 골랐다. 이때, 한 무리의 사람들이 시끌벅적하게 다가왔다. 사내 몇 사람이 석상 하나를 들고 천천히 걸어오고 있었다.

사련은 살짝 고개를 들었다.

"저건 무슨 석상이지?"

모정도 흘긋 시선을 던지며 말했다.

"이 지역을 새로 수호할 신상이겠죠."

사련은 입을 다물었다.

예전 같았으면 지역의 수호신 신상은 볼 것도 없이 사련의 태자상이었을 테지만, 지금은 어느 신으로 바뀌었는지 모를 노릇이었다. 군오가 가장 유력했다. 어쩌면 새로 등선한 신관일지도 몰랐다.

긴 침묵이 이어졌다. 역시 사련은 자신의 자리에 누가 앉았는지 궁금해 견딜 수가 없었다. 힘겹게 몸을 일으킨 그는 앞쪽 인파 사이로 끼어들었다. 그 석상은 등을 돌리고 있어 얼굴이 보이지 않았다. 다만 자세를 보니 꿇어앉은 것 같았다. 사련은 더욱 호기심이 당겼다. 어떤 신관의 신상이길래 무릎을 꿇었지? 그는 반대편까지 빙 돌아가 신상을 살펴보았다.

시선이 닿은 순간, 그의 머릿속이 온통 하얘졌다.

그 신상의 얼굴은, 놀랍게도 자신이었다.

무릎 꿇은 신상은 이내 바닥에 내려앉았다. 옆쪽에서 누군가가 신상의 머리를 거칠게 내리치며 말했다.

"드디어 다 옮겼네. 이 자식, 제법 묵직해!"

"왜 이런 신상을 가져온 거야? 얼마나 보기 흉해. 신무대제 신상이면 뭐가 덧나나? 이건 그 작자잖아……."

"그 작자 맞지? 이제 그 작자한테 절을 하면 재수가 없어진다던데? 그런데 모실 엄두가 난대? 여기까지 옮겨 오고 말이야……."

"자네들이 뭘 몰라서 그래. 역병의 신에게 절하면 재수가 없어지는 건 맞지만, 이 석상은 절을 하려고 가져온 게 아니라 밟으려고 가져온 거거든. 역병의 신을 발밑에 두면 길운을 가져다주지 않겠어?"

사람들이 크게 깨달았다는 듯이 입을 모아 외쳤다.

"훌륭한 뜻이구만. 아주 훌륭해!"

이상한 분위기를 느끼고 이쪽으로 다가온 풍신과 모정도 나란히 할 말을 잃었다. 풍신이 당장 폭발할 기세이자 모정이 그를 붙잡으며 경고의 눈빛으로 나직하게 한마디 했다.

"전하도 가만히 계시는데 왜 네가 난리야?"

확실히 사련은 조용했다. 어쩌면 그에게 다른 계획이 있는지도 몰랐다. 풍신은 쉬이 경거망동하지 못하고 억지로 목소리를 삼키는 대신 눈으로 불을 뿜었다. 이때 드디어 누군가 웅얼거렸다.

"이건…… 좀 부당하지 않소? 아무리 그래도 신이고 태자 전하잖소."

"허, 선락국도 다 망했는데 태자 전하는 무슨."

다른 누군가가 한술 더 떴다.

"말을 그리하면 쓰나. 역병의 신을 밟는 건 부당한 게 아니야. 오히려 그가 우리한테 감사해야 할 일이지."

이때 사련이 불쑥 끼어들었다.

"오? 왜 감사해야 하나요?"

그 사람은 당당하게 거들먹대며 큰소리치기 시작했다.

"사당의 문지방 봤지? 수천수만 사람한테 밟히는 신세잖아. 그런데 부잣집 나리들께선 그 사당 문지방을 사들여 액막이로 쓰겠다고 혈안이란 말이지? 왜냐, 그 문지방은 한 번 밟힐 때마다 주인 대신 속죄하고, 빚을 갚고, 음덕을 쌓아 주거든. 이 무릎 꿇은 석상도 마찬가지야. 우리가 그 머리를 밟을 때마다, 아니면 위에 침을 뱉을 때마다 태자가 공덕을 쌓는 셈이잖아? 그러니까 당연히 우리한테 감사해야……."

사련은 더 이상 들어 줄 수가 없었다.

'감사'라는 두 글자가 나온 순간, 그는 주먹을 쳐들고 달려들었다.

순식간에 분위기가 소란스레 끓어올랐다.

"무슨 짓이야!"

"사람을 치네!"

"누가 난동을 부려?"

일찌감치 주먹이 근질거렸던 풍신도 크게 기합을 내지르고 가담했다. 모정은 자의로 끼어든 것인지 말려든 것인지 알 수 없었다. 어쨌든 세 사람 모두 싸움판에 뛰어들었다. 혼란스러운 와중에, 사련의 입가를 감싼 비단이 몇 차례 벗겨질 뻔했으나 다행히 위기를 모면했다. 세 사람 모두 무예가 뛰어났지만 상대는 머릿수가 많았다. 게다가 모정이 인간을 때려죽여 죗값을 불릴 작정이냐며 두 사람을 말리는 바람에 속 시원히 때릴 수가 없었다. 한바탕 싸움을 치른 세 사람은 끝내 쫓겨나고 말았다.

낭패스러운 꼴로 강가를 따라 한동안 걸었을 무렵, 세 사람의 발걸음이 느려졌다. 모정은 푸르스름하게 부은 얼굴로 열을 올렸다.

"하루 꼬박 생고생했는데 기어코 싸움판을 벌여서 한 푼도 못 받았잖아!"

풍신이 입가에 묻은 피를 닦으며 받아쳤다.

"넌 이 상황에 돈 얘기가 나오냐?"

"이런 상황이니까 돈 얘기를 하지! 지금이 무슨 상황인데? 쫄쫄 굶는 상황이야! 아무리 인정하기 싫어도 돈이 없으면 다 무슨 소용이냐고! 좀 참을 수는 없었어?"

사련은 그저 조용했다. 풍신이 받아쳤다.

"어떻게 참아? 그딴 무릎 꿇은 신상을 만들어서 얼굴을 밟겠다는데! 밟히는 게 네 얼굴이 아니니 그리 쉽게 말하지."

"패전하고 지금까지 이런 일을 처음 당하는 것도 아니잖아. 갈수록 훨씬 많아질 게 뻔하고. 빨리 익숙해지지 않으면 앞으로 어떻게 살아."

풍신은 불쾌한 기색이었다.

"익숙해지라고? 뭐에 익숙해져? 남들의 모욕에? 인간들이 전하의 얼굴을 밟는 데 익숙해져라? 왜 이딴 일에 익숙해져야 하는데?"

사련이 짜증스레 일갈했다.

"됐어! 그만해. 사소한 일 가지고 뭘 그렇게 법석이야?"

두 사람은 나란히 입을 다물었다.

짧은 정적이 이어졌다. 사련은 한숨을 내쉬며 덧붙였다.

"가자, 수레를 구해서 두 분을 모시러 가야지. 오늘 밤에는 여길 뜰 거야."

풍신이 대답했다.

"알겠습니다."

나란히 걸어가던 두 사람은 문득 모정이 뒤따라오지 않는다는 것을 알아차렸다. 사련은 고개를 돌리며 물었다.

"모정?"

잠시 침묵한 모정이 운을 뗐다.

"태자 전하, 드릴 말씀이 있습니다."

사련이 되물었다.

"무슨 말?"

풍신은 짜증스레 윽박질렀다.

"또 뭐냐? 너랑 말싸움 안 하겠다고 했잖아. 뭘 더 어쩌고 싶은데?"

"저, 떠나고 싶습니다."

"……."

그가 말문을 떼기 전부터 사련은 어렴풋이 불길한 예감이 들었지만, 막상 정말로 이 말이 나오자 숨이 턱 멎었다.

풍신은 제 귀를 의심했다.

"뭐? 지금 뭐라고 했냐?"

모정은 허리를 꼿꼿이 세우더니 흑요석 같은 눈을 가만히 뜨고 냉정한 표정으로 말했다.

"떠날 수 있게 허락해 주십시오."

"떠나? 네가 떠나면 전하는 어쩌고? 국주 폐하와 황후마마는 또 어쩌고?"

모정은 입술을 달싹인 끝에 짧게 대답했다.

"미안하지만 나도 방법이 없어."

"아니, 똑바로 말해. 뭐가 방법이 없는데?"

"국주 폐하와 황후마마는 태자 전하의 부모님이시지요. 하지만 저도 돌봐 드려야 할 어머니가 계십니다. 제 어머니를 내버려 두고 남과 남의 부모를 챙기겠다는 말은 못 합니다. 그러니 부디 양해해 주십시오. 저는 더 이상 전하 곁에 머물 수 없습니다."

조금 어지러워진 사련은 옆쪽 벽에 기대어 섰다. 풍신이 싸늘하게 대꾸했다.

"그게 진짜 이유냐? 예전엔 그런 말 없었잖아?"

"이건 이유 중 하나입니다. 다른 이유도 있습니다. 지금 우리 세 사람은 곤경에 빠졌습니다. 한데 이 곤경을 벗어날 방법에 대해 각자 생각이 다르죠. 솔직히 말씀드리면, 이런 식으로 가다간 만 년이 걸려도 이 곤경에서 못 벗어납니다. 그러니 각자 갈 길 가는 편이 나아요."

풍신은 화가 치민 나머지 웃음이 나왔다. 그는 고개를 끄덕이며 사련에게 말했다.

"전하, 들으셨습니까? 제가 처음에 말씀드리지 않았습니까? 전하께서 폄적되면 저놈이 가장 먼저 내뺄 거라고요. 제 말이 맞았네요?"

모정은 얼핏 욱한 기세로 싸늘하게 응수했다.

"미안한데 생사람 잡지 마라. 난 사실을 말했을 뿐이야. 사람마다 자기의 줏대란 게 있잖아. 다들 태어날 때부터 자기가 세상의 바른길이고 중심이란 말이야. 넌 남 뒤꽁무니 좇아다니는 게 그리 좋은가 본데, 남들이 다 너 같지는 않거든."

"어디서 구질구질한 변명만 줄줄이 늘어놔? 못 들어 주겠네. 그냥 은혜를 저버리고 싶다고 툭 까놓고 말하지 그러냐?"

"그만해!"

사련이 목소리를 높이자 두 사람은 동시에 멈칫했다. 사련은 이마를 짚은 손을 늘어뜨리고 모정을 향해 돌아섰다. 한참 시선을 붙박은 끝에 그가 말했다.

"나도 강요하고 싶진 않아."

모정은 입술을 꾹 말아 물었다. 여전히 꼿꼿한 자세였다.

사련의 말이 이어졌다.

"가 봐."

모정은 그를 쳐다보더니, 한마디 말도 없이 허리를 굽혀 예를 올리고 정말 뒤돌아 떠났다.

어둠 속으로 서서히 사라져 가는 뒷모습을 바라보며, 풍신은 믿을 수 없다는 듯 말했다.

"전하, 정말 이대로 보내실 겁니까?"

사련은 한숨을 섞어 말했다.

"그럼 어쩌겠어? 나도 강요하는 건 싫다니까."

"이건 아니잖아요? 저 자식! 뭐 하자는 거야, 지금? 진짜 이렇게 간다고? 내뺀다고? 환장하겠네!"

사련은 강가에 웅크리고 앉아 미간을 문질렀다.

"됐어. 벌써 마음이 떴는데 여기 남는다고 뭘 할 수 있겠어? 밧줄로 묶어서 빨래라도 시켜?"

달리 할 말이 떠오르지 않은 풍신도 같이 웅크려 앉았다. 이윽고 그가 분통을 터트렸다.

"제기랄, 부귀는 함께해도 고통은 함께할 수 없다 이거지. 문제가 생기자마자 도망가다니. 전하께서 베푸신 은혜는 갚을 생각도 없지!”

“그건 내가 갚지 말라고 한 거잖아. 너도…… 자꾸 그렇게 타령하지 마.”

“그렇다고 진짜 모른 척합니까? 젠장, 환장하겠네! 그래도 걱정 마십쇼, 전하. 전 절대로 떠나지 않을 겁니다.”

사련은 마지못해 웃음을 짜낼 뿐, 아무 대답이 없었다. 풍신이 다시 몸을 일으켰다.

“이제 국주 폐하와 황후마마를 모시러 가는 겁니까? 제가 수레를 찾아오겠습니다. 전하께선 여기서 기다리고 계세요.”

사련은 고개를 끄덕였다.

“고마워. 조심히 다녀와.”

풍신은 짧은 대답을 남기고 자리를 떴다. 사련도 그제야 자리에서 일어나 강가를 따라 잠시 걸었다. 현실에서 동떨어진 듯 흐릿하고 맥없는 모습이었다.

모정과의 이별은, 그에게 실로 큰 충격이었다.

이토록 가까운 사람이 단숨에 떠나 버릴 줄은 예상치 못한 탓이다. 게다가 그는 언제나 ‘영원’이라는 개념을 믿었다. 예컨대 한 번 친구는 영원한 친구이니 서로 배신하지도, 속이지도, 갈라서지도 않는다. 어쩌면 이별하는 날이 올지도 모르지만, 결코 ‘생계가 엉망이라 못 버틴다’는 것이 이유가 되리라곤 상상해 본 적이 없었다.

천생연분으로 만나 긴 세월, 서로를 의지하며 평생을 함께하는 옛이야기 속 영웅과 미인도 그렇다. 만약 영원하지 못했다면, 두 사람은 분명 안타깝고 절절한 사별을 한 것일 터였다. 영웅은 고기를 좋아하는데 미인은 생선을 좋아한다든지, 영웅은 미인의 화통한 씀씀이가 불만이고 미인은 영웅의 나쁜 습관에 질렸다든지 하는 시답잖은 이유 때문이 아니라.

발을 헛디뎌 까마득히 추락하고 보니 여전히 인간 세상이라니. 참 입맛이 썼다.

아무렇게나 한참을 걷고 있으니 문득 맞은편에서 반짝이는 불꽃 무리가 흘러들었다. 사련은 그제야 정신을 차리고 가만히 들여다보았다. 그건 연등이었다. 강물에 떠오른 연등이 물살을 따라 이쪽으로 유유히 흘러온 것이다. 강가에서는 꼬마 몇 명이 까르르 웃으며 노닥거리고 있었다.

사련은 문득 깨달았다.

'아, 오늘이 중원절이구나.'

예전에는 중원절이 오면 황극관에서 성대한 법회가 열렸기에 미리미리 손꼽아 기다리곤 했었다. 그래서 이날을 잊으려야 잊을 수가 없었다. 그런데 이제는 새카맣게 잊었다. 사련은 고개를 내젓고 계속해서 걸음을 옮겼다. 이때, 앞쪽 길가에서 한 목소리가 들려왔다.

"꼬마야, 하나 사겠느냐?"

몹시 노쇠한 목소리 속에 스산한 귀기가 감돌았다. 사련은 본능적으로 이상을 느끼고 고개를 들었다. 방금 그 두 꼬마가 연등을 끌어안고 길가에 서서 호기심 반 두려움 반으로 무언가를 쳐다보고 있었다.

아이들의 맞은편 어둠 속에는 한 사람이 앉아 있었다. 검은색 장포를 걸친 노인 같았다. 꾀죄죄한 몸뚱이는 어둠과 혼연일체를 이루었다. 그는 연등 하나를 들고 두 꼬마에게 으스스한 투로 말했다.

"내 이 연등은 너희가 품에 안고 있는 그 평범한 연등과 다르단다. 이건 희귀한 보물이거든. 불을 붙이고 소원을 빌면 신통한 효험을 볼 게다."

두 꼬마는 반신반의하며 물었다.

"저, 정말요?"

"그럼. 자, 보거라."

노인이 들고 있는 연등은 불을 붙이지 않았는데도 별안간 불길한 붉은빛을 내뿜었다. 바닥에 늘어놓은 등잔 열댓 개도 기이한 초록빛으로 가물대기 시작했다.

두 꼬마는 흥미진진한 기색이었다. 반면 사련은 제대로 알아보았다. 저게 무슨 희귀한 보물이란 말인가? 틀림없이 망자가 뿜는 빛이다!

저 연등은 봉인된 잡귀의 혼백이라 제힘으로 저런 불길한 빛을 내는 것이다. 그리고 저 노인은 어쭙잖은 엉터리 도사일 게 뻔했다. 아무래도 재수 없는 떠돌이 넋을 잡아다가 연등으로 엮은 모양이었다. 두 꼬마는 영문도 모르고 해맑게 손뼉을 치며 연등을 사겠다고 나섰다. 사련은 재빨리 앞으로 다가갔다.
"사지 마. 너희를 속이는 거야."
그 노인은 눈을 부라리며 윽박질렀다.
"이 자식이, 그게 무슨 소리야!"
사련은 단호하게 잘라 말했다.
"그 연등은 보물이 아니라 안에 귀신을 넣은 요기(妖器)란다. 가져가서 놀았다간 귀신이 붙게 돼."
귀신이라는 말이 나오자, 두 꼬마는 '으악!' 하고 외마디 소리를 지르더니 자리가 떠나가라 울면서 도망쳐 버렸다. 노인이 펄쩍 뛰어오르며 노발대발했다.
"감히 내 장사를 망쳐!"
사련이 받아쳤다.
"어찌 이런 곳에서 멋대로 장사를 하십니까? 저런 어리숙한 꼬마들은 물론이고, 다 큰 어른이라도 이런 요사한 연등을 가져가면 아주 불운해질 겁니다. 자칫 원혼이라도 붙었다간 큰 사고로 이어지지 않겠습니까? 꼭 팔아야겠더라도 전문적으로 다루는 곳에 가서 파셔야지요."
"말이야 쉽지, 이런 걸 어디서 전문적으로 다뤄? 원래 남들도 길가에 대충 자리 잡고 돗자리 편다고!"
노인은 그리 말하며 비뚤배뚤 엮어 놓은 연등을 한 아름 끌어안고 헐떡거리며 떠날 채비를 했다. 사련이 급히 외쳤다.
"잠깐!"

그러자 노인이 물었다.

“왜? 뭔데? 살 거냐?”

“설마, 정말 다른 곳에서 계속 장사하실 생각은 아니겠죠? 이 연등 속에 갇힌 혼백은 어디서 난 겁니까?”

“황야 전장에서 잡은 놈이지. 흔해 빠졌다고.”

그렇다면 이승을 떠도는 병사의 망혼이란 말인가?

여기까지 들은 사련은 이 일을 외면할 수가 없었다. 그는 진중하게 입을 열었다.

“팔지 마세요. 오늘은 중원절입니다. 만에 하나 사고라도 나면 쓴맛을 보게 될 텐데요. 게다가 다들 전장에서 전사한 영령들인데 어찌 장난감 취급하면서 파실 수가 있습니까?”

“사람이 죽으면 다 똑같은 혼이지 영령이든 나발이든 알 게 뭐야? 당연히 이 늙은 몸이 더 중요하지. 다 먹고살자고 하는 건데 장사를 접으면 그냥 굶어 죽으라고? 그렇게 마음이 쓰이면 자네가 돈 내고 사지 그래?”

“무슨…….”

결국 사련은 패배를 인정했다.

“좋습니다, 제가 살게요.”

그는 호주머니에 손을 넣고 모든 귀퉁이를 싹싹 긁어 동전 몇 푼을 꺼냈다.

“이 정도면 됩니까?”

흘끔 쳐다본 노인이 대꾸했다.

"안 되지! 고작 그 몇 푼만 받고 어떻게 팔아?"

사실 사련도 연등 열댓 개의 제값을 잘 몰랐다. 예전에는 물건을 사면서 돈을 신경 쓴 적이 없었으니까. 하지만 불가피한 상황이 닥치자 알아서 흥정을 터득했다.

"썩 봐 줄 만한 연등도 아닌 데다가 아주 불운한 물건이니 좀 깎아 주시죠."

"겨우 요만큼 내놓고 더 깎아 달라고? 내 평생 자네처럼 옹색한 사람은 처음 보는구먼. 창피스럽기도 하지!"

이런 말을 듣고 있자니 사련은 어쩐지 열이 올랐다.

"전 명색이 태자입니다. 살면서 옹색하다는 말은 들어 본 적도 없는걸요?"

그는 말을 마치기 무섭게 조금 후회했다. 하지만 노인은 그의 말을 진담으로 받아들이기는커녕 비웃으며 말했다.

"자네가 태자면 나는 황제 어르신이게!"

사련은 다행스러운 한편 조금 멋쩍어져서는 아예 자포자기한 마음으로 솔직하게 고백했다.

"팔 겁니까, 말 겁니까? 저 돈 없어요."

아웅다웅 흥정한 끝에 두 사람의 거래가 성사됐다. 사련은 초라한 푼돈으로 연등 열댓 개를 사서 품에 안고 강가로 향했다. 돈을 받은 노인은 한달음에 꽁무니를 뺐다. 사련은 강가에 앉아 연등에 뒤엉킨 붉은 매듭을 하나씩 풀어 헤쳤다. 부적에 봉인된 잡귀들을 풀어 주는 김에 간단한 위령제도 곁들였다.

희미한 도깨비불이 하나둘 연등 속에서 흘러나왔다. 이 혼백 무리는 다들 얼마 전에 죽은 귀신이었다. 혼몽하니 자의식이 없고 아직 허약한 탓에 그 노인에게 붙잡힌 것이었다. 비좁은 연등에서 빠져나온 도깨비불 무리는 사련을 둘러싸더니, 간간이 몸을 스치며 다정하게 맴돌았다. 사련은 자리에서 일어나 나직한 목소리로 말했다.

"가렴, 이만 가."

그의 손길에 가볍게 떠밀린 혼백 무리는 하늘가를 향해 높이 떠오르며 점차 흩어졌다. 이 모습이야말로 이른바 '넋이 승천한다'는 것이리라.

사련은 별이 총총한 밤하늘을 멀거니 응시했다. 긴 시간이 흘렀을 무렵, 문득 등 뒤에서 자그마한 목소리가 들려왔다.

"태자 전하……."

사련은 순간 멈칫하고는 소리가 들려온 곳으로 시선을 돌렸다. 깨닫고 보니 자그마한 도깨비불 하나가 자리에 남아 있었다. 놀랍게도 승천하지도, 불티가 되어 흩어지지도 않은 채였다.

자의식을 지닌 데다가 말도 하는 것을 보니 다른 동료들보다 강한 잡귀인 듯했다. 앞으로 다가간 사련이 뜻밖이라는 투로 물었다.

"방금 날 부른 거야? 너…… 날 알아?"

자그마한 도깨비불은 그의 관심을 받자 기쁨에 몸 둘 바를 모르겠다는 듯 위아래로 들썩거렸다. 목소리 역시 어린 소년의 것이었다.

"당연히 압니다!"

생각해 보니 지금 자신은 꼴사나운 진흙투성이 차림이었다. 한층 멋쩍어진 사련은 주먹을 입가에 가져가 댔다. 마음 같아선 사람 잘못 봤다며 부정하고 싶었다. 하지만 그는 이내 표정을 단호하게 바로잡고 입을 열었다.

"왜 아직 여기 남아 있는 거야? 방금 너희에게 위령제를 지내 줬잖아? 설마 내가 중간에 무슨 의식을 빠트렸던가?"

그게 아니라면 어째서 위령제를 지냈는데도 하나가 남았겠는가?

이름 모를 혼백은 적당한 거리를 두고 앞을 떠다니며 대답했다.

"아닙니다. 전하께선 아무것도 빠트리지 않으셨습니다. 그저 제가 떠나고 싶지 않아서 남은 겁니다."

사련이 잠시 생각에 잠겼다가 거듭 물었다.

"미처 정리하지 못한 염원이나 집념이 있어서?"

"그렇습니다."

"그럼 말해 보렴. 무슨 염원이지? 너무 어렵지만 않으면 힘닿는 데까지 도와주마."

이름 모를 혼백의 뒤편에는 수천에 달하는 연등이 밤하늘을 가로지르고 있었다. 소년의 목소리가 이어졌다.

"은애하는 사람이 아직 이승에 남아 있습니다."

사련은 짧은 침묵 끝에 말했다.

"그렇구나. 혹시 부인?"

"아닙니다, 전하. 저희는 혼인한 사이가 아닙니다."

"아."

이름 모를 혼백이 말을 덧붙였다.

"실은, 절 기억하지 못할지도 모릅니다. 심지어 말도 몇 번 못 섞어 봤거든요."

사련은 속으로 생각했다.

'말도 몇 번 못 섞어 봤다고? 그럼 어떻게 네 넋을 이승에 묶어 둘 만큼 은애하는 사람이 된 건데? 대체 얼마나 대단한 절세 미인이길래?'

잠시 고민한 그가 물었다.

"그래서, 네 염원은?"

"그 사람을 지키고 싶습니다."

보통 이런 귀신들은 '마음을 전하고 싶다', '그 사람과 하룻밤을 보내고 싶다' 같은 소원을 빈다. 조금 무서운 경우로는 '함께 데려가고 싶다'는 생각을 하기도 한다. 하지만 '지키고 싶다'는 염원은 실로 보기 드물었다. 당황한 사련이 말했다.

"하지만 넌 이제 이승에 속하는 존재가 아니잖니."

"그게 문제가 되나요."

"억지로 남으면 편히 눈감을 수 없을 텐데."

이름 모를 혼백은 태연하게 말했다.

"평생 눈감지 못해도 괜찮습니다."

이 떠돌이 넋은 의외로 고집스러웠다. 이렇게 집착이 심한 혼백은 십중팔구 위험하기 마련이었다. 하지만 무슨 영문인지 이 혼백에게선 아무런 살기도 느껴지지 않았다. 이에 사련은 걱정을 내려놓고 다시 물었다.

"그 은애하는 사람이 네가 자신 때문에 성불하지 못한다는 사실을 알면 죄책감에 시달릴지도 몰라."

이름 모를 혼백은 잠시 망설이다 입을 열었다.

"제가 이승에 머무르는 이유를 숨기면 됩니다."

"자꾸 나타나면 언젠간 알게 돼."

"그럼 몰래 그 사람을 지키면 되겠네요."

여기까지 듣고 있자니 저도 모르게 마음이 일렁였다. 사련은 속으로 중얼거렸다. 이 혼백의 '은애'는, 그저 말로만 하는 소리가 아니었구나.

아까 연등에 갇혔던 혼백들은 그 노인이 황야 전장에서 잡아 온 떠돌이 넋들이다. 눈앞의 이 혼백도 분명 전사한 소년병일 터였다. 사련은 느릿하게 입을 열었다.

"이 전란 때문에 네 은애하는 사람이 떠나갔겠구나……. 미안해, 이기지 못해서."

그런데 예상 밖의 대답이 돌아왔다.

"전하를 위해 전사한 것은 제 지고무상한 영광입니다."

사련은 한순간 얼이 빠졌다.

'태자 전하를 위해 전사하는 것은 선락 병사의 지고무상한 영광이다'. 이 문장은 선락국의 어느 장군이 병사들을 지도할 때

쓰는 구호였다. 이 구호를 내세워 병사들의 사기를 드높이면서, 설령 죽더라도 가치 있는 죽음이고 사후에는 선경에 가게 될 것이라 공언했었다. 그건 당연히 허튼소리였다. 죽어서 이승을 떠도는 소년 병사가 이 말을 굳게 기억하고 있을 줄은 몰랐다. 하물며 이렇게 진중하고 진심 어린 대답이라니.

문득 눈시울이 뜨거워지나 싶더니 시야가 흐릿하게 변했다. 사련은 말문을 뗐다.

"미안. 잊으렴."

이름 모를 혼백은 더욱 밝게 불꽃을 흩날리며 말했다.

"잊지 않아요. 태자 전하, 전 영원히 전하의 가장 충실한 신도입니다."

사련은 애써 울음을 삼켰다.

"……난 이제 신도가 없어. 날 믿어도 좋은 일 따위 생기지 않아. 어쩌면 화를 당할지도 모르고. 그거 아니? 이제 내 친구마저 날 떠났어."

이름 모를 혼백은 맹세하듯 말했다.

"전 그러지 않을 겁니다."

"너도 그럴 거야."

그 혼백은 결연했다.

"절 믿으세요, 전하."

"안 믿어."

이제는 다른 사람도, 자기 자신도 믿을 수가 없었다.

96장 사내대장부도 돈 한 푼에 쩔쩔매네

온 도시에 계엄령이 내려지기 전, 사련 일행은 밤새 길을 재촉해 다른 도시로 넘어갔다.

그는 이번에도 국주와 황후를 은신처에 모셔 두고 풍신과 돈을 벌러 나갔다. 그러나 앞선 도시에서도 몇 푼 벌지 못한 두 사람이 다른 도시에 왔다고 갑자기 운수대통할 리가 없었다.

두 사람은 여전히 하루 꼬박 바쁘게 일하고도 쥐꼬리만 한 품삯을 받았다. 게다가 바늘과 실처럼 붙어 다니던 삼인조에서 갑자기 하나가 빠지자 통 적응을 할 수가 없었다. 예를 들어 예전에는 모정이 돈주머니를 맡아 수시로 액수를 관리했는데, 모정이 떠난 지금은 자신이 돈을 잃어버릴지도 모른다고 직언을 날린 풍신 때문에 사련이 돈주머니를 챙겨야 했다. 그 궁상맞은 푼돈을 셀 때마다 이게 하루 꼬박 일한 대가라는 사실이 믿기지 않았다. 하다못해 그가 옛날에 길거리 거지에게 적선했던 돈도 이 정도 액수는 아닌 것 같았다.

모정이 자리를 비우니 국주와 황후에게 식사를 전할 역할도 사라졌다. 사련은 하는 수 없이 날마다 풍신을 데리고 갖가지 생필품을 국주와 황후가 있는 은신처로 가져다 날랐다. 아들을 자주 만나게 되어 기뻐진 황후는 여세를 몰아 주방으로 향하곤 했다. 이날도 그녀는 자신이 끓인 국을 맛보라며 사련과 풍신을 탁자 앞에 끌어다 앉혔다.

"두 사람 다 몸보신 좀 하거라. 다들 살이 내렸어."

풍신은 식은땀을 죽 흘리더니 엉덩이가 의자에 닿기 무섭게 벌떡 일어났다. 그가 손사래를 치며 말했다.

"아니, 아닙니다. 황후마마, 당치도 않습니다. 제가 어찌 감히 입을 대겠사옵니까!"

황후는 온화한 얼굴빛으로 말했다.

"이 아이도 참. 못 댈 게 무어 있느냐? 자, 앉거라."

하지만 어떻게 정말 못 먹겠다는 소리를 하겠는가? 풍신은 울며 겨자 먹기로 자리에 앉았다. 황후는 자신이 노동한 결과물을 손수 대령했다. 풍신은 숨을 훅 들이켜고 재빨리 솥뚜껑을 열어젖혔다. 사련은 상석에 자리를 잡고 앉았다. 솥 안에 담긴 물체를 본 두 사람의 표정이 참담하게 물들었다.

사련은 목소리를 낮추어 말했다.

"이 닭…… 너무 끔찍하게 죽었다."

"……."

풍신이 입술을 달싹였다.

"전하, 잘못 보셨습니다. 닭은 들어가지도 않았어요."

사련은 의문에 빠졌다.

"그럼 안에 떠다니는 이 닭 같은 건 뭔데?"

"아마 풀죽 같은데요……. 모양이 좀 다른가?"

두 사람은 한참 머리를 맞댔으나 솥 안의 물체를 알아내지 못했다. 황후가 사련에게 국을 한 그릇 떠 담아 주었다. 풍신은 본인이 직접 제 그릇을 채웠다. 황후가 국주를 부르러 방에 들어가자, 두 사람은 재빨리 그릇에 담긴 국을 도로 부어 넣고는 한입에 국을 들이켜고 뒷맛을 음미하는 척 입가를 문지르며 말했다.

"잘 먹었다, 잘 먹었어."

이를 본 황후는 흐뭇한 기색으로 물었다.

"맛이 괜찮으냐?"

사련은 마음에도 없는 소리를 했다.

"정말 맛있습니다!"

그러자 황후가 기뻐하며 말했다.

"맛있으면 많이들 들려무나!"

마시지도 않은 국물을 뿜을 뻔한 사련은 손수건을 들고 새삼스레 입가를 훔쳤다. 이때, 황후가 잠시 망설이나 싶더니 말문을 뗐다.

"황아. 하나 궁금한 게 있다만, 괜한 말참견한다고 기분 나빠하지 말아라."

사련은 조금 긴장한 마음으로 손수건을 내려놓고 물었다.

"무슨 일이신데요? 말씀하세요."

황후는 그의 옆자리에 자리를 잡고 앉았다.

"모정 그 아이는 어디 갔니? 어찌 며칠 넘게 보이질 않아?"

역시 예상이 맞았다.

모정의 이름이 나오자 사련의 긴장감이 한층 팽팽해졌다.

"아, 제가 임무를 맡겨서 먼저 다른 곳에 가 있습니다."

황후는 어쩐지 안심한 듯 고개를 끄덕이고는 거듭 물었다.

"그럼 언제쯤 돌아오는 것이냐?"

"당분간은 바깥에 있어야 해서…… 돌아오지 않을지도 모릅니다."

이 말을 들은 황후는 조금 난처한 기색이었다. 사련이 기민하게 물었다.

"무슨 일이 있으신 겁니까?"

황후가 재빨리 대답했다.

"아무것도 아니다."

눈썰미가 좋은 풍신이 불쑥 끼어들었다.

"황후마마, 손이 왜 그러십니까?"

손?

사련은 풍신의 눈짓을 따라 시선을 내리자마자 흠칫했다.

본디 곱고 단정했던 어머니의 손이 지금은 조금 섬뜩해 보였다. 손가락 마디 곳곳이 터진 데다 희미하게 핏자국도 남아 있었다. 사련은 자리를 박차고 일어나 어머니의 손을 잡아끌었다.

"이게 다 뭡니까?"

황후가 황급히 입을 열었다.

"별일 아니래도. 옷가지와 이불을 빨았는데 솜씨가 좀 서툴렀지 뭐니."

사련은 무심코 말을 던졌다.

"왜 직접 빨래를 하셨습니까? 다른……."

하지만 한마디를 끝맺기도 전에 말문이 턱 막혔다. 다른 누구? 다른 궁녀나 시종에게 부탁해라? 모정에게 부탁해라? 전부 불가능한 이야기였다.

망명길에 오른 이래로 측근 시종인 모정은 사련과 국주, 황후의 일상생활에서 갖은 수발을 도맡아 들었다. 그런 그가 가버리니 허드렛일을 할 사람이 없었다.

식사 준비를 할 사람도, 빨래를 할 사람도, 이불을 갤 사람도 없었다. 한없이 단순했던 나날이 갑자기 구석구석 번거로워졌다. 사련은 이 밖에도 마음 쓸 일이 너무 많았기에 그럭저럭 버틸 만했다. 하지만 풍족한 삶을 누려 온 어머니가 어디 이런 궂은일을 해 보았을까? 그렇지만 그녀가 직접 나서지 않으면 누가 이런 수고를 대신한단 말인가?

한동안 침묵한 끝에 사련이 입을 열었다.

"그만하세요. 빨래는 제가 하겠습니다."

황후가 웃으며 말했다.

"되었다, 너는 네 일에 집중하거라. 빨래나 요리는 경험이 없다만, 어차피 날마다 한가로우니 직접 해 보는 것도 제법 재미있더구나. 특히 너희가 맛있게 먹는 모습을 보면 참으로 뿌듯해."

그 국은 제 어머니가 이런 두 손을 이끌고 만든 것이었다. 그런데 두 사람은 한 입도 마시지 않고 슬그머니 도로 쏟아부었다. 사련과 풍신은 서로 눈을 마주쳤다. 두 사람 모두 입맛이 썼다. 이때 황후가 말을 덧붙였다.

"참, 그리고 한 가지 더. 내일 약을 좀 구해 올 수 있겠니?"

사련은 눈을 멀거니 떴다.

"약? 무슨 약이요?"

황후는 수심 가득한 얼굴로 대답했다.

"어휴, 나도 잘 모르겠구나. 차라리 약방에서 각혈 증세에 어떤 약이 듣는지 좀 물어봐 주겠느냐?"

"각혈이요?"

사련은 아연해졌다.

"누가 각혈을 합니까? 어머니? 부황입니까? 왜 진작 말씀하시지 않으셨어요?"

그가 다소 큰 목소리로 말하자 황후가 재빨리 다그쳤다.

"소리 낮추거라!"

하지만 이미 늦었다. 이윽고 방 너머에서 노기등등한 목소리가 들려왔다.

"내 입방정 떨지 말라 그리 이르지 않았소!"

바로 국주였다. 전부 들켜 버렸으니 황후도 더 숨기지 않고 방 안쪽을 향해 외쳤다.

"하지만 이대로 버티는 게 능사는 아니잖습니까!"

사련은 곧장 방 안으로 들어갔다. 국주는 죄 터진 이불 안에 웅크리고 있었다. 그동안 눈여겨본 적이 없었는데 지금 보니 병색이 짙은 모습이었다. 으스스한 오두막에 누워 있으니 뺨마저 움푹 들어간 얼굴이 한층 초췌해 보였다. 국주의 후광은 온데간데없고, 안색이 거무스름한 노인네만 남아 있었다.

사련은 맥을 짚지 않아도 그가 오랫동안 앓았다는 사실을 알았다. 게다가 가벼운 병도 아니었다. 하다못해 온 방에 모래 먼지처럼 떠다니는 병환의 냄새 때문에 숨쉬기가 힘들 지경이었다. 그는 황후가 꺼냈던 '각혈 증세'라는 말을 떠올리고 홧김에 목소리를 높였다.

"대체 어떻게 된 겁니까!"

국주는 퍼렇게 질린 얼굴로 호통쳤다.

"말투가 그게 뭐냐?"

황후와 풍신도 안으로 들어왔다. 사련이 대꾸했다.

"제 말투는 걸고넘어지지 마세요. 병세가 있는데 왜 미리 말씀하지 않으셨습니까?"

격노한 국주가 일갈했다.

"지금 과인을 가르치려 드는 게냐? 말을 하고 말고는 과인의 마음이지, 네놈이 끼어들 문제가 아니다!"

그가 한사코 고집을 부리자, 사련은 믿을 수 없다는 듯 말했다.

"어찌 이리 한심하십니까? 지금 이 와중에 본인의 신분과 권위를 내세우시겠다고요?"

국주는 분노로 일갈했다.

"썩 꺼져라! 당장 나가!"

황후와 풍신이 서둘러 사련을 끌어냈다.

"황아! 이러지 말아라. 저분은 네 부황이시다. 몸도 편찮으신데 네가 참아야지."

망명길에 설상가상으로 병까지 겹치다니. 사련은 손안에 얼굴을 파묻었다.

"모후! 왜 진작 말씀하지 않으셨습니까? 미리 말씀하셨다면 각혈 증세로 번지진 않았을 겁니다! 이런 병이 얼마나 고치기 힘든지 아십니까?"

사실 지금 같은 상황이라면 애초에 고칠 방법 따위 없다고 봐야 했다.

황후는 당황스러운 한편 속상한 마음으로 입을 열었다.

"이리…… 이리 심각해질 줄은 우리도 미처 몰랐지."

풍신도 거들었다.

"맞습니다. 게다가 내내 영안군의 추격을 피해 도주했는데 쉬실 틈이 어디 있었겠습니까?"

사련은 얼굴을 덮었던 손을 내렸다.

"지금 당장 부황을 성안에 있는 의원에게 모셔 가야겠습니다."

그러자 방 안에서 국주의 목소리가 들려왔다.

"필요 없다!"

사련은 뒤를 돌아보았다. 지금은 내가 알아서 결정한다, 그리 쏘아붙이려는데 풍신이 끼어들었다.

"전하, 국주 폐하를 성안에 모시고 간다면 분명 꼬리가 잡힐 겁니다."

이 말에 사련의 움직임이 우뚝 굳어졌다. 황후도 덧붙였다.

"우리도 그 점이 염려되어 그동안 함구했던 것이다. 황아, 넌 우선…… 어떻게든 약을 구해 오려무나."

방 안에 있던 국주가 또다시 극렬하게 기침을 토했다. 황후는 곁으로 돌아가 그를 살폈다. 한참 멀거니 있던 사련은 빙글 뒤돌아 방을 나섰다. 풍신이 외쳤다.

"전하! 이제 어쩌실 겁니까?"

사련은 묵묵부답으로 오두막에 놓인 궤짝을 뒤지기 시작했다.

"뭘 찾으십니까?"

풍신이 물었으나 그는 대답이 없었다. 이윽고 그가 궤짝 바닥에서 무언가를 꺼냈다.

그건 고풍스러운 보검이었다. 풍신이 시선을 던지며 말했다.

"홍경은 왜 꺼내셨습니까?"

짧은 침묵 끝에 사련이 입을 열었다.

"전당포에 넘기려고."

경악한 풍신이 곧장 만류했다.

"안 됩니다!"

사련은 궤짝을 묵직하게 닫았다.

"그 많은 검도 죄다 팔았는데 이 검이라고 뭐가 다르겠어."

여정 내내 마찻값이나 위험 구역을 지날 때 필요한 뇌물을 마련해야 했던 사련은 그새 애지중지하던 보검 대부분을 팔아 넘겼다. 게다가 보는 눈이 많은 큰 전당포에는 들를 수 없었고, 종종 그들의 행적을 눈치챈 악덕 상인들이 협박해 오는 바람에 눈물을 삼키고 헐값에 넘겨야 했다. 풍신이 말했다.

"다릅니다! 이건 전하께서 가장 아끼시는 검이잖습니까? 아니면 왜 진작 팔지 않고 궤짝 깊숙이 넣어 놓으셨겠어요? 게다가 이건 제군께서 하사하신 물건인데 팔아넘겨서야 되겠습니까?"

사련은 지친 기색으로 대답했다.

"아무리 아껴도 목숨보다 중요하겠어. 자, 그만 가자."

검을 들고 성안으로 향하는 두 사람의 얼굴이 울적했다. 전당포 앞에 도착하자 사련은 걸음을 멈추고 손에 든 홍경을 살펴보았다. 풍신이 그를 쳐다보며 말했다.

"그냥 팔지 마시죠. 다른 방법을…… 찾아볼까요?"

사련은 고개를 내저었다.

"이미 늦었어. 무슨 수로 충분한 돈을 마련할 수 있을지도 모르겠고."

훔치거나 빼앗거나 속임수를 쓴다면 평범한 인간의 힘으론 두 사람을 막을 수 없다. 돈이 모이는 속도도 빨라질 터다. 다만 공교롭게도 인간계의 규칙과 선악의 규범을 지켜 착실하게 돈을 벌어야 했기에 지금처럼 쪼들리는 신세가 되었다. 사련이 마음을 굳히고 말했다.

"판다면 파는 거야. 그 돈으로 약을 사러 가자."

말은 이렇게 하면서도 걸음이 떨어지지 않았다. 풍신도 잘 알았다. 이건 그에게 남은 마지막 보검이니 미련이 남는 것이리라.

"일단 조금만 더 생각해 보죠."

바로 이때, 저 너머 길거리에서 소란스러운 비명이 울려 퍼졌다. 누군가가 고함쳤다.

"이게 무슨 소동이야?"

"간이 부었구나!"

"잡아! 잡아라!"

두 사람은 동시에 움찔했다. 사련은 경계심을 곤두세우고 한쪽으로 몸을 피했다.

"누구지?"

조심스럽게 앞쪽을 살펴본 풍신은 긴장을 내려놓고 되돌아왔다.

"괜찮습니다. 염려 마십시오! 상관없는 일입니다. 우리를 찾는 게 아니에요. 영안군도 아니고요."

사련도 그제야 긴장한 마음을 슬며시 내려놓았다.

"그럼 무슨 일인데?"

"잘 모르겠습니다. 시종이 하극상을 일으킨 모양인데요. 한 번 볼까요?"

"가 보자. 악덕 지주일지도 모르잖아."

두 사람은 나란히 앞으로 걸음을 옮겼다. 군중들은 뒤엉켜 드잡이하는 몇 사람을 둥글게 에워싼 채 환호하고 있었다. 풍신은 한창 흥미진진하게 지켜보던 행인을 툭툭 치며 물었다.

"형씨, 저게 무슨 상황입니까?"

그 행인이 호탕하게 웃으며 대답했다.

"모르는 거요? 얼마나 장관인지! 시종이 주인을 쳤소이다!"

이런 일이 다 있다니. 사련은 순간 말문이 막혔다.

"이유가 뭡니까? 왜 다들 환호를 하죠?"

"당연히 환호해야지! 저 주인은 아주 막돼먹은 작자거든! 저 시종은 어릴 때부터 일편단심으로 주인을 모셨는데, 저 작자는 말이야! 등골만 빨아먹을 줄 알지, 품삯도 안 주고 짐승처럼 부려 먹는데 시종이 어디 참을 수가 있나. 그래서 보다시피 저리 싸우고 있는 거요!"

행인의 말이 맞았다. 그 하인은 정말로 주먹을 휘두르며 '이 몸도 오래 참았어!', '네놈이 나한테 뭘 줬는지 생각이나 해 봤냐?', '가랑이 찢어지게 가난한 주제에 어디 내 머리꼭지에 앉아서 거들먹거려!', '이제 네놈 집구석 개 노릇도 끝이야!' 같은 말을 늘어놓았다. 얻어맞고 있는 주인은 머리를 끌어안고 깨갱거렸고, 구경꾼들은 통쾌한 기색으로 박수를 보냈다. 이를 듣는 사련은 마음이 뜨끔했다. 이유도 없이 솜털이 곤두섰다. 그는 저도 모르게 풍신의 얼굴을 곁눈질했다. 그런 사련을 전혀 눈치채지 못한 채, 풍신은 그 주인의 악독스러운 일화를 듣고는 무심하게 말했다.

"그랬군요. 확실히 막돼먹은 주인이네요. 하인이 하극상을 벌일 만도 합니다."

별 뜻 없는 말이었으나 사련의 마음은 덜컥, 소리를 내며 내려앉았다. 홍경을 들고 있던 손에 힘이 들어갔다.

두 사람은 한껏 머리를 싸매고 고심한 끝에 홍경을 팔아 버렸다. 드디어 수중에 돈이 생기자, 그 길로 의원을 찾아가 수십 종류에 달하는 약재를 사서 돌아갔다.

각혈 증세를 치료하는 약재는 값도 비쌀뿐더러 필요한 양이 많았다. 약재 한두 가지로 하루 이틀 만에 낫는 병이 아니니 꾸준히 경과를 지켜봐야 했다. 그날 저녁, 풍신은 약재 몇 첩을 뜯고 오두막 밖으로 나가선 허름한 부들부채를 정신없이 부치며 약을 달였다. 한편, 사련은 또다시 방 안의 궤짝을 뒤졌다. 그리 한참을 뒤진 끝에 궤짝 바닥에서 금빛 찬란한 허리띠를 찾아냈다.

원래 사련이 가지고 있던 수많은 금 허리띠는 그 보검들처럼 전당포에 넘겨지는 최후를 맞았다. 마지막 남은 하나는 기념 삼아 보관할 생각이었지만, 이제는 이 허리띠로 다른 일을 하겠다고 작심했다.

때마침 시선을 든 풍신이 물어왔다.

"전하, 그 허리띠는 왜 들고 계십니까? 설마 그것도 팔아 버리시려는 건 아니겠죠."

사련은 그대로 걸어오더니 그 금 허리띠를 풍신에게 내밀었다.

풍신은 눈을 휘둥그레 뜨고 영문을 모르겠다는 듯 물었다.

"……이걸 왜 제게 주십니까? 전하, 방금 궤짝을 닫으면서 뇌를 같이 넣어 버리신 건 아니죠?"

뒤늦게야 떠오른 사실이지만, 이렇게 금 허리띠를 주는 행위는 상천정에서 무척 특별한 뜻으로 통했다. 사련은 당장 낯빛을 새카맣게 굳히며 말했다.

"오해야. 난 전혀 그런 뜻이 아니었어. 그냥 평범한 황금처럼 받아!"

그러곤 재빨리 허리띠를 풍신에게 떠밀었다. 풍신은 목에 금빛 찬란한 허리띠를 건 채 눈을 동그랗게 떴다.

"아니, 아무리 그래도 왜 지금 뜬금없이 황금을 찔러 주시는지는 알려 주셔야죠?"

"그냥 그동안 잔뜩 밀린 녹봉 대신이라고 생각해."

풍신은 의문을 떨치지 못했다.

"대체 오늘 갑자기 무슨 바람이 부신 겁니까? 이런 시기에 무슨 녹봉입니까? 제게 주시느니 전당포에 넘겨서 국주 폐하께 약재나 몇 첩 더 사 드리세요. 넘기는 대신 직접 보관하셔도 좋고요. 이건 신관만이 가질 수 있는 물건이잖습니까."

약재 얘기가 나오자 사련은 국주와 황후가 쉬고 있는 방을 돌아보았다. 이윽고 그가 입을 열었다.

"약이라면 내가 어떻게든 할 테니까, 그냥 받아 둬."

사련은 한사코 고집을 꺾지 않았다. 풍신은 어리둥절하면서도 묘하게 우스운 기분이 들었다. 어깨를 한번 으쓱인 그는 바닥에 내려 둔 허름한 부들부채를 주워 다시 약을 달였다.

"좋습니다, 일단 제가 대신 맡아 드리죠. 다시 필요해지시면 언제든 말씀하십쇼."

사련은 고개를 가로저으며 말했다.

"다시 가져가는 일은 없을 거야. 처분은 네 마음대로 해."

홍경을 팔아넘긴 돈으로 주머니가 제법 두둑해지고서야 두 사람은 겨우 제대로 된 끼니를 챙겼다. 사련은 황후의 기절초풍할 요리 솜씨를 고려해 '어머니는 아버지를 챙겨야 하니 부디 주방엔 들어가지 마시라'고 에둘러 부탁하고 직접 식사 재료를 준비했다. 물론 그도 경험은 없지만, 족발은 먹어 보지 않았어도 길을 걷는 돼지 다리는 자주 본 터라 제법 그럴듯한 음식을 만들어 냈다. 그렇게 비로소 모두가 굶주린 배를 채울 수 있었다.

사실 사련은 그날 국주와 다투고 내심 후회했다. 하지만 자칫 체면이 구겨질까 솔직히 털어놓지도 못하고 뒤에서 조용히 그를 보살필 뿐이었다. 각혈 증세에 추위는 독이었기에 그는 아버지에게 이불과 화로를 더 마련해 주었다.

영안국 병사들은 망명한 선락 황족들을 끈질기게 예의 주시했다. 머지않아 이 도시에도 계엄령이 내려졌다. 어렵사리 자리 잡은 곳을 또다시 떠나야 할 때가 온 것이다.

부모님을 모시고 망명한 이래로 벌써 몇 번째 도시를 옮기는 것일까. 사실, 오는 길에 보았던 풍경은 사련이 상상한 것보다 훨씬 평온했다. 가장 참혹한 곳은 역시 선락 황성이었다. 황성 바깥의 대부분 지역은 별다른 영향을 받지 않은 듯했다.

누가 뭐래도 국주와 태자, 황족과 귀족은 평범한 백성들에게 한없이 멀기만 한 존재였다. 하다못해 전설 속에 등장하는 신선이나 다를 게 없었다. 그래서인지 다른 국주가 자리에 앉았는데도 다들 별반 차이를 느끼지 못했다. 더구나 새로운 국주는 폭군이 아니라 달리 가혹한 율령을 내리지도 않았으니, 백성들에겐 신나게 떠들 만한 화젯거리가 늘어났다는 것 외에는 별다른 감상이 없었다.

"국주의 성이 사씨든 낭씨든 내가 여기서 농사짓는 건 똑같잖아!"

언젠가 사련은 이런 말을 들은 적이 있었다.

틀린 말은 아니다. 다만 희한한 것은, 모두가 백전백승에서 백전백패로 전락했다는 소문 속 태자 전하를 두고 똘똘 뭉친다는 점이었다. 마치 사련의 이름만 나오면 애국심 깊은 선락국 백성으로 돌변하는 것처럼. 사련은 이 점이 무척 의아하면서도 떨떠름했다.

다만 그도 이런 생각에 사로잡힐 겨를은 없었다. 홍경을 팔아넘기고 받아 온 돈이 몇 달을 못 버티고 바닥나 버렸기 때문이다.

각혈 증세는 원래도 완치하기 어렵다. 게다가 국주는 화병까지 앓고 있어 약재를 양껏 쏟아부어야만 지금 상태를 유지할 수 있었다. 탕약을 끊는 순간 병세가 악화될 게 분명했다. 이제 사련의 수중에는 팔아넘길 만한 물건이 없었다. 이날 거리를 한참 떠돌던 그는 고민을 거듭하다가 끝내 풍신에게 말했다.

"아니면…… 한번 해 볼까?"

풍신도 그를 쳐다보며 말했다.

"그럼, 해 볼까요?"

두 사람이 '해 보려고' 망설인 게 처음은 아니었다. 다만 예전에는 마음을 굳히지 못했다. 하물며 어느 날은 이야기를 나누다 무심코 그 뜻을 내비쳤더니 방에 있던 국주가 듣고 길길이 날뛰기도 했다. 그는 차라리 탕약을 끊고 말겠다면서, 사련이 그런 수치스러운 일로 돈벌이하려는 것을 결사반대했다. 이쯤 되면 구태여 말을 하지 않아도 서로 뜻이 통하기 마련이었다. 사련은 고개를 끄덕이곤 흰 비단으로 얼굴을 한층 꼼꼼히 둘러맸다. 풍신이 말했다.

"전하는 그냥 계시죠. 저 혼자서도 충분합니다. 그러면 나중에 국주께서 캐물으셔도 괜찮을 겁니다!"

말을 마친 그는 크게 심호흡하고 한참 숨을 참다가, 거리의 행인들을 향해 벼락처럼 소리쳤다.

"거기 지나가시는 동네 어르신 마을 여러분, 한번 구경하고 가십쇼—!"

이 소리에 깜짝 놀란 행인들이 삼삼오오 몰려들어 너도나도 한마디씩 했다.

"뭘 시끄럽게 고함을 쳐!"

"자네는 뭐 하는 사람이오?"

"괜찮은 재주 있으면 좀 보여 주지?"

"가슴으로 바위 부수는 기예나 보자고!"

풍신은 등에 멘 활을 끄르곤 얼굴에 철판을 깔았다.

"제…… 제 별호는 '궁수신'입니다. 미천한 솜씨로나마 백발백중하는 장면을 선보여 드릴까 합니다. 혹 즐겁게 보셨다면 부디, 몇 푼 부탁드립니다!"

궁수신이니 미천한 솜씨니 하는 치렛말은 다른 길거리 차력사를 보고 배운 것이었다. 입으로는 기예 팔이 따위 절대 하지 않겠다고 말하면서도 무의식중에 다른 차력사들이 어떤 식으로 말하는지 귀담아들었던 것이다. 구경꾼들이 와글와글 외쳤다.

"잡소리 말고! 빨리 시작해!"

"반나절 기다리게 생겼네! 어서!"

풍신은 화살을 활시위에 걸더니 군중 사이에서 과일을 먹고 있던 한 건달을 가리켰다.

"거기 아저씨, 이쪽으로 나와 주십쇼. 그 사과를 머리에 올려

두시면 제가 3백 보 거리에서 맞혀 보겠습니다!"

건달은 목을 움츠리며 사람들 사이로 물러섰다.

"안 해!"

"아저씨를 쏘지 않을 겁니다, 걱정 마십쇼! 화살에 맞으면 원하는 만큼 배상하겠습니다!"

그러자 건달이 대꾸했다.

"누굴 바보로 아나! 화살에 맞았는데 얼마를 배상하든 무슨 소용이야. 기예를 팔러 나왔으면서 도구도 준비를 안 했어? 쏘려면 자네 옆에 있는 그 사람을 쏴야지!"

구경꾼들이 입을 모았다.

"옳소!"

사련도 동조했다.

"내가 할게."

인파 속에서 누군가가 사과 하나를 던져 주었다. 사련은 사과를 받아 들고 머리에 올려 두었다. 하지만 애당초 사련을 제쳐 놓으려던 풍신이 어디 그를 끼워 주겠는가? 그는 급한 마음에 그 사과를 낚아채 몇 입 깨물어 먹고는, 화살촉을 돌려 높다란 건물에 매달린 오색 깃발을 겨누었다.

"저 깃발을 맞혀 보겠습니다!"

목소리와 동시에 화살이 빠르게 날아갔다. 활 솜씨가 훌륭하니 당연히 명중이었다.

"어이쿠, 제법이로구나!"

구경꾼들이 왁자하게 웃음을 터트리더니 정말로 돈 몇 푼을 던져 주었다.

동그란 엽전이 바닥을 데구루루 굴렀다. 풍신이 앞으로 다가가 엽전을 줍자 사련도 묵묵히 허리를 숙이고 앉았다. 어쩐지 무언가 잃어버린 것처럼 마음이 허전했다.

풍신은 지금껏 태자의 호위였다. 이런 일반 백성들은 물론이고 평범한 관리나 신하들도 그를 보면 깍듯하게 예를 차리며 비위를 맞추려 애썼다. 지난번 바위와 흙을 나를 때 소두목이 이래라저래라 부려 먹은 것에도 못내 분했는데, 이제는 길거리 원숭이 취급까지 견뎌야 했다. 백발백중의 실력으로 전장에서 적을 죽이는 것이 아니라 남들에게 유흥거리를 선사하다니. 생각할수록 입맛이 썼다.

바로 이때, 날카로운 여인의 목소리가 울려 퍼졌다.

"누가 길거리에서 함부로 화살을 쏴?"

이 소리에 사련은 심장이 쿵 내려앉았다. 사람들이 일제히 풍신을 가리키며 외쳤다.

"이자일세!"

풍신은 어리둥절했다. 구경꾼들이 갈라지기 무섭게 여인 몇몇이 발을 구르며 화살을 들고 걸어왔다. 바로 풍신이 방금 쏜 그 화살이었다. 여인들은 풍신을 둥글게 에워싸고 말했다.

"썩을 자식! 네놈이 쏜 것이냐? 간덩이가 부었구나! 벌건 대낮에 위험하게 화살을 쏘고 말이야. 우리 뜰에 있던 병풍이 망가졌잖아. 말해 봐라, 이를 어찌 배상할 것이냐!"

"그래, 우리 손님들도 놀라서 도망쳤다고!"

알고 보니 방금 풍신이 쏜 화살은 오색 깃발을 명중하고 여세를 몰아 다른 건물의 뜰로 떨어진 모양이었다. 풍신은 가뜩이나 여인과 부대끼는 것을 싫어했다. 하물며 다들 화장이 요염하고 분내가 짙어 숨이 턱 막혔다. 여인들의 정체가 심상치 않아 보이자 그는 지레 겁을 먹고 연신 손사래를 치며 뒷걸음질했다. 사련은 황급히 그의 앞을 막아서며 말했다.

"미안합니다, 미안합니다. 일부러 그런 게 아닙니다. 배상이라면 저희가 어떻게든 방법을 마련해 볼 테니……."

단단히 화가 난 여인들이 밀치거나 잡아당기며 거세게 몰려들었다.

"넌 또 뭐야! 네가……."

그런데 누가 알았으랴. 앞뒤로 짤짤 흔들리는 와중에 사련의 얼굴을 가리고 있던 비단이 흘러내렸다. 사련의 얼굴을 본 여인들은 두 눈을 빛내더니 갑자기 말투를 나긋하게 누그러뜨렸다.

"어머나, 참 고운 도련님이네!"

"?"

한 여인이 손뼉을 마주치며 생글생글 웃었다.

"좋다! 정했어! 두 사람 한패 맞지? 그럼 자네로 갚으면 되겠어!"

"??"

상황을 파악하기도 전에 그는 여인들에게 붙잡혀 어느 화려한 건물 앞까지 끌려갔다. 고개를 들자, 앞쪽으로 꽃단장한 여인들이 한가득 재잘거리고 있었다. 사련은 그제야 자신이 기방 포주들에게 끌려왔다는 것을 깨달았다.

그는 순간 온몸에 소름이 돋았다.

"잠깐, 전 돈 없습니다. 정말 없어요!"

그 포주들이 호탕하게 웃으며 말했다.

"당연히 없겠지. 그래서 돈이나 벌라고 데려온 거 아냐!"

의문에 빠진 사련이 물었다.

"죄송하지만 전 사내인데요?"

포주는 퉁명스레 쏘아붙였다.

"사내인 거 안다. 우리가 눈이 먼 줄 아나!"

둥글게 에워싸였던 풍신이 가까스로 인파를 뚫고 달려와 목청껏 외쳤다.

"당장 전하…… 그분을 놔주십시오!"

궁지에 빠진 두 사람은 냅다 자리를 박차고 도망쳤다. 내심 켕기는 구석이 있어 차마 주먹을 휘두르지는 못했다. 화가 난 포주들이 서른 명에 달하는 일꾼들을 불러들이는 바람에 두 사람은 온 성을 쏘다니며 추격전을 벌였다. 정말이지, 이런 경험은 또 처음이었다. 좌우간 두 사람은 두 번 다시 이 일대에 발을 들이지 못했다.

다만 두 사람은 기예 팔이가 돈벌이가 된다는 것을 확신하고 자리를 옮겨 본격적으로 장사를 시작했다. 처음 보는 얼굴에 현지인들은 신선함을 느꼈다. 게다가 풍신은 외모가 번듯하고 어엿한 청년이라, 처음 며칠 동안은 기예만으로 밥값과 약값을 충당할 만큼 짭짤하게 돈을 벌었다. 하지만 좋은 날은 오래가지 못했다. 보름이 채 안 되었을 무렵, 누군가 그들을 찾아온 것이다.

이날, 사련과 풍신이 자리를 정리하고 있는데 거구의 사내 일고여덟이 찾아왔다. 행여나 영안국 병사는 아닐까, 사련은 경계심을 곤두세우고 소매 안에 숨긴 손을 긴장시킨 채 나직하게 물었다.

"당신들은 뭡니까?"

우두머리로 보이는 사내가 코웃음을 쳤다.

"우리 구역에서 며칠을 묵어 놓고 우리가 누군지를 몰라?"

사련과 풍신은 영문을 알 수 없었다. 다른 사내도 말을 얹었다.

"그 많은 일거리를 빼앗아 놓고 한마디 말도 없다니, 이건 도리가 아니잖아?"

두 사람은 비로소 상황을 파악했다. 이 사람들은 현지에서 장사하는 다른 차력꾼들인 모양이었다.

무릇 강호인들은 지역마다 무리를 지어 각자의 구역을 다스린다. 그런데 두 사람이 나타나서 남의 손님을 몽땅 채 갔다. 그 탓에 돈벌이가 영 시원찮으니 빼앗긴 운을 되찾으러 온 것이다. 그러나 강호에 몸담은 적도 없는 두 사람이 그들만의 규칙을 어떻게 알겠는가?

'얼마나 오죽했으면 당신네들 일거리를 채 갔겠어?'

사련은 속으로 중얼거리면서도 겉으로는 상냥한 목소리로 말했다.

"일거리를 빼앗다니요. 다들 자기가 보고 싶은 차력을 구경할 뿐이지요. 남들더러 우리의 활쏘기 기예…… 를 보러 오라고 강요하지도 않았는걸요."

상대방은 그의 말을 듣지도 않고 투박한 말씨로 대꾸했다.

"빼앗은 적 없다? 네놈들이 몽땅 쓸어 가는 바람에 다들 요며칠 몇 푼 벌지도 못했는데!"

이때 '쾅!' 하고 소리가 울려 퍼졌다. 놀란 사람들이 고개를 돌렸다. 풍신이 한쪽 담장에 들이꽂은 주먹을 치우자, 벽면에 큼직한 주먹 자국과 함께 사방으로 쩍쩍 금이 간 자국이 보였다.

그가 싸늘하게 입을 열었다.

"지금 시비 걸러 온 거냐?"

사실 이 사내들은 시비를 걸러 온 것이 맞았다. 주먹으로 대화나 할 심산이었지만, 지금 풍신이 내지른 주먹은 영락없이 그들보다 단단했다. 순간 사내들의 기세가 한풀 꺾였다. 그래도 이대로 물러서기엔 억울했다. 우두머리 사내가 잠시 뜸을 들이다 말을 바꾸었다.

"그렇다면 규칙대로 방법을 정해서 대결하자고. 이긴 쪽은 남고, 진 쪽은 시원하게 짐 챙겨서 떠나는 거야. 이 일대에서 두 번 다시 장사하지 않는 조건으로!"

대결이라는 말에 풍신은 즐거워졌다. 당연히 즐거울 수밖에. 평범한 인간이 그들의 상대가 되겠는가? 승리는 따 놓은 당상이었다!

사련도 내심 안도의 한숨을 내쉬었다.

"좋은 생각이네요. 어떤 식으로 겨룰 겁니까?"

그 사내가 목청 높여 외쳤다.

"우리 기예 팔이들의 주특기로 겨루자!"

말이 오가는 사이, 다른 사내 두 사람이 기다랗고 네모난 석판을 몇 장 가져왔다. 사내는 석판을 두드리며 말했다.

"가슴으로 바위 부수기! 어때? 할 수 있겠나?"

자신감 넘치는 표정을 보니 주특기가 맞는 모양이었다. 사련도 웅크리고 앉아 석판을 만져 보고는 고개를 들었다.

"전 물론 괜찮습니다만, 당신도 괜찮은 거죠?"

누가 뭐래도 이 석판은 가짜가 아니었다. 사내는 너털웃음을 지으며 말했다.

"몸집도 그 모양이면서, 본인 걱정부터 하시지."

풍신은 사련의 옆에 몸을 숙이고 앉으며 물었다.

"전하, 그냥 제가 할까요?"

하지만 사련은 고개를 가로저었다.

"괜찮아, 요 며칠 고생 많았잖아. 이번엔 내가 할게."

어찌 됐든 그도 조금은 힘을 써야 하지 않겠는가.

그리하여 사련과 사내는 나란히 바닥에 누워 가슴에 석판 하나를 올렸다. 쇠망치를 받아 든 풍신이 잠시 무게를 가늠해 보고 내리치려는 순간, 사련이 불쑥 말했다.

"잠깐."

다른 사내들이 반가운 기색으로 물었다.

"뭐야, 항복하려고? 지금 항복해도 괜찮다. 이대로 보내 버리면 그만이니!"

"아뇨. 석판 하나를 더 올리고 싶어서요."

이 말에 모두가 경악했다.

"미친 거 아니야?"

사련은 태연하게 말을 이었다.

"여러분이 말씀하셨잖아요? 이건 대결이라고요. 그런데 양쪽 모두 똑같이 석판 하나여서야 무슨 대결을 하겠어요?"

차력사들은 반신반의했다. 사련이 제정신이 아니라는 의견이 있는가 하면, 다 허풍일 뿐이라는 의견도 있었다. 잠시 상의한 사내들은 정말 그의 가슴 위에 석판 하나를 더 올렸다. 그런데 누가 알았으랴. 사련은 다시 석판 한 장을 더 요구했다.

이제 다들 그가 객기를 부린다 확신하고, 시원하게 하나를 더 얹어 주었다. 이렇게 사련의 가슴에 두툼한 석판 세 장이 쌓였다. 퍽 오싹한 정경이었다.

쏟아지는 시선 속, 풍신이 쇠망치를 들더니 눈도 깜짝하지 않고 사납게 내리찍었다. 그 석판 세 장은 수십 조각으로 가지런히 쪼개졌다. 간간이 쏟아지는 환호를 뒤로한 채, 털끝 하나 다치지 않은 사련이 차분하게 자리에서 일어나서 옷에 묻은 먼지를 털었다. 이 모습을 지켜보던 사람들은 입이 떡 벌어졌다. 우두머리 사내의 얼굴이 새파랗게 질렸다. 사련은 속으로 생각했다.

'이 정도면 어련히 물러나겠지.'

사련은 상대가 그의 승리를 인정할 줄 알았다. 이제 앞으로는 아무도 시비를 걸지 않을 것이라고도 생각했다. 그런데 예상과 달리, 사내가 망설이는 표정을 짓더니 이를 악물고 외쳤다.

"내 위에도 두 장 더 올려라! 아니, 세 장!"

다른 사내들이 입을 모았다.

"형님, 그건 안 됩니다. 이 작자는 분명 요사한 술법을 쓴 겁니다. 어울려 줄 필요가 없다고요!"

"그래요, 속임수를 쓴 게 뻔합니다!"

풍신이 발끈했다.

"이런 미친? 본인들이 쭉정이면서 지금 누구더러 요사한 술법을 썼대?"

우두머리 사내는 되레 목소리를 높였다.

"석판과 망치는 다 우리의 물건인데 속임수가 있고 없고를 어떻게 몰라? 이 자식은 확실히 능력이 제법이다. 하지만 세 장이 뭐 대수라고. 난 네 장도 겹칠 수 있어! 우리가 이기면 놈들은 가는 거야!"

풍신이 말했다.

"말이 되는 소리를 해야지. 그만둬라! 그러다 목숨이 날아간다고."

그러나 사내는 한사코 고집을 부리며 묵직한 석판 네 장을 가슴에 얹었다.

"똑똑히 봐라!"

사련은 심상치 않은 분위기에 목소리를 낮추어 말했다.

"풍신, 말려야 하지 않을까? 석판 네 장이라면 평범한 인간은 절대 못 버텨."

풍신도 목소리를 낮추었다.

"우선 지켜보죠? 죽지는 않을 겁니다. 몇 번 내리치면 놈도 위험한 줄 알겠죠."

사련은 미간을 찌푸리며 고개를 끄덕이곤 상황을 지켜보기로 했다. 아니나 다를까, 쇠망치를 쥔 아우가 벌벌 떨리는 손을 내리치자, 사내의 표정이 변했다. 아우가 재빨리 움직임을 멈추자 사내가 일갈했다.

"더 힘껏! 밥 안 먹었냐! 어찌 이리 물러?"

아우는 허술하게 넘어가지 못하고 힘껏 두 번째 망치를 내리쳤다. 쾅, 굉음과 함께 사내의 얼굴이 터질 듯 붉어졌다. 입 안 가득 터져 나오려는 피를 참고 있는 듯한 모습이었다. 사련과 풍신은 불안한 마음에 급히 끼어들었다.

"잠깐, 무리하지 말고요!"

사내가 고함쳤다.

"누가 무리를 한다고 그래! 이건 내 주특기라고! 기다려라, 진심으로 승복하게 만들어 주마! 계속해!"

아우는 걱정에 얼굴을 구기며 거듭 쇠망치를 내리쳤다. 사내는 푸흡, 하고 피를 한가득 뿜고 말았다. 놀란 아우는 쇠망치를 떨어뜨렸다. 다른 사내들도 한걸음에 몰려왔다.

"그만해요, 형님. 그냥 저 두 놈이 여기서 설치게 놔둡시다. 형님 목숨이 더 중하다고요!"

사내의 이마에 핏줄이 불거졌다. 그는 피거품을 토하며 말했다.

"그만두기는! 다들 벌써 며칠씩이나 바닥난 살림으로 살고 있잖아. 이대로 가다간 너희가 죽지 않겠냐? 계속해! 설마 내가 저 곱상한 자식을 못 이기려고? 이건 내 주특기라니까!"

그 모습을 보다 못한 사련은 직접 나섰다.

"됐습니다, 그러면 제가 항복하겠습니다. 내일부터는 두 번 다시 오지 않겠습니다! 풍신, 가자!"

그는 말을 끝내자마자 뒤돌아 자리를 떴다. 뒤편으로 환호성이 쏟아졌다. 풍신은 그를 따라오며 물었다.

"전하, 이대로 여길 포기하시는 겁니까?"

모처럼 돈벌이할 방법을 찾았는데 포기해야만 하다니. 사련은 한숨을 푹 내쉬었다.

"별수 없지. 저 사람은 방금 그 망치질로 벌써 심한 내상을 입었어. 반신불수가 될 뻔했다고. 계속했다간 정말 죽었을지도 몰라. 그렇게 되면 우리도 더는 여기 머물지 못해."

풍신은 머리칼을 흩트리며 역정을 냈다.

"목숨 아까운 줄도 모르는군!"

"다 먹고살자고 그런 거겠지."

사련은 조금 후회스러웠다. 이렇게 될 줄 알았으면 방금 세 장을 더할 게 아니라 일찌감치 항복할걸. 그랬다면 그 사람도 네 장씩 쌓지는 않았을 터다. 비록 우악스럽고 경솔하지만 존경할 만한 구석이 있었다. 그가 말을 이었다.

"게다가 여기서 장사를 못 한다고 나무에 목매달아 죽을 건 아니잖아."

하지만 그날 밤, 은신처에 돌아오니 황후가 근심 어린 표정으로 이야기를 전했다. 국주의 각혈 증세가 더 심해졌다는 것이다. 긴 여정에 지친 듯하니 한동안 안정이 필요하다는 말도 덧붙였다. 즉, 당분간은 이 도시를 떠나지 못한다는 소리였다.

사련은 또다시 한바탕 궤짝을 뒤졌지만 내다 팔 만한 물건은 나오지 않았다. 그가 궤짝에 멍하니 걸터앉았다. 풍신은 약을 달이면서 콧노래를 흥얼거렸다. 노래는 갈수록 엉망으로 변하더니, 그를 무시하려던 사련도 더는 무시할 수 없는 지경에 이르렀다. 사련이 입을 열었다.

"뭐 하는 거야? 그렇게 기분이 좋아?"

풍신은 고개를 들고 대답했다.

"예? 아닌데요?"

사련은 못 믿겠다는 투로 말했다.

"정말 아니야?"

길거리에서 기예를 팔기 시작한 뒤로, 풍신은 요 며칠 내내 어딘가 이상했다. 뜬금없이 실실 웃는가 하면 갑자기 근심에 잠기기 일쑤였다. 모정이 있을 때만 해도 풍신과 하루 대부분을 붙어 다녔지만, 모정이 떠나고서는 풍신이 국주와 황후에게 음식을 전해 주거나 다른 볼일을 처리해야 했기에 하루에 잠깐은 자리를 비우곤 했다. 혹시 무슨 일을 당한 게 아닐까 싶었지만 캐물을 기력도 없었다. 풍신이 달이고 있는 약탕기를 쳐다보던 사련은 침묵을 깨고 물었다.

"이게 마지막 약이야?"

풍신은 바닥에 펼쳐 놓은 약 포대를 뒤적거리며 대답했다.

"그러네요. 내일 기예……."

그는 국주가 방에 있다는 사실을 떠올리고는 목소리를 작게 낮추었다.

"기예를 못 팔면 어떡하죠?"

"……."

한참 뒤, 사련이 자리를 박차고 일어났다.

"넌 여길 지키고 있어. 나가서 방법을 찾아볼게."

풍신은 의아해졌다.

"어딜 가시려고요? 방법이 있으신 겁니까?"

사련은 뒤 한번 돌아보지 않고 문을 나서며 말했다.

"신경 쓸 것 없어. 따라오지 마."

97장 태자, 산길을 막고 도적질하다

그는 풍신에게 여기 남아 국주와 황후를 지키라며 신신당부하고는 홀로 오두막을 나섰다. 가는 내내 고개가 자꾸만 뒤로 돌아갔다. 심장은 무섭게 뛰고 있었다. 제법 멀리 걸어온 그는 풍신이 따라오지 않는다는 것을 확신하고 나서야 겨우 마음을 내려놓았다.

정신을 가다듬고 쉬엄쉬엄 10리를 걸은 끝에 적당해 보이는 장소가 눈에 들어왔다. 바로 황량하고 으슥한 고갯길이었다.

둘러본 사방에는 아무도 없었다. 사련은 흰 비단을 복면 삼아 얼굴을 단단히 감싼 채 나무 위로 훌쩍 뛰어올라 몸을 숨기고 집중했다. 이제 사람이 지나갈 때까지 조용히 기다릴 차례였다.

그렇다. 그의 '방법'이란, 소위 말하는 '의로운 도적질'이었다.

강호 협객이 부잣집을 약탈해 가난한 백성들을 구제한다는 이야기는 야사나 소설로만 접했지, 직접 실천해 본 적도 실천할 생각도 없었다. 어떻게 미화하든 얼마나 목적이 정당하든, 강도질은 강도질이고 도둑질은 도둑질이라고 생각했기 때문이다. 그런 식이라면 사련의 실력으로는 담을 넘어 물건을 훔치는 것은 물론이고 보초를 깡그리 죽이고 금고를 통째로 나르는 것쯤은 식은 죽 먹기였다.

하지만 지금 상황에서는 정말로 다른 방법이 없었다. 구태여 말하자면 '뺏는 것'이 '훔치는 것'보다 아주 조금 나은 것 같았다. 전자는 나름대로 떳떳한 느낌이 드니까. 한참을 버티고 버티던 사련은 결국 처음 생각을 꺾고 부자를 털어 자신의 가난을 구제하기로 했다.

이게 제일 빠른 방법이었다.

사련은 나무 위에 웅크리고 앉았다. 어둑한 달빛 아래 바람이 몰아쳤다. 사방은 누구 하나 없이 고요했으나 그의 심장은 세차게 두방망이질을 해 댔다.

흉악한 요수를 죽일 때도 이렇게까지 긴장하지 않았다. 그는 소매 속에서 딱딱하게 굳은 찐빵을 꺼냈다. 손이 벌벌 떨려 왔다.

만약 누군가 밥투정을 한다면 그건 그 사람이 정말로 배가 고프지 않다는 뜻이다. 사련은 이 사실을 깨달은 뒤로 문득 찐빵의 맛을 알게 됐다.

겨울이 코앞이라 밤공기가 몹시 차가웠다. 사련은 식은 찐빵을 베어 먹으며 연신 새하얀 입김을 흘렸다. 남에게 들키고 싶지 않았던 그는 애초에 사람이 많은 곳은 후보에서 지우고 일부러 인적이 드문 산 구석을 골랐다. 꼬박 두 시진을 기다렸을 무렵, 산길 저 끝에서 한 사람이 느릿느릿 걸어왔다.

정신을 차린 그는 두세 입 만에 찐빵을 해치우고 서서히 다가오는 행인을 응시했다. 그 사람은 한 노인이었다.

나이가 지긋한 노인인데도 번지르르한 차림새를 보니 부유한 게 틀림없었다. 하지만 당연히 사련의 목표 대상에는 속하지 못했다. 실망한 것일까 안심한 것일까, 그는 결국 과감하게 모른 척 노인을 보내 주고 이어서 다음 목표를 기다렸다.

한 시진 뒤, 쪼그려 앉은 두 다리가 저리고 하반신이 마비될 지경이 되어서야 두 번째 사람이 나타났다. 사련은 그 사람의 더딘 걸음을 보고 가만히 생각했다.

'설마 또 어르신이야?'

그 사람은 느릿한 걸음으로 다가왔다. 깨닫고 보니 노인이 아니라 청년이었다.

그 청년은 어수룩한 모습으로 활짝 웃고 있었다. 걸음이 더딘 이유는 그가 묵직한 쌀가마니를 짊어졌기 때문이었다. 사련은 손바닥에 땀을 쥐며 마음속으로 자기 자신에게 물었다.

'……시작할까?'

짧게 망설인 그는 결국 포기했다.

포기한 이유는 따로 있었다. 이 청년은 옷차림이 남루하고 짚신마저 닳아 발가락이 툭 삐져나온 것이, 무척이나 가난해 보였다. 겨우 먹을 만한 쌀을 구해서 저토록 기뻐하는 게 분명했다. 어쩌면 청년의 가족들은 벌써 며칠을 굶었고, 저 쌀은 그가 하나뿐인 소를 팔아다 바꿔 온 것일지도 몰랐다. 그런데 여기서 빼앗기면 얼마나 절망적이겠는가?

제멋대로 상상의 나래를 펼치던 사련은 뒤늦게야 절반 정도는 가져가도 괜찮지 않을까 싶은 생각이 들었지만, 청년은 벌써 멀어진 뒤였다. 그래서 사련은 과감하게 미련을 버리고 다시 다음 목표를 기다렸다.

이렇게 그는 까만 하늘에 동이 틀 때까지 나무 위에서 몇 시진을 목 빼고 기다렸다. 도중에 열댓 명의 사람들이 이 산길을 지나쳤지만, 그때마다 사련은 공격해선 안 될 온갖 이유를 대며 그들을 보내 주었다. '됐어! 그냥 돌아가자!' 하는 생각이 몇 번이나 들었는지 모른다. 세상 어느 강도가 사련처럼 도적질을 하겠는가. 수확이 있으면 그게 더 이상했다. 하지만 약재도 먹거리도 바닥난 앞으로의 신세를 생각하면 머리를 쥐어뜯는 심정으로 기다릴 수밖에 없었다.

긴긴 시간이 흘렀을 무렵, 마침내 산길 멀리서 마지막 한 사람이 걸어왔다.

그 사람은 중년 사내였다. 화려한 옷차림이 제법 부유해 보였다. 외모는 반감이 느껴질 정도로 능글맞고 흉악했다. 척 보아도 좋은 사람은 아닌 것 같았다.

그러나 사람을 겉모습으로 판단해서는 안 된다고 했던가. 사련은 속으로 거듭 생각했다.

'만약 이 사람이 사실 얼굴만 험상궂을 뿐 좋은 사람이면 어쩌지? 부자라고 꼭 주머니를 털려야 한다는 법도 없잖아?'

마음속 난관을 이겨 내 보려고 몸부림치던 순간, 난데없이 배 속에서 울려 퍼진 꼬르륵 소리에 정신이 들었다. 사련은 속으로 한숨지었다.

'됐어, 지금 그게 다 무슨 상관이야. 너로 정했다!'

단단히 작심한 그는 나무에서 빠르게 뛰어내렸다.

"멈춰라!"

길 한복판에 복면을 쓴 사람이 나타나자 사내는 화들짝 놀라며 정신을 곤두세웠다.

"웬 놈이냐? 수상쩍게 얼굴을 가리고 숨어들다니, 뭘 어쩔 셈이지?"

사련은 체면을 내려놓고 입을 열었다.

"……가…… 가……."

자꾸만 마음 한구석이 걸려 몇 번이고 말을 더듬은 끝에야 준비한 대사를 외칠 수 있었다.

"가진 돈 전부 내놔!"

사내는 입을 떡하니 벌리고 펄쩍 뛰어올랐다.

"누구 없소! 사람 살려! 강도야!"

그러곤 고함과 함께 자리를 박차고 도망쳤다. 사련은 사내를 놓치는 것보다 그가 내지르는 소리에 사람들이 몰려올까 그게 더 걱정이었다. 사실 으슥하고 후미진 산 구석이라 사람이 올 가능성은 희박했다. 설령 온다 해도 곧장 도망치면 그만이었다. 그리 생각하면서도 사련은 제 발 저리는 마음에 재빨리 외쳤다.

"거기 서! 소리 지르지 마!"

사내는 당연히 들은 체도 않고 숲속 깊이 도망치더니 별안간 '아이고!' 외마디 비명을 질렀다. 어쩌면 숲속에서 맹수의 습격을 받은 것일지도 몰랐다. 걱정된 사련이 급히 말했다.

"기다려요! 조심해요!"

하지만 사내를 뒤쫓아간 그는 이내 움칫 멈춰 섰다. 안색이 순식간에 창백해졌다.

숲속에 몇 사람이 서서 나란히 그를 바라보고 있던 탓이다. 사련은 거듭 살펴본 뒤에야 이상한 분위기를 감지했다. 이 사람들은 인간이 아니었다. 그도 그럴 것이, 중년 사내는 그 사람들이 전혀 보이지 않는 것처럼 변함없이 허둥대고 있었다. 게다가 사련은 그 사람들이 너무나 눈에 익었다.

당연히 눈에 익을 수밖에. 이 사람들은 모두 과거 선경에서 보았던 자들이었다. 상천정 사람에 하천정 사람까지, 다 같은 신관이었다!

알고 보니 사내는 방금 넘어지느라 비명을 지른 것이었다. 그는 호신부를 한 움큼 쥐고 열성껏 웅얼거렸다.

"신선이시여, 신선이시여! 어서 절 구해 주시옵소서! 제발 구해 주시옵소서!"

그리고 사내가 애타게 외치는 '신선'들은 그 염원대로 벌써 자리에 도착한 참이었다.

신관들의 눈 수십 쌍이 빤히 지켜보는 이 순간, 사련은 꼼짝없이 오금이 굳었다. 자신을 털어 가려던 복면 괴한이 제자리에 멍하니 붙박여 있자, 사내는 얼른 일어나 쏜살같이 도망쳐 버렸다. 사련은 그를 뒤쫓지 못했다. 굳어진 온몸이 식은땀으로 젖었다. 두려움이 머릿속을 잠식했다.

그렇다. 이건 두려움이었다.

이 흰 비단이 제 얼굴을 제대로 가렸기만을, 그래서 한때 어울려 지냈던 소신관들이 자신을 알아보지 못하기만을 바랄 뿐이었다. 하지만 간절한 마음과는 달리, 한 신관이 그를 훑어보며 놀란 투로 말문을 뗐다.

"……이건…… 태자 전하 아니십니까?"

"……."

다른 신관도 한층 경악한 듯 말했다.

"아, 정말이네요! 태자 전하께서 여긴 어쩐 일이십니까? 그 복장은 또 뭐고요?"

사련의 심장은 아래로 무겁게 내려앉다 못해 세상의 땅속 중심까지 파고들기 직전이었다.

"방금 그 사람이 살려 달라고, 강도가 돈을 뺏는다고 외치지 않았습니까? 강도에게 쫓긴 거잖아요? 그 강도가…… 태자 전하?"

"세상에! 태자 전하께서…… 어떻게 이런 짓을?"

이 대화를 들은 사련은 하마터면 제자리에서 까무러칠 뻔했다. 얼마나 시간이 흘렀을까, 그는 겨우 잠긴 목소리로 운을 뗐다.

"저……."

하고픈 말이 있었지만 목 안에 걸려 차마 입이 떨어지지 않았다. 그 신관들은 하나같이 몹시 미묘한 표정이었다. 이윽고 한 신관이 그의 어깨를 두드리며 말했다.

"괜찮습니다, 괜찮아요, 태자 전하. 저희도 다 이해합니다."

전혀 강한 손길이 아니었음에도 사련은 약간 중심을 잃고 비틀거렸다. 그가 거듭 입을 달싹였다.

"저……."

그 신관은 하하, 웃음을 흘리며 말했다.

"전하도 부득이한 사정으로 이러신 거겠지요. 이해합니다. 걱정 마세요. 다른 사람들에겐 비밀로 하겠습니다."

사련이 차마 꺼내지 못한 말이 바로 이것이었다. 상대가 먼저 가로챘으니 이제 무슨 말을 해야 좋을지 모를 노릇이었다. 한참 뒤, 사련은 겨우 중얼거렸다.

"……좋아요. 고맙습니다. 그럼, 전…… 전 이만 가 보겠습니다. 이만 가 볼게요."

그도 자신이 대체 어떻게 자리를 떴는지 기억나지 않았다. 좌우간 정신을 차렸을 때, 그는 아무도 없는 산길에 서서 으스스하게 불어오는 겨울 밤바람을 맞고 있었다.

사련은 비로소 방금 얼마나 무서운 일이 일어났는지를 깨달았다.

그가, 선락 태자 사련이— 강도라고?

어쩌다 이렇게 됐지?

사련은 후회가 막심했다. 아까는 정말로 머리가 어떻게 된 모양이었다. 그러니 강도질을 하겠다 마음먹고 그토록 극단적인 짓을 저지른 것이다. 어찌 이리 공교로울 수가 있을까. 별 수확도 없는데 하필 현장에서 잡히다니!

사련은 살면서 이런 일은 처음이라 발만 동동 굴렀다. 머리부터 발끝까지 열이 끓어오르며 머릿속이 혼란해졌다. 그는 얼굴을 손안에 푹 파묻었다. 시간을 되돌릴 수만 있다면 몇 년짜리 수명과 수양도 기꺼이 바칠 수 있었다. 한참 괴로움에 시달리고 있는데, 앞쪽에서 흐릿한 흰 그림자가 시선 끝을 스쳤다. 놀란 그는 당장 고개를 들었다.

"누구냐!"

고개를 들자 그 그림자는 순식간에 사라졌다. 하지만 사련은 또다시 식은땀이 맺혔다.

얼굴은 제대로 보지 못했지만, 그 사람은 어쩐지 가면을 쓰고 있는 것 같았다.

하지만 한 바퀴를 둘러보아도 사람의 종적은 보이지 않았다. 순전히 마음이 심란한 탓에 착각한 것은 아닐까 내심 의심스러웠다. 다만 사실이 어떻든 이대로 머무를 엄두는 나지 않았기에, 그는 급히 산 밑으로 내려갔다.

은신처로 돌아왔을 무렵, 벌써 반나절 넘게 사련을 기다린 풍신이 그를 보자마자 대뜸 물었다.

"전하, 어딜 다녀오셨습니까? 대체 무슨 방법을 찾으신 겁니까?"

사련은 차마 입이 떨어지지 않았다. 상대가 누구든 말할 수 없는 일이었다. 풍신이라면 더더욱 말해선 안 됐다. 자신을 세상에서 제일가는 성인군자라고 철석같이 믿고 살아온 이가 풍신이다. 그런데 자신이 강도질하러 다녀왔다는 사실을 알면 어떻게 생각할지, 사련은 정말이지 상상할 수가 없었다. 가능하다면 이 일은 영원히 마음속에 묻고 뱃속에 묵혀 두어야만 했다. 사련은 어물쩍 대답했다.

"못 찾았어."

풍신은 놀란 기색이었다.

"예? 그럼 왜 이리 오래 걸리셨습니까?"

사련은 반쯤 넋을 놓은 채 대답했다.

"묻지 마. 아무것도 안 했어."

풍신은 궁금증이 치밀었다. 하지만 아무리 물어도 사련은 대답해 주지 않았고, 자신은 아랫사람인지라 계속 캐묻기도 곤란했다. 그는 하는 수 없이 나직하게 말했다.

"그럼 내일 다시 기예를 팔러 갈까요?"

하지만 사련은 의외의 대답을 내놓았다.

"난 안 갈래."

그는 지금만 해도 충분히 혼란스러웠다. 이러다 그 중년 사내를 마주치면 어쩌지? 벌써 온 도시에 지명 수배가 내려졌으면 어쩌지? 그런 허무맹랑한 걱정들만 머릿속에 가득했다. 풍신도 그의 심상치 않은 표정을 보고 말했다.

"피곤해서 그러시는 겁니까? 괜찮습니다, 가지 마세요. 저 혼자 다녀오겠습니다. 전하께선 수련에 전념하셔야지요."

하지만 사련이 수련할 마음조차 잃었다는 사실을 그는 알지 못했다.

본디 사련은 수련에 온 정신을 쏟았다. 그래야만 다시 상천정에 돌아갈 기회가 생기기 때문이었다. 그런데 지금은 상천정에 돌아가는 것이 두려워졌다.

그 소신관들이 말로는 비밀로 하겠다고 했지만, 과연 그들이 정말로 입을 다물까? 벌써 온 상천정에 오늘 이 사건이 알려지지 않았을까?

그럴지도 모른다고 생각하니 사련은 숨이 턱 막혔다. 이런 불명예스러운 낙인이 찍힌 채 상천정에서 하천정까지, 나아가 온 인간계를 통틀어 모두에게 손가락질받는 것만큼은 견딜 수 없었다.

녹초가 된 사련은 비몽사몽 잠을 청했다. 깊이 잠들지 못하고 뒤척이던 그는 무슨 악몽을 꾼 것인지 이내 불현듯 잠에서 깼다. 내다본 창밖은 벌써 밤이었다.

풍신은 자리에 없었다. 정말 혼자 기예를 팔러 나가서는 여태껏 돌아오지 않은 모양이었다. 건넛방에서 국주의 낮은 기침 소리와 황후의 말소리가 들려왔다. 잠에서 깬 사련은 바닥에 누운 채 또 상상의 나래를 펼치기 시작했다. 만약 이 일이 바깥에 알려져서 부모님이 아시게 된다면 어떨까. 얼마나 기절초풍하실까. 국주는 아마 노발대발 피를 토하며 그를 선락국의 수치라고 욕할 터였다. 물론 황후는 그를 꾸짖지 않을 테지만, 자신이 가장 아끼는 아들이 부모를 욕보였으니 크게 상심할 게 분명했다.

여기까지 생각한 사련은 또 숨이 턱 막혔다. 적당한 곳에서 혼자 조용히 진정할 필요가 있었다. 그는 거적 위를 데구루루 굴러 일어났다. 그러곤 자리를 박차고 뛰쳐나가 날카로운 찬바람을 맞으며 먼 거리를 무작정 내달렸다.

사람이 보이는 곳에 머물 자신이 없었다. 자꾸만 남들이 자신을 주시하며 이 사람이 얼마나 형편없는지 뜯어보는 듯한 기분이 들었다. 그대로 묘지까지 달려갔을 무렵, 주변에 아무도 보이지 않자 그는 겨우 걸음을 멈추었다.

이날 밤은 어젯밤보다 훨씬 추웠다. 여기 와서 깨닫고 보니 뺨과 손이 온통 차갑게 얼어 있었다. 몸도 조금씩 떨려 왔다. 단순히 추워서라기보다는 두려운 마음도 한몫했을 것이다. 사련은 저도 모르게 팔을 끌어안고 입김을 뱉었다. 시선을 돌리자 비석 앞에 놓인 술 단지 두 병이 눈에 들어왔다.

보아하니 이 묘비의 주인은 생전에 술꾼이었던 모양이다. 그러니 죽고 나서도 남들이 성묘할 때 술을 가져다준 것이리라. 사련은 자리에 웅크리고 앉았다. 술을 마셔 본 경험은 없지만, 술이 몸을 데워 주고 기억도 지워 준다는 소리는 들어 보았다. 잠시 망설인 그는 술 단지를 하나 낚아채 마개를 젖히고 한입에 쏟아부었다.

그건 좋은 술 따위가 아니었다. 양으로 승부하는 값싼 술이라 맛이 몹시 강했다. 사련은 몇 입 크게 마시고는 사레가 들려 매섭게 기침을 토했다. 그러면서도 정말로 몸이 따뜻해지는 느낌이 들었다. 그렇게 사련은 뺨을 문지르며 바닥에 반쯤 꿇어 앉고는, 단지를 끌어안고 술을 가득가득 들이켰다.

알딸딸한 시야 속, 어디서 날아왔는지 모를 어스름한 도깨비불이 다급한 듯 그의 주변을 빙빙 도는 것 같았다. 술에 정신이 팔린 사련은 본체만체 무시했다. 도깨비불은 그에게 다가오려고 기를 쓰는 것 같았다. 하지만 실체가 없는 덩어리라 그를 향해 날아들 때마다 끝내 닿지 못하고 그대로 통과하고 말았다.

술 단지를 비운 사련은 벌써 거나하게 취해선 술기운에 눈을 반쯤 감았다. 이리저리 날아드는 도깨비불을 보고 있자니 가엾으면서도 퍽 우스워서 푸흡, 웃음이 나오고 말았다. 그는 술 단지 입구에 팔을 괴고 물었다.

"지금 뭐 해?"

그러자 그 도깨비불이 공중에 덜컥 얼어붙었다.

98장 신관 서른셋, 명당을 두고 다투다

사련이 물었다.

"여긴 네 무덤이야? 내가 마신 게 네 술이고?"

술기운이 오른 그는 도깨비불이 뭐라고 대답했는지 제대로 듣지도 못했으면서, 무덤의 주인이 불쾌한 마음에 자신을 쫓아내려는 줄 알고 구시렁댔다.

"알았어, 가면 되잖아."

사련은 술 단지를 끌어안고 일어나 비척비척 걸음을 옮겼다. 그런데 고작 몇 걸음 떼자마자 발밑이 휑하니 비었다. 콰당, 소리와 함께 온몸이 거꾸러지며 아래로 곤두박질쳤다.

알고 보니 이 묘지에는 커다란 구덩이가 있었다. 아마 고인을 안치하려고 미리 파 놓은 곳 같았다. 그런데 고인이 묻히기도 전에 사련이 먼저 드러누울 줄 누가 알았겠는가.

구덩이 언저리에 부딪친 이마가 욱신거렸다. 머리가 한층 울렁거리는 기분이었다. 그는 한참을 두통에 시달리다 겨우 바르작대며 몸을 일으켰다. 어디가 찢어진 것인지, 양손이 온통 진흙과 피투성이였다.

두 손을 들고 망연히 바라보던 사련은 이내 탈출을 시도했다. 하지만 방금 술 단지 하나를 비운 탓에 손발이 풀려 힘이 들어가지 않아 몇 번이고 미끄러졌다. 그는 구덩이 바닥에 맥없이 도로 누웠다. 달빛 한 점 없이 새카만 밤하늘을 노려보고 있자니 화가 치밀었다.

그리 깊은 구덩이도 아닌데 왜 올라가질 못해?

곱씹을수록 화가 치밀었다. 사련은 저도 모르게 입속말로 중얼거렸다.

"……환장하겠네."

사련은 험한 말이라곤 생전 해 본 적이 없었다. 이런 단어를 꺼내 본 것은 이번이 처음이었다. 기묘하게도, 말을 마치고 나니 울적했던 마음이 조금 시원해진 것 같았다. 사련은 땅굴 가장자리를 힘껏 그러쥐고, 마치 처음으로 단맛을 맛본 아이처럼 또다시 목청껏 욕을 퍼부었다.

"젠장, 진짜 환장해 미치겠네!"

그는 바닥을 내리치며 외쳤다.

"밖에 아무도 없어? 누가 나 좀 꺼내 주면 안 돼?"

당연히 아무도 없었다. 어스름한 도깨비불 하나만 꺼질 줄 모르고 나부낄 뿐이었다. 그 도깨비불은 사련이 아래로 떨어지자 꺼내 주겠다는 듯 달려들었지만 영영 몸에 닿지를 못했다. 사련은 도깨비불은 안중에도 없이 역정을 냈다.

"아예 누가 와서 날 여기 묻어 버리든지!"

그리 욕하면서도 꾸역꾸역 구덩이를 기어올랐다. 여러 번 흙을 헤집은 끝에 제힘으로 구덩이를 빠져나온 사련은 처참해진 꼬락서니로 숨을 헐떡이며 바닥에 드러누웠다. 잠시 뒤, 그는 몸을 뒤집더니 양팔을 끌어안고 몸을 웅크렸다.

그가 작게 중얼거렸다.

"추워."

누가 들으면 어쩌나 싶어 아주 작게 내뱉은 목소리였다. 그런데 도깨비불이 그 말을 듣고 날아와 사련의 몸에 바짝 다가붙었다. 그러곤 제 몸을 힘껏 불사르는 것처럼 불꽃을 한결 밝게 터트렸다.

하지만 도깨비불은 차가웠다.

아무리 가까이 다가가 죽도록 몸을 불살라도, 산 사람에게는 온기 한 톨 건네줄 수 없었다.

문득, 사련은 아주 자그마한 목소리를 들은 것 같았다.

꿈결인 듯 현실인 듯 어른거리는 목소리가 절망적으로 말했다.

"신이시여, 제발 기다려 주세요, 기다려 주세요……. 조금만 더 시간을 주세요…… 제게…… 제게……."

"……."

사련은 속으로 생각했다.

'신? 나 말하는 건가?'

하지만 그에게 기도해 봤자 다 쓸모없는 일이었다.

그는 신이었을 때조차 무능했으니까. 이제 신이 아닌 그는, 더욱이 할 수 있는 일이 없었다.

"……전하? 전하? 전하!"

사련은 풍신의 손길에 정신이 들었다.

가까스로 두 눈을 뜨고 나서야 그는 자신이 어느 골목길에 누워 있다는 것을 알았다. 시선 위로 풍신의 얼굴이 매달려 있었다. 그가 깨어나자 풍신은 겨우 안도의 한숨을 내쉬더니 발끈한 기색으로 입을 열었다.

"전하! 대체 어떻게 된 겁니까? 언질도 없이 이틀을 나가 계시다니요! 이대로 돌아오지 않으셨으면 폐하와 마마께 들켰을 겁니다!"

사련은 느릿하게 몸을 일으켜 앉았다.

"이틀?"

이 두 글자를 내뱉고 보니 목이 깔깔하고 목소리는 잠겨 있었다. 미간도 움찔움찔 구겨졌다. 두통에 머리가 깨질 것 같았다. 무언가 떠오를 것 같으면서도 기억이 흐릿했다. 풍신은 그의 곁에 쪼그리고 앉아 읍박질렀다.

"그래요! 이틀! 대체 어딜 가셨던 겁니까? 아까는 왜 그렇게 난동을 부리셨어요?"

설마 이틀을 취해 있었다고? 원래 묘지에 있지 않았나? 왜 여기 누워 있지? 풍신의 채근하는 말투에 사련은 어쩐지 불길한 예감에 휩싸였다.

"내가 뭘 어쨌는데?"

풍신이 퉁명하게 쏘아붙였다.

"귀신에 씌었습니다! 가는 곳마다 가판대를 뒤엎고 사람을 때리고, 거리를 순시하는 영안국 병사 앞을 가로막기까지 했다니까요! 그 전에는 또 무슨 짓을 하셨을지 모르겠네요!"

자신이 무려 영안국 병사 앞을 가로막았다는 말에 사련은 흠칫 놀랐다.

"병사를 막아? 그…… 그 병사들은 어떻게 됐어?"

"마침 제가 전하를 발견하고 말렸습니다. 전하 꼴이 말이 아니라 다들 전하가 미친 취객인 줄 알고 욕만 몇 마디 했고요. 아니면 벌써 죽은 목숨이었겠죠. 대체 무슨 일입니까? 어째 술을 드신 것 같습니다?"

사련은 시선을 흘긋 내렸다. 그는 지금 머리부터 발끝까지 진흙으로 꾀죄죄했다. 더듬어 본 머리카락도 역시나 참수형을 기다리는 죄인처럼 봉두난발이었다. 정말로 종일 길거리에서 퍼질러 자는 취객 꼴 그 자체였다.

사련은 잠시 침묵하다, 자리에서 일어나며 어물쩍 대답했다.

"응…… 조금 마셨어."

풍신은 순간 얼떨떨했다.

"예? 어떻게 술을 드실 수가 있습니까? 대체 얼마나 드셨길래 이틀을 취해요?"

풍신의 믿을 수 없다는 표정에 사련은 묘하게 짜증이 일었다. 그는 앞으로 걸음을 떼며 대꾸했다.

"별로 안 마셨다니까. 조금만 마셨어. 별일 아냐. 내가 술을 마시면 안 될 이유는 또 뭔데."

풍신은 예상치 못한 대답에 당황하나 싶더니 그를 뒤쫓았다.

"별일 아니라니요? 이유요? 잊으신 겁니까? 술을 마시면 규율을 어기게 되잖아요. 규율을 어기면 수련은 어떡합니까? 다시 선경에 오르실 거잖아요."

"……."

수련과 선경이라는 말이 나오자, 더 듣고 싶지 않아진 사련은 걸음에 속도를 냈다. 풍신이 외쳤다.

"전하!"

그는 다시 뒤를 쫓아오다, 잠시 망설인 끝에 물었다.

"무슨 일이 있었던 겁니까? 말씀해 주시면 안 되겠습니까?"

신중하고 조심스러운 물음이었다. 사련은 이내 머뭇머뭇 입을 달싹였다.

누구에게든 말하지 않으면 이대로 무너질 것 같았다. 하지만 사실을 알게 된 풍신이 어떻게 반응할지 확신이 서지 않았다.

그는 도박할 자신이 없었다.

경직된 그 모습에 풍신이 거듭 말했다.

"솔직히 살인 방화 강도질을 하신 것도 아니면서, 제게 말씀 못 할 일이 뭐가 있습니까?"

'살인 방화 강도질을 하신 것도 아니면서'라는 말에 사련은 순간 숨통이 조여들었다.

행여나 싶은 기대감에 조금씩 동요하던 마음이, 이 순간 산산이 부서지고 말았다. 고개를 숙이고 돌아선 사련은 걸음을 재촉하며 대답을 얼버무렸다.

"별거 아니야……. 그냥, 너무 피곤해서. 그……."

핑계를 지어내려는 순간, 문득 풍신의 뺨에서 무언가를 발견하고 자리에 멈춰 섰다.

"얼굴이 왜 그래?"

풍신이 무심코 뺨을 문질러 보더니, 아픈 곳을 건드렸는지 표정을 찡그렸다. 그의 뺨에는 멍이 남아 있었다. 한쪽 팔에도 꼼꼼하게 감아 놓은 붕대가 보였다.

분명 풍신이 혼자 감은 솜씨는 아니었다. 하지만 사련의 신경은 붕대 아래 숨겨진 상처로 가닿았다.

"어쩌다 다쳤어?"

풍신의 실력이라면 평범한 인간에게 쉽사리 당할 리가 없었다. 게다가 다친 곳은 팔이 아니던가. 풍신은 덤덤하게 대답했다.

"아, 별거 아닙니다. 그 무뢰배들이 장사를 방해하러 와서요."

사련은 의아해졌다.

"그때 만났던 이 지역 차력사들?"

"맞습니다."

"그 사람들이 왜 널 방해해?"

사련은 묻자마자 금세 깨달았다.

"내가 항복했는데 네가 다시 기예를 팔아서 내쫓으러 온 거야?"

아마 맞을 것이다. 자초지종을 알게 된 사련은 순간 분노가 치밀었다.

그는 단호한 투로 입을 열었다.

"이제 가지 마!"

하지만 풍신은 전혀 개의치 않는 눈치였다.

"놈들이 무슨 대수라고요! 갈 겁니다. 패배를 인정한 건 제가 아니라 전하잖습니까. 아무튼 전 굴복한 적 없으니 약속을 어긴 건 아니죠. 저는 꼭 거기서 장사를 해야겠습니다. 남몰래 물건이나 던지면서 장사를 방해하는 것 말고 놈들이 뭘 더 할 수 있겠습니까? 이번에는 방심했습니다. 다음부턴 이런 일 없을 겁니다. 제가 싸움 앞에서 놈들을 겁내려고요!"

이 말을 듣자, 불쑥 치밀어 오른 노기는 금세 흩어지고 죄책감이 대신 들어앉았다.

풍신은 이렇게 의연한데 자신은 여기서 혼자 의기소침하게 풀 죽어 있었으니, 이 상황에서도 곁을 지켜 주는 충성스러운 호위를 무슨 낯으로 보겠는가?

여기까지 생각한 사련은 한숨을 지으며 입을 열었다.

"미안해, 풍신."

당황한 풍신은 있는 힘껏 손사래를 쳤다.

"전하께서 제게 사과하실 일이 뭐가 있다고요. 뭘 그런 말씀을 하십니까."

"그동안 혼자서 돈 버느라 고생 많았잖아."

"전하께서 열심히 수련하셔서 하루빨리 등선하시는 게 훨씬 중요합니다!"

등선이라는 두 글자가 나오자, 사련은 무겁게 고개를 끄덕였다.

풍신의 거짓말에 속은 국주와 황후는 사련이 요즘 밖에서 수련하는 줄로만 알았다. 그가 돌아오자 황후는 기뻐하며 또 식사를 차렸다. 사련은 미안한 마음에 풍신의 그릇을 가져가 대신 먹어 주었다. 그렇게 하룻밤을 뜬눈으로 지새웠다.

이튿날, 풍신은 이른 아침부터 문을 나섰다. 사련은 은신처에 남아 수련을 했다.

하지만 일찌감치 기운을 차렸어도 여전히 정신을 집중할 수 없었다.

출세하는 유일한 방법이 근면 성실이라는 이치는 모두가 알 것이다. 하지만 이 많은 세상 사람들 중에 '근면 성실' 네 글자를 진정으로 실천할 수 있는 사람이 과연 몇이나 될까? 사련도 마찬가지였다. 잡념을 비우자고 마음속으로 만 번을 외운다 한들 그게 어디 말처럼 쉽겠는가?

열흘이 지나도록 아무런 발전도 수확도 없이 제자리걸음만 계속됐다. 사련은 마음이 급해졌다. 특히 매일 밤 지친 몸을 이끌고 돌아온 풍신이 황후와 함께 오늘은 진전이 있었냐고 물을 때마다, 사련은 이루 말할 수 없이 막대한 부담감에 짓눌렸다.

하지만 그는 사실을 털어놓을 자신이 없었기에 진전이 있다며 얼렁뚱땅 대답했다. 이 말에 풍신과 황후는 몹시 기뻐했다. 하지만 오래 버티지 못할 임시방편이었다. 두 달 뒤, 사련은 결국 이런 생활을 이어 가는 것에 한계를 느꼈다.

풍신이 어김없이 야심한 밤에 돌아온 어느 날, 두 사람은 탁자 앞에 앉아 전날 남은 밥을 먹고 있었다. 입을 우물거리던 사련이 불쑥 말을 꺼냈다.

"나, 당분간 나가 봐야 할 것 같아."

풍신은 밥을 입에 욱여넣으며 멍하니 물었다.

"예? 나가 계신다고요? 어딜 가시려고요?"

사련이 느릿하게 대답했다.

"영기 가득하고 한적한 곳을 찾아서 폐관 수련하려고."

수련하는 터가 영기로 충만하면 수행자에게 큰 밑거름이 된다. 그동안 사련은 부모님과 두 호위를 떠나려니 발걸음이 떨어지지 않아 기회를 만들지 못했었다. 하지만 이제는 생각이 바뀌었다. 풍신은 별생각 없이 말했다.

"좋은 생각입니다! 전하, 진작 그러셨어야죠! 폐관 수련이 가장 효과가 좋으니까요."

고개를 끄덕인 사련은 잠시 뜸을 들이다 말을 덧붙였다.

"내가 없는 동안 부황과 모후를 부탁할게."

풍신은 대답을 앞두고 잠시 망설였다. 물론 아주 짧은 찰나였지만, 그를 누구보다 잘 아는 사련이 그 한순간의 망설임을 놓쳤겠는가?

바로 이때, 방 안에서 국주의 목소리가 들려왔다.

"알아서 가거라. 남들 시중은 필요 없다."

풍신과 사련은 젓가락을 내려놓고 방 안으로 시선을 옮겼다. 아직 잠자리에 들지 않은 국주가 그들의 대화를 듣다가 한마디 끼어든 것이었다. 사련은 설레설레 고개를 내저으며 조용히 중얼거렸다.

"또 괜히 고집부리시네."

풍신은 이내 웃어 보이며 대답했다.

"걱정 마세요, 전하. 그건 당연히 제 몫입니다."

제법 시원시원한 대답이었다. 하지만 사련은 방금 풍신이 다른 걱정거리라도 있는 듯 잠깐 망설였던 그 순간을 잊지 않았다.

그래도 다시 생각해 보면 정말 착각일지도 몰랐다. 풍신은 그들 외에는 아는 사람도 없고 마음에 걸리는 식구도 없는데 어떻게 다른 걱정거리가 있겠는가? 그리하여 생각을 접고 내일 여정을 고민하기로 했다.

이튿날, 사련은 간단한 봇짐을 메고 부모님과 풍신에게 작별을 고했다.

두 다리에 의지해 몇십 리를 걸었을까. 길에서 여러 날을 먹고 잔 끝에 마침내 폐관 수련하기에 적당한, 한적한 산을 찾아냈다. 주변을 답사한 사련은 잠시 멍해졌다가 이내 속으로 쾌재를 불렀다.

'운이 이렇게 좋다니……. 여긴 풍수가 탁월한, 보기 드문 명승지잖아!'

지금껏 불안했던 나날에 갑자기 찾아든 행운이었다. 사련은 쉽사리 믿지 못하고 거듭 살펴본 뒤에야 확신했다. 이곳은 영기 충만한 명당이 맞았다. 여기서 몇 달씩 수행에 전념한다면 분명 큰 노력을 들이지 않아도 단번에 실력이 일취월장할 터였다.

마치 희망이 눈앞에 보이는 기분이었다. 매일같이 암담했던 기분이 단숨에 환해졌다. 그는 마음속으로 기쁨에 환호했다.

'부황, 모후, 풍신, 기다려요. 금방 돌아갈게요!'

가파른 산길을 따라 서너 시진을 오른 끝에, 사련은 날이 저물기 전에 이 영산(靈山) 깊은 곳까지 들어설 수 있었다.

울창한 숲을 가로지르니 영기의 발원지가 가까워지는 것이 피부로 느껴졌다. 사련의 걸음에도 차츰 속도가 붙었다. 그런데 수행지를 고르는 도중, 뒤쪽에서 별안간 어수선한 발소리가 들려올 줄 누가 알았겠는가.

외지고 한적한 두메산골에 이렇게 많은 발소리라니. 사련은 무의식적으로 고개를 돌렸다. 시선을 옮긴 순간, 뜻밖에도 입가에 걸린 미소가 굳어 버렸다.

등 뒤로 서른 명이 넘는 인파가 나타난 탓이다. 키도 몸집도 외모도 복장도 가지각색이었으나 다 같은 신관들이었다. 일부는 상천정 하위 신관이고 나머지 대부분은 하천정 동신관들이었다.

그 사이에는 지난번 강도질을 시도하다 마주친 그 소신관들도 서 있었다.

그들은 사련을 마주치자 표정이 언뜻 변하더니 서로를 툭툭 치며 조용히 숙덕였다. 반면 그들을 마주친 사련의 손은 희미하게 떨리기 시작했다.

양쪽은 어찌할 바를 모르고 서로 멀거니 쳐다만 보았다. 잠시 뒤, 한 신관이 헛기침을 곁들여 운을 뗐다.

"여기서 태자 전하를 다 뵙다니, 참 우연이군요."

"그러게나 말입니다. 태자 전하께서 여긴 어쩐 일이십니까?"

"……."

사련은 고개를 살짝 까딱이고는 최대한 침착하고 자연스럽게 대답했다.

"수련하러 왔습니다."

물론 처지가 옛날 같지 않다고는 하나, 사련은 비굴해 보이거나 제풀에 기죽지 않도록 폄적되기 전에 썼던 말투 그대로 입을 열었다.

맞은편의 신관이 웃으며 말했다.

"그것도 참 우연이군요. 저희도 수련하러 왔습니다."

"맞습니다, 같은 곳에서 만나게 될 줄은 몰랐네요. 허허허……."

아무래도 사련 혼자 이 명승지를 발견한 것은 아닌 모양이었다. 서른 명이 넘는 이 신관들도 이곳에 눈도장을 찍어 놓은 참이었다.

상황이 이렇게 흘러가자 사련은 내심 망설여졌다. 설마 이 많은 신관들과 같이 수련해야 하나?

사실 마음 같아선 이들과 함께 수련하고 싶지 않았다. 그는 폐관 수련을 하러 온 것이다. 혼자 머물기는커녕 이 많은 사람과 같이 있으면 방해를 받을 수밖에 없었다. '상부상조할 수 있다'면서 떼 지어 함께하는 수련을 좋아하는 이도 있지만, 사련은 늘 혼자서 조용히 수련하는 편이었다.

게다가 지난번 강도 사건 이후로 이 신관들을 보면 가시방석에 앉은 기분이 들었다. 자꾸만 상대의 눈빛이 바늘처럼 찔러오는 것 같아 괴로웠다. 예컨대 지금처럼. 모두가 미묘한 눈빛으로 자신을 평가하는 듯한 착각이 드니 수련할 마음이 눈곱만큼도 들지 않았다.

명당은 먼저 온 사람이 선점한다는 규율이 있으니, 단호하게 말하자면 사련은 '내가 먼저 왔으니 너희는 다른 곳에서 수련하라'고 할 만한 입장이었다. 하지만 강도질을 하다 마주친 그 소신관들 앞에서는 딱 잘라 말하기가 곤란했다. 거기에다 이 많은 신관을 내쫓고 혼자서 명당을 차지하는 것은 행패에 가까웠다. 아무리 다른 신관들과 함께 수련하고 싶지 않아도 별수 없었다. 당분간은 이렇게 영기 충만한 명승지를 찾기도 어려울 터였다. 그는 부득이한 심정으로 고개를 끄덕였다.

"네, 우연이네요. 그럼 먼저 들어가 보겠습니다. 여러분도 편히 들어오세요."

그는 재빨리 자리를 뜨고 가장 조용한 동굴을 찾아 몸을 숨길 생각이었다. 그런데 막 돌아선 순간, 뒤에서 한 신관이 그를 불러 세웠다.

"잠깐 기다리시죠?"

제자리에 멈춰 선 사련은 뒤를 돌아보며 의문스레 물었다.

"무슨 일이십니까?"

서른 명이 넘는 신관들은 저마다 눈을 마주치거나 서로 속닥거렸다. 이내 한 사람이 걸어 나오더니 싱긋 웃으며 말했다.

"태자 전하께선 예전에 차지했던 명승지가 많으니, 이번은 저희에게 양보하시면 어떻겠습니까?"

사련은 잠시 얼이 빠졌다가 겨우 정신이 들었다.

지금 이 말은, 나더러 떠나란 뜻 아닌가?

난데없이 사람을 업신여기는 것도 정도가 있지!

뜨거운 혈기가 이마까지 울컥 솟구쳤다. 사련은 속으로 생각했다.

'먼저 온 나도 당신들을 내쫓지 않았는데, 왜 적반하장으로 날 내쫓아?'

하지만 당장 화를 내기는 곤란했다. 긴 침묵과 함께, 봇짐 끈을 붙든 손가락이 서서히 조여들었다. 사련은 딱딱한 어조로 입을 열었다.

"여러분, 지금 이게 무슨 뜻입니까?"

한 신관이 말했다.

"그야…… 방금 말씀드렸잖습니까……. 태자 전하께선 예전에 차지했던 명승지가 많으니……."

사련은 말허리를 잘랐다.

"하지만 그게 지금과 무슨 상관입니까? 예전에 차지한 영지가 많으니 이제 두 번 다시 영지에서 수련하지 말라고요?"

그가 대꾸하자 그 신관은 무안한 기색으로 입을 다물었다. 사련은 최대한 평정심을 유지하며 말을 이었다.

"도통 이해가 가지 않네요. 제가 여기서 수련한다고 해서 여러분이 수련을 못 하는 것도 아닐 텐데요. 같은 영지에서 수련하는 경우는 흔하잖습니까? 각자 알아서 수련하면 되는데 뭐가 문제입니까? 왜 꼭 제가 떠나야 하죠?"

이때 한 사람이 웅얼거렸다.

"……시치미 떼고 앉았네. 가뜩이나 서른 명이 넘는데 자기가 여기서 수련하면 남들이 뭘 수련할 수 있겠냐고……."

다른 누군가가 그를 재빨리 저지했지만, 사련은 한순간 깨달았다.

그런 거였구나.

명승지에 흐르는 영기는 한정적이다. 수련할 때 한 사람이 절반을 차지하면 나중에 온 사람은 나머지 절반만 가져갈 수 있다. 만약 한 사람이 8할을 차지하면 나머지 사람은 2할만 가져가게 된다. 영기를 자신의 것으로 흡수하는 능력이 강할수록 차지하는 영기도 늘어난다.

이 신관들은 지금 자신이 여기서 수련하며 대부분의 영기를 차지할까 봐 걱정하는 것이다. 그 나머지 영기를 서른 명 넘는 사람끼리 나눈다면 각자 몇 톨 가져가지도 못할 테니까.

이 사실을 깨닫자 이마를 맴돌던 혈기가 한층 사납게 솟구쳤다. 사련은 주먹을 움켜쥐고 냉담하게 입을 열었다.

"……전 여기서 수련할 겁니다."

맞은편에 서 있는 신관이 말했다.

"태자 전하, 우리는 전하를 존중하기에 지금까지도 태자 전하라고 불러 드리는 겁니다. 이제 인간의 몸이신데 굳이 우리와 영지를 다툴 필요가 있겠습니까?"

사련이 받아쳤다.

"말씀대로 제가 인간의 몸이면 여러분은 다들 신관이신데 제가 여기서 수련하는 게 뭐가 두려우십니까? 제가 가지 않으면 억지로 쫓아내기라도 하시려고요?"

그건 당연히 안 될 일이다. 평범한 인간이 도를 넘지 않았는데 신관이 함부로 무력을 쓰는 것은 처벌감이다. 확실히 신관들은 그를 건드릴 방법이 없었다. 그러나 사련은 한 가지를 잊고 있었다.

그가 서른 명 넘는 신관들과 고집스레 대치하던 순간, 한 목소리가 불쑥 외쳤다.

"태자 전하께선 어째 폄적되고도 훨씬 강골이 되신 것 같습니다. 인간을 상대로 강도질을 하더니 이젠 신관들에게 맞서다니요, 하하하!"

이 한마디에 사련의 온몸이 얼음장처럼 굳어졌다.

그는 화들짝 고개를 들었다. 목소리의 주인은 하잘것없는 하급 신관이었지만, 그날 밤에 마주친 신관들 가운데 한 사람은 아니었다.

역시 진작에 떠벌리고 다녔구나. 방금은 결코 착각이 아니었다. 모두가 정말로 미묘한 눈빛으로 사련을 쳐다본 것이다. 모두가 알고 있었다. 이 신관들은, 전부 알고 있었다!

그 순간 뼈대가 툭 뽑혀 나간 것처럼, 사련은 온몸을 휘감았던 기세를 잃고 말았다. 두 눈에 핏발이 어른거렸다. 그는 뻣뻣하게 그 소신관들을 돌아보며 갈라진 목소리로 말했다.

"……비밀로 하겠다 했잖습니까."

격앙된 감정에 눈빛이 사나워진 탓이었을까. 그의 시선을 받은 소신관들이 연신 손사래를 치며 말했다.

"남들한테 발설한 적 없습니다!"

사련은 붉어진 눈으로 일갈했다.

"그럼 저 사람들은 어떻게 알았습니까?"

자리에 있던 신관들은 대부분 그 말을 듣고도 크게 놀라지 않았다. 이 많은 신관들이 알고 있다면, 상천정에는 또 얼마나 소문이 퍼졌을까?

사련이 캐묻자 그 신관들은 말을 더듬더니 거듭 변명을 늘어놓았다.

"이자들이 어디 남입니까. 다들 잘 아는 친구들이라 서로 비밀이랄 게 없습니다. 그러니 남에게 말했다고는 할 수 없지요. 여기 말고 다른 신관들에게는 말한 적 없……."

그가 말을 마치기도 전에 사련이 역정을 냈다.

"거짓말! 죄다 거짓말이야! 그런 말을 누가 믿는다고!"

매서운 고함에 말이 잘린 소신관들은 조금 멋쩍어져선 신관들 사이로 숨었다. 이때, 한 신관이 목청 높여 끼어들었다.

"당신이 믿든 말든 무슨 상관이오? 태자 전하. 폄적된 기간에 그런 짓을 저질렀는데 당장 고발하지 않은 것만도 감사해야지, 한술 더 떠서 비밀로 해 달라고? 이자들이 당신을 위해 비밀을 지켜야 할 의무라도 있소? 정말 웃기는군!"

갑자기 얼음물을 정면으로 얻어맞은 듯, 칼에 가슴을 찔린 듯, 사련은 화들짝 입을 열었다.

"그게 아니라! 전……."

다른 이도 말을 얹었다.

"평소 떳떳하게 살았으면 밤에 귀신이 찾아온들 겁내지 않는 법입니다. 본인부터가 떳떳하지 못한데 남이 약속을 어긴다고

탓할 자격이 있습니까? 당신의 부도덕한 짓을 숨겨 준다면 그거야말로 직무 유기라고요!"

"아니라니까요! 전……."

다 사정이 있었다고, 나도 그러고 싶지 않았다고 말하고 싶었다. 하지만 이유 따위 중요치 않다는 것을 그도 잘 알았다. 중요한 건, 그가 실제로 강도질을 했다는 사실이다.

치욕의 낙인처럼 얼굴에 찍힌 이 자그마한 오점은 그를 이 신관들 앞에서 한없이 작아지게 만들었다. 하다못해 자신을 위해 목청껏 변명할 자신도 없었다. 그가 기세를 꺾자, 한 무신이 걸어 나왔다.

"태자 전하. 우리가 당신이 여기서 수련하지 않길 바라는 이유를, 이제는 아시겠소?"

사련은 고개를 숙인 채 주먹을 부르쥐었다.

그 무신이 말을 이었다.

"우린 동류가 아니오. 길이 다른 자와는 상종할 수 없으니, 이만 알아서 갈 길 가시오."

'길이 다른 자와는 상종할 수 없다'고 말하는 그 당당한 꼴을 보면서, 사련은 문득 깨달았다.

이러쿵저러쿵 말은 장황해도, 결국 이 영지를 넘기라는 소리잖아!

주먹 쥔 양손 마디가 바드득 울렸다. 그는 목울대를 억누르다 나직하게 말을 꺼냈다.

"……안 갑니다. 전 여기서 수련할 겁니다."

이 순간, 이 서른 명이 넘는 신관들을 향한 분노가 수치심을 앞질렀다.

어차피 상황이 이럴 바에야 시원하게 자포자기하고 막무가내로 나가는 게 낫다. 꼬리를 내리고 도망가느니, 고개 빳빳이 들고 여기에 남아 그들의 염원을 꺾어 줄 것이다. 사련은 고개를 홱 쳐들고 같은 말을 되풀이했다.

"전 여기서 수련할 겁니다. 이 산이 당신들의 지반도 아닌데 무슨 자격으로 저더러 떠나란 겁니까!"

사련이 강경하게 나서자 서른 명 넘는 신관들은 표정을 구겼다. 누군가 중얼거리는 소리가 이어졌다.

"왜 굳이 저러는 겁니까?"

"저렇게 뻔뻔한 자는 정말 처음 봅니다……."

그러나 그들이 뭐라고 떠들든 사련은 제자리에 꿈쩍없이 서 있었다. 날카로운 말에 정곡을 찔려 마음속으로 피를 흘리면서도, 한사코 고집을 꺾지 않고 요지부동으로 버텼다.

그 무신도 말을 이었다.

"태자 전하께선 본인 고집만 내세우시려는 모양입니다만. 굳이 모두를 불쾌하게 만드셔야겠습니까?"

사련은 싸늘하게 응수했다.

"능력 있으면 직접 쫓아내시죠. 어차피 마음은 굴뚝같아도 그럴 능력이 없겠지만!"

이 말이 나온 순간, 맞은편의 신관 열댓 명이 안색을 뒤집더니 일제히 무기를 뽑아 들었다.

그야 당연지사였다. 무신에게 방금 그 말은 엄청난 도발이었다. 자리에 있는 대부분이 무신관인데 어디 이 말을 한 귀로 흘리고 배기겠는가?

겹겹이 둘러 오는 포위에도 사련은 전혀 겁나지 않았다. 그는 수중에 번듯한 무기 하나 없이 산을 오르며 지팡이 삼아 짚었던 나뭇가지만 단단히 붙들고 있었다. 한 무신이 엄중한 기색으로 말했다.

"태자 전하. 당장 사과한다면 방금 우리에게 저지른 결례는 없던 것으로 해 드리리다."

그러자 사련이 받아쳤다.

"당신들을 불쾌하게 했어도 절대 사과하지 않겠어."

그는 쥐고 있던 나뭇가지로 앞쪽을 가리키며 한마디 덧붙였다.

"당신들은 애초에 신 노릇 할 자격도 없으니까!"

동시에 맞은편이 술렁였다.

이내 누군가가 피식 비웃었다.

"우리가 자격이 없다? 평범한 인간을 털어먹으려던 당신 같은 강도야말로 자격 미달이겠지!"

사련의 인내심도 바닥났다. 더는 참고 싶지 않아진 그는 나뭇가지를 들고 뛰어들며 외쳤다.

"사람 무시하는 것도 정도가 있지!"

그 무신들도 무기를 들고 맞서 달려들었다. 뒤편에서 한 신관이 끼어들었다.

"우리가 강도질하라고 시킨 것도 아닌데 왜 우릴 탓하냐고!"

기세등등하게 으름장을 놓았으나 아직 기뻐하기는 일렀다. 다들 사련이 법력도 무기도 없으니 쉽게 상대할 수 있으리라 생각했지만, 웬일인지 예상과는 다른 상황이 펼쳐졌다. 평범한 나뭇가지가 사련의 손에 들어가니 독침처럼 사납고 위협적으로 변한 것이다. 싸움이 붙은 지 오래지 않아 무신들의 검은 사련의 공격에 튕겨 날아갈 뻔했다. 하다못해 나뭇가지의 광폭한 기세에, 제대로 한번 받아치지도 못하고 다들 놀라서 황급히 뒤쪽으로 피했다.

존엄한 신관이 폄적된 인간 하나를 이기지 못하다니, 대단한 망신이었다.

이때, 관전하고 있던 한 신관이 멀리서 외마디 비명을 질렀다.

"이게 뭐야!"

이 외침에 다른 신관들도 덩달아 놀랐다.

"무슨 일이오?"

그 신관은 무척 아픈 것처럼 얼굴을 감싸 쥐고 몸을 숙였다.

"바, 방금, 도깨비불 하나가 내 눈을 명중했소……. 설마 저 자의 술수인가?"

사련은 기억을 더듬었다. 이 목소리는 아까 자신을 삿대질하며 강도질을 했다고 외친 그 신관이었다. 그는 기가 막혀 웃음이 다 나왔다.

"도깨비불이라니요? 명당을 차지하고 싶으면 그냥 솔직히 얘기하세요. 그렇게 계속 남 모독하지 말고!"

발끈한 사련의 손길이 한층 독해졌다. 그가 굵지도 가늘지도 않은 평범한 나뭇가지를 한 바퀴 휘두르자 무신들의 무기가 바닥으로 와르르 나가떨어졌다. 이때 한 사람이 불쑥 소리쳤다.

"잡았다! 잡았어! 다들 좀 보시오!"

사련은 움칫 멈추어 섰다. 맞은편의 신관들이 엉망으로 뒤엉켜 있었다. 그 와중에 누군가 손에 무언가를 들고 높이 쳐들었다.

"정말 도깨비불이야! 저자가 농간을 부리고 있었다고! 여기 증거를 잡았어!"

가만히 들여다보니 그건 정말 어스름하게 타오르는 작은 도깨비불이었다. 사련은 발끈하며 반박했다.

"저도 모르는 일입니다! 당신들이 뭔데 도깨비불 하나 잡아 놓고 제 짓이라고 말합니까? 도깨비불이 얼마나 흔한데요! 그 도깨비불에 제 이름이라도 쓰여 있습니까?"

비명을 지른 그 신관은 눈을 감싸 쥐고 대꾸했다.

"평범한 도깨비불이 왜 내 눈에 달려든단 말이오? 당신의 지시도 없는데 날 공격했겠소?"

사련이 날카롭게 몰아세웠다.

"그럼 전 그 도깨비불이 이 산을 떠도는 평범한 넋일 뿐인데 당신들 때문에 놀라서 허둥거리다 부딪친 거라고 해도 되겠네요! 그게 무슨 증거라고!"

먼저 공격을 감행했던 무신이 도깨비불을 낚아채며 말했다.

"누가 지시했든 무슨 상관이오. 이런 삿된 해악은 쫓아 버리면 그만인 것을!"

그가 말하는 동시에 그 도깨비불을 힘껏 움켜쥐더니 산산이 흩트리려 했다. 이 모습에 사련이 덜컥 외쳤다.

"놓으세요!"

떠돌이 넋이 이대로 신관들의 촌극에 휘말리도록 놔둘 수는 없었다. 그는 앞으로 달려가 그 무신과 맞붙었다. 도깨비불을 빼앗을 생각이었기에 힘을 조절해야 했다. 두 사람이 한창 대치하고 있는 와중, 뒤쪽에 있던 신관들이 갑자기 소란스러워졌다.

"자네 왔는가? 어서 오게! 저것 좀 보게나. 저게 대체 무슨 난리인지, 원!"

누군가 뒤늦게 도착한 모양이었다. 신관들은 나란히 돌아보며 한마디씩 했다.

"드디어 왔군!"

"오래 기다렸습니다. 빨리 거들어 주시지요!"

들려오는 말에 사련은 가슴이 내려앉았다.

'설마 대단한 신관이 왔나?'

하지만 금세 생각을 바꾸었다.

'누가 왔든 알 게 뭐야. 시비가 붙으면 다시 싸우면 되지! 누구든 안 무섭다고!'

화가 머리끝까지 치민 그는 당장이라도 격전을 치를 준비가 되어 있었다. 그런데 누가 알았으랴. 뒤늦게 도착한 그 사람이 양쪽으로 갈라선 신관들 사이로 걸어오자, 사련은 완전히 얼이 빠졌다.

뜻밖에도 그 사람은, 모정이었다.

모정도 이런 상황에서 사련을 마주치게 될 줄은 전혀 몰랐는지, 두 사람은 서로를 발견하기 무섭게 경악한 표정을 지었다. 사련의 눈이 휘둥그레졌다. 그는 한창 싸우고 있던 무신들의 존재마저 새까맣게 잊고 입을 달싹였다.

"……네가 왜 여기 있어? 넌……."

몇 글자를 꺼낸 사련은 한 가지 사실을 깨닫고 입을 다물었다.

모정이 지금 입고 있는 옷은 그가 망명길 내내 걸쳤던 낡고 새카만 옷이 아니라, 하천정 무신 관복이었다.

원래 풍신과 모정은 사련의 조수로 활동하면서 능력을 높이 평가받아 사람들의 주목을 받았었다. 사련이 폄적된 뒤로는 많은 신관들이 풍신과 모정도 함께 폄적된 것을 안타깝게 여겼다. 게다가 한술 더 떠서, 그들에게 다른 신관을 모시지 않겠냐고 넌지시 물어오곤 했다. 그러니 모정을 눈독 들인 신관이 그를 다시 하천정으로 데려와 수하에 두었을 가능성도 다분했다.

분명 이 추측이 맞을 터였다. 게다가 지금 그는 제법 잘 지내고 있는 것 같았다. 그러니 이 많은 신관들과 단체로 명승지에 수련하러 오지 않았겠는가.

사련은 여전히 인간의 몸인데 모정은 이미 하천정에 복귀했다니. 묘하게 우스운 광경이었다.

한편 겨우 정신을 차린 모정이 의아한 투로 물었다.

“이게 어떻게 된 겁니까?”

신관들이 너도나도 달려들어 그에게 앞뒤 사정을 들려주었다. 사련은 돌덩이처럼 굳은 채 멀찍이 서 있을 뿐이었다.

지금 보니, 저 신관들은 모정에게 강도 사건을 따로 언급하지 않았다. 이게 무슨 뜻일까?

즉, 모정도 진작에 그 이야기를 들은 것이다. 모정도 그가 인간을 협박했다는 사실을 아는 것이다!

식은땀이 머리에서 한 방울, 또 한 방울 굴러떨어졌다. 사련은 무의식적으로 두어 걸음 물러섰다. 그와 대치하고 있던 그 무신이 거친 숨을 몰아쉬며 고함쳤다.

“저자가 이 명당을 독차지하고 우리를 내쫓으려 했네! 모정, 어서 거들어 주게!”

거들다니?

모정도 같이 싸움에 끼어든다고?

사련은 분한 나머지 소름이 돋고 몸이 떨려 왔다. 그러다 가까스로 이성을 되찾고 홧김에 말을 더듬었다.

“……다, 당신들, 이게 무슨 적반하장이야. 뻔뻔한 것도 정도가 있지! 그런 게 아니었잖아! 난 분명 그런 적 없다고!”

모정은 옆에서 지켜볼 뿐이었다. 분통이 터진 사련은 다시 나뭇가지를 세우고 달려들었다. 그 무신은 당해 내지 못하고 연신 뒤로 밀려나면서 다시 목청을 높였다.

"모정! 어찌 그리 보고만 있어!"

다른 신관들도 덩달아 맞장구쳤다. 모정은 나서야 할지 확신이 서지 않는 것처럼 시종 망설이는 기색이었다. 사련은 다 같이 자신을 포위 공격하자며 모정을 재촉하는 신관들의 목소리가 들려오자 마음속으로 분노가 들끓었다.

'모정은 당신들과 달라. 내 친구니까 당신들을 돕지 않을 거라고!'

홧김에 힘을 쏟자 신관들의 무기가 거듭 밖으로 튕겨 날아갔다. 싸울수록 대담해지는 그 심상찮은 기세에, 나머지 신관들이 허둥지둥 외쳤다.

"모정! 이자가 이대로 날뛰게 놔둘 셈이오?"

모정은 복잡한 표정으로 한 걸음 다가서더니 손가락을 살짝 그러쥐었다. 그의 옆에 서 있던 신관이 재촉했다.

"가만히 있지 말고 어서 거들래도!"

이때 또 누군가가 은근한 말투로 끼어들었다.

"가담하기 싫은 모정의 심정도 이해는 갑니다. 결국 한때는 태자 전하의 심복 시종이었으니, 아무리 태자 전하가 강도질을 하고 명당을 욕심내도 옛정을 생각해야겠지요. 태자 전하를 돕지 않은 것만도 다행인데 어떻게 우리를 도와 달라 청하겠습니까?"

겉으로는 그를 편드는 것 같으면서도 속내는 음험하기 그지

없는 말이었다. 찰나 모정의 이마와 목에 핏대가 솟았다.

분위기가 미묘해지기 시작했다. 사련은 불안한 마음이 들었다.

"모정……."

겨우 이름을 꺼낸 다음 순간, 손이 문득 가벼워지나 싶더니 무언가가 잘리는 소리가 울려 퍼졌다.

사련은 멍하니 아래를 내려다보았다. 잘려 나간 것은 그의 유일한 '무기'인 나뭇가지였다. 다시 고개를 들자, 맞은편의 모정의 손에 장도 한 자루가 나타나 있었다.

지금 그 장도의 칼끝은 사련을 겨누고 있었다. 장도의 주인이 싸늘하게 말했다.

"……떠나 주십시오."

"……."

사련은 반쪽짜리 나뭇가지를 쥔 채 모정을 한참이나 바라보다 입을 열었다.

"난…… 진심으로 누군가를 약탈할 생각은 없었어. 명당을 독차지하려던 것도 아니고. 여긴 내가 먼저 왔어."

"……."

모정은 무표정으로 다시 한번 말했다.

"떠나 주십시오."

그를 바라보던 사련은 잠시 망설인 끝에 물었다.

"……거짓말 아닌 거, 너도 알지?"

이 질문을 하는 순간 기대심과 두려움이 교차했다. 어떤 목소리가 그에게 말하고 있었다. 그만 묻고 돌아서서 떠나! 하지만 끝내 인내심을 저버리고 묻고 말았다.

모정의 대답이 돌아오기 전이었다. 사련의 몸이 불현듯 앞으로 기울어지더니, 온몸이 묵직하게 바닥으로 엎어졌다.

산길은 진흙으로 질척했다. 울퉁불퉁 고르지 못한 바닥에 돌덩이와 나뭇잎 부스러기만 잔뜩이었다. 바닥에 엎어진 사련은 눈을 부릅떴다. 어쩐지 현실감이 없었다.

어느 신관인지는 몰라도, 사련이 방심한 틈에 등을 밀어 수많은 눈이 지켜보는 앞에서 꼴사납게 넘어뜨린 것이다.

참으로 꼴사나웠다. 사면팔방에서 날아드는 크고 작은 목소리가 사련의 귓가로 흘러들었다. 그는 두 눈을 커다랗게 뜬 채 눈앞의 새카만 지면을 응시하다가, 느릿느릿 고개를 들고 근처 앞에 서 있는 모정을 바라보았다.

신관들 사이에 서 있는 모정은 고개를 한쪽으로 틀고 그를 외면했다. 그 역시 다른 신관들처럼 손을 내밀어 줄 생각이 없어 보였다.

사련은 자신을 일으켜 줄 사람이 아무도 없다는 것을 깨달았다.

그리 엎어져 있기를 한참, 그는 제힘으로 천천히 몸을 일으켰다.

그가 다시 반기를 들지도 모른다고 생각한 신관들은 경계심을 곤두세웠다. 하지만 사련은 누군가를 공격하기는커녕 고개를 숙인 채 바닥을 샅샅이 뒤질 뿐이었다. 그는 황후가 챙겨 준

봇짐을 찾아 묵묵히 줍고 다시 등에 메더니, 빙글 돌아서서 산 아래를 향해 한 걸음씩 내디뎠다.

앞을 향하던 걸음이 서서히 빨라졌다. 이윽고 사련은 정신없이 내달리기 시작했다.

그는 화를 삼키고 산길을 따라 한시도 쉬지 않고 질주해 내려갔다. 얼마나 멀리 달렸을까. 그는 발밑을 조심하지 못하고 다시 바닥에 나동그라졌다. 그제야 참았던 화가 피비린내와 함께 입 밖으로 터져 나왔다.

마음이 산란했던 그는 일어설 생각조차 못 하고 바닥에 주저앉아 숨을 몰아쉬었다. 숨결이 서서히 가라앉았을 무렵에도 그는 여전히 일어설 생각을 못 하고 주저앉은 그대로 멍하니 넋을 놓았다.

이때, 누군가가 불현듯 손을 내밀었다.

사련은 굼뜨게 눈을 깜빡이고는 그 손을 따라 천천히 고개를 들었다. 그 사람은 모정이었다.

그는 조금 파랗게 질린 얼굴로 앞에 서서 한 손을 내밀고 있었다. 이윽고 딱딱한 말투가 이어졌다.

"괜찮으십니까."

사련은 그를 멍하니 응시할 뿐 말이 없었다.

이토록 섬찟한 눈빛이 날아들자 마음이 불편했는지 모정은 그의 눈을 피했다.

하지만 손은 여전히 내민 채였다.

"일어나세요."

그러나 지금 뻗기에는 너무 늦은 손길이었다.

사련은 그의 손을 잡지도 일어서지도 않고 그를 빤히 응시했다.

대치가 길어지자 모정의 안색이 점점 일그러졌다. 그가 손을 거두려는 순간, 사련이 난데없이 바닥에서 진흙을 움켜쥐고 모정의 몸에 팍, 내던졌다.

난폭하다고 해야 할지 유치하다고 해야 할지, 모정도 사련이 이런 짓을 하리라고는 예상치 못했다. 가슴팍에 터진 진흙 폭탄이 얼굴에도 조금 튀자 그는 경악을 금치 못했다. 금세 치밀어 오른 화를 억지로 삼키며, 그가 나직하게 말했다.

"……저도 어쩔 수 없었습니다!"

확실히 어쩔 수 없었을 것이다. 지금 모정과 그 신관들은 교분이 제법 돈독해 보였다. 여기서 동료가 사련에게 얻어맞는 꼴을 지켜만 보거나 사련의 편을 드는 모습을 보인다면 앞날이 힘들어질 터였다.

사련은 마치 말을 못하는 사람처럼 하릴없이 진흙을 움켜쥐고 그에게 내던졌다. 모정은 몇 번 막아 내다가 실패하자 발끈했다.

"미치신 겁니까? 어쩔 수 없었다고 말씀드렸잖아요! 전하도 어쩔 수 없이 강도질을 하셨던 거잖아요?"

꺼져! 꺼져! 꺼져!

사련의 머릿속엔 온통 이 두 글자뿐이었다. 하지만 그는 이 말조차 꺼내지 못하고 미친 사람처럼 손에 잡히는 대로 마구 내던질 뿐이었다. 누가 맞든 아무래도 좋은 심정이었다. 견디다 못한 모정은 결국 노기 어린 얼굴로 소매를 떨치며 자리를 떴다. 사련은 거친 숨을 몰아쉬다 맥없이 주저앉아 다시 넋을 놓았다.

그는 그렇게 날이 저물도록 제자리에 앉아 있었다.

땅거미가 내려앉자, 어디선가 날아든 수많은 도깨비불이 사방에 아른아른 나부꼈다. 사련은 아무것도 보이지 않는 듯 무관심했다.

도깨비불 무리는 그의 시선을 끌지 못해 오기라도 생긴 것처럼, 갈수록 머릿수를 늘리며 곁에 모여들었다. 사련은 여전히 무관심했다.

도깨비불 무리 사이에서 한 인영이 나타나기 전까지는.

그 사람은 늘 한없이 불길한 예감과 함께 등장했다. 사련은 기척을 느끼고 느릿하게 고개를 들었다.

몇 걸음 멀리, 희비면을 쓴 새하얀 인영이 무수히 떠다니는 도깨비불 사이에서 섬뜩하게 미소 짓고 있었다.

그가 온화한 어조로 입을 열었다.

"안녕, 태자 전하."

99장 잔혹한 백귀, 다정한 말로 소년을 꾀다

어두운 밤빛 속, 사련의 두 동공이 날카로운 점처럼 조여들었다. 그의 목소리가 떨려 왔다.

"……당신?"

백무상!

오한이 끼친 사련은 자리를 박차고 일어났다. 손을 뒤로 뻗어 검을 뽑으려던 그는 헛손질을 하고 나서야 자신의 패검은 옛날에 죄다 팔아 버렸다는 것을 깨달았다. 아까 무기 삼아 썼던 나뭇가지도 반으로 잘린 뒤였다. 한마디로 지금 그는 법력도 무기도 없는 맨몸으로 이 존재를 마주쳤다는 뜻이다.

수년 전 선락국이 멸망하면서 백무상은 세상에서 자취를 감추었다. 사련은 그를 찾으려 시도한 적도, 찾고 싶은 마음도 없었다. 그저 그가 소리도 숨결도 없이 이대로 영영 사라져 버렸기를 간절히 바랐다. 그런데 지금 이 존재가 갑자기 눈앞에 나타날 줄 누가 예상이나 했을까.

흰옷의 청년이 천천히 그를 향해 다가왔다. 공포에 질린 사련은 제풀에 두어 걸음 물러서고야 이내 정신을 차렸다. 그러곤 속으로 생각했다. 물러서지 마! 도망쳐도 소용없어!

그는 날카롭게 곤두세운 목소리로 물었다.

"뭘 어쩔 셈이지?"

백무상은 대답 대신 계속해서 뒷짐을 지고 다가섰다. 사련의 손발이 입술 새로 흐르는 입김과 함께 떨려 왔다.

그는 아까 자신을 조롱하고 무시하고 비웃었던 그 신관들의 얼굴과 자신을 외면하던 모정의 옆모습을 떠올리려 노력했다. 한순간, 그는 두려움을 잊고 기합을 내지르며 손날을 앞으로 내리쳤다.

그러나 공격이 통하기도 전에 끔찍한 아픔이 먼저 찾아왔다. 사련의 수를 간파한 상대가 한발 먼저 뒤쪽으로 몸을 옮겨 그의 오금을 걷어찬 것이다.

빠르다!

사련의 두 무릎이 털썩, 소리를 내며 묵직하게 바닥을 내리찍었다. 그제야 머릿속에 두려운 감각이 모락모락 피어올랐다.

이 존재의 움직임은, 그가 머리를 굴리는 속도보다도 빨랐다.

다음 순간, 한 가지 두려운 사실이 느껴졌다. —손가락을 벌린 차가운 손바닥이 그의 정수리를 감싸 쥔 것이다.

사련은 고함을 지르기 시작했다. 그러거나 말거나, 그 손은 가볍게 힘을 주고 그의 머리를 온몸 송두리째 위로 끌어 올렸다. 사련은 믿어 의심치 않았다. 이 존재의 힘이라면 다섯 손가락을 움켜쥐는 것만으로 자신의 두개골을 으스러뜨려 뭉그러진 살덩이로 만들어 버릴 수 있다고. 그리고 지금 자신을 움켜쥔 이 손은, 분명 그렇게 할 것이라고.

사련은 엉망으로 흐트러진 숨결을 들이마셨다. 그는 이대로 죽겠구나, 생각하며 눈을 꽉 감았다. 하지만 예상과는 달리, 뒤편의 그 존재는 손아귀에 힘을 가하기는커녕 살기를 거두고 가볍게 한숨지었다.

그 한숨을 뱉고 나서도 한참이나 아무 움직임이 없었다. 쥐 죽은 듯한 고요 속에서 사련은 서서히 두 눈을 떴다.

하늘 가득 나부끼는 도깨비불 무리가 흥분한 듯 날뛰며 춤을 추고 있었다. 망령들은 하나같이 떠들썩하게 낄낄거리면서도 무언가가 겁나는지 두 사람에게 다가오지는 못했다. 유난히 밝은 도깨비불 하나만 두 사람의 머리 위에 머물며 백무상을 자신의 불꽃으로 연신 사납게 내리쳤다. 무슨 생각인지는 모르겠으나 아무리 봐도 하루살이가 나무를 꺾으려는 꼴이었다.

문득, 사련의 몸이 얼어붙었다.

백무상이 뒤에서 그를 끌어안은 탓이었다.

차갑고 단단한 두 팔이, 비틀거리며 바닥에 꿇어앉은 사련을 감싸더니 생기라곤 없는 품으로 끌어당겼다.

어느새 몸을 낮추어 앉은 백무상이 나직하게 중얼거렸다.

"가엾어라, 가엾어, 태자 전하. 지금 이게 무슨 꼴인지, 원."

그는 가만히 속삭이며 사련의 머리를 쓰다듬었다. 다친 강아지를 쓰다듬는 것처럼, 중병에 죽어 가는 자신의 아이를 쓰다듬는 것처럼 부드럽고 애틋한 손길이었다.

달빛 아래, 희비면 반쪽의 웃는 얼굴이 어둠 속에 잠겨 들었다. 울고 있는 그 얼굴만 진심으로 가슴 아픈 것처럼 사련을 위해 눈물을 흘리고 있었다.

사련은 굳어진 몸을 웅크린 채 꼼짝하지 못했다. 흰옷의 청년은 뒤에서 손가락을 치켜들더니 그의 얼굴에 묻은 지저분한 진흙을 닦아 주었다.

사련은 놀랍게도 그의 손길에서 기이한 온정을 느꼈다. 절친한 벗이나 너무도 익숙한 가족 같은 그 품속에서, 추위에 떨고 있던 몸도 기적처럼 희미한 온기를 되찾았다.

지금 같은 처지에 자신에게 온정과 따스함을 전해 준 사람이 다름 아닌 이 괴이한 존재라니.

목구멍 안에서 억눌린 울음이 새어 나오며 몸이 한층 심하게 떨려 왔다. 방금 그 도깨비불은 온기를 전해 주려는 것처럼 사련의 명치께로 날아들었지만, 추위를 물리칠 자신이 없었는지 바짝 다가오지는 못했다.

백무상은 그의 몸에 묻은 진흙까지 말끔히 털어 주고 입을 열었다.

"내 쪽으로 오거라."

"……."

사련은 떨리는 목소리로 중얼거렸다.

"누…… 누가……."

말끝을 흐리던 그는 기습적으로 주먹을 내밀고 백무상의 가면을 공격했다.

그 가면은 갑작스러운 주먹에 맞아 하늘 높이 솟구쳤다. 몸을 튕겨 수 장 바깥까지 도약한 사련은 방금까지 두려워하던 기색을 말끔히 지우고 가라앉은 목소리로 으르렁댔다.

"누가 네 쪽으로 갈 줄 알고, 이…… 괴물 자식!"

창백한 희비면은 이내 바닥에 떨어졌다. 하늘을 뒤덮은 도깨비불 무리가 놀란 것처럼 질서를 잃고 혼비백산하며 소리 없이 아우성쳤다. 백무상은 얼굴을 가린 채 낮은 웃음을 흘렸다.

사련은 그 웃음소리에 솜털이 곤두섰다.

"왜 웃지?"

백무상은 가볍게 코웃음을 치며 입을 열었다.

"넌 내 쪽으로 오게 될 거다."

확신에 찬 말투였다. 의도를 알 수 없었던 사련은 못 미더운 기분으로 대꾸했다.

"네 쪽이 어느 쪽인데? 선락국을 멸해 놓고 네 쪽으로 오라고? 미쳤어, 단단히 미쳤구나!"

욕을 잘 모르니 분노가 극에 달해도 고작 이런 말만 할 따름이다. 그렇지만 않았어도 세상에서 가장 독하고 시원한 욕설로 이 존재를 저주했으리라. 백무상은 하하, 웃음을 터트리며 손으로 얼굴을 가린 채 고개를 들었다.

"넌 오게 될 거다. 널 진정으로 이해하는 사람도, 영원히 네 곁에 머무를 사람도 이 세상에 나 말고는 아무도 없으니."

사련은 오싹한 기분에 재빨리 받아쳤다.

"꺼져! 잘난 척하면서 헛소리 지껄이지 마! 네가 없다면 진짜 없는 줄 알아?"

도깨비불 하나가 곁으로 날아와 그의 말에 찬성한다는 듯이 위아래로 몸을 흔들었다. 그러나 사면팔방이 괴상한 도깨비불 투성이라 사련은 달리 눈치채지 못했다.

한편, 백무상이 부드러운 어조로 입을 열었다.

"오? 누가 있나? 예전엔 있었겠다만, 앞으로도 있을 것 같더냐?"

"……."

사련은 침묵 끝에 물었다.

"무슨 뜻이지? 대체 뭘 말하고 싶은 거야?"

백무상은 묵묵부답으로 냉소하더니 당장이라도 홀연히 떠날 것처럼 빙글 돌아섰다.

가벼운 목소리가 이어졌다.

"여기서 널 기다리고 있으마, 태자 전하."

사련은 물론 이대로 그를 보낼 수 없었다.

"기다려! 가지 마! 무슨 짓을 한 거야? 설마 내 부모님과 풍신을 건드렸어?"

사련은 뒤를 쫓으며 그 흰 인영을 잡으려 손을 뻗었다. 이때 백무상이 가볍게 소매를 떨치더니 뒤편으로 도깨비불 하나를 낚아챘다.

사련을 노린 공격은 아니었으나, 사련은 흉포하게 날아드는 힘을 느끼며 송두리째 허공으로 떠올라 나무에 부딪쳤다. 두 사람이 끌어안을 만큼 굵직한 나무가 그 충격에 굉음을 내며 반으로 부러졌다.

예전 같았으면 이런 나무 따위 열 그루를 들이받아도 사련은 미간 하나 찌푸리지 않았을 것이다. 하지만 지금 그는 인간의 몸이었다. 나무에 부딪친 그는 온몸의 뼈가 무너져 내린 것처럼 묵직하게 바닥으로 추락해 이내 정신을 잃었다.

눈을 감기 직전, 사련은 허공으로 손을 내미는 흰옷의 청년을 본 것 같았다. 그는 활활 타오르는 도깨비불을 손바닥에 받쳐 들고 웃으며 이렇게 말했다.

"말해 봐라. 이름이 뭐지? 참으로 흥미롭구나……."

정신이 들었을 무렵에는, 아무것도 없었다.

사련은 몸이 거꾸로 뒤집힌 채로 깨어났다. 흉강과 입 안에 피비린내가 진동했다. 한참을 어지러움에 시달린 그는 화들짝 몸을 굴려 일어나서는 혼잣말로 읊조렸다.

"……부황! 모후! 풍신!"

기절하기 전에 일어난 일이 떠오르자 한시도 지체할 수가 없었다. 그렇게 몇십 리를 내달린 그는, 봇짐을 메고 떠난 지 스무 날째 되는 한밤중에 부모님과 풍신이 머무는 은신처로 돌아왔다.

피 마르는 심정으로 달려온 사련은 두려움에 허둥댔다. 백무상이 벌써 제 가족과 친구를 무참히 죽였으면 어쩌나 싶었다. 그는 작고 허름한 오두막에 도착하기 무섭게 문을 밀어젖히고는 숨도 제대로 돌리지 못한 채 목 놓아 외쳤다.

"부황! 모후! 풍신!"

다행이었다. 그가 상상했던 끔찍한 광경은 펼쳐지지 않았다. 심지어 어질러진 물건 하나 없이 떠나기 전과 똑같았다.

다친 몸을 이끌고 몇십 리를 달려오느라 말라붙은 입에서 단내가 날 지경이었다. 사련은 비로소 안심하고 숨을 고르며 안으로 들어섰다.

"풍신! 다들 안에……."

그는 방문을 연 순간 말문이 턱 막혔다. 방 안에 있던 풍신은 사련이 돌아온 것을 보고 놀란 표정으로 물었다.

"전하! 어찌 돌아오셨습니까?"

그러나 사련의 시선은 맞은편을 노려볼 뿐이었다. 풍신의 맞은편에는 검은 옷을 입은 누군가 서 있었다.

모정이었다.

모정은 그를 돌아보더니 입술을 말아 물었다. 안색이 영 어두웠다. 풍신은 모정을 지나쳐 사련 쪽으로 다가왔다.

"수련하러 다녀오신 거잖아요? 어떻게 됐습니까? 몇 달은 걸리실 줄 알았는데 벌써 돌아오시다니, 무슨 엄청난 진전이 있었습니까?"

사련은 모정을 노려보며 입을 열었다.

"부황과 모후는?"

풍신이 대답했다.

"방에서 주무십니다. 아까 잠자리에 드셨어요. 옷은 어쩌다 이렇게 더러워졌습니까? 얼굴에 그 상처는 또 뭐고요? 누구와 싸우신 겁니까?"

부모님이 무사하다는 이야기에 사련은 완전히 마음을 내려놓았다. 그는 풍신에게 대답하는 대신 모정을 향해 물었다.

"네가 여긴 무슨 일이야?"

모정이 말이 없자 풍신이 답해 주었다.

"물건을 전하러 왔답니다."

"물건이라니?"

모정은 슬쩍 손을 들어 한쪽을 가리켰다. 손끝이 향한 곳에는 쌀이 담긴 듯한 말끔한 포대 몇 개가 놓여 있었다.

사련이 침묵하자 모정이 작은 목소리로 입을 열었다.

"약재가 부족하단 얘기는 들었다. 나중에 내가 어떻게든 구해 오지."

"좋아, 그럼 고맙다고 해야겠군. 마침 약재나 식량이 부족했던 참이라. 신관은 인간에게 사사로이 물건을 전하면 안 되니 너도 안위 잘 챙기고."

모정에게 대답한 풍신은 다시 사련의 곁에 바짝 붙어 서서 목소리를 낮추었다.

"저도 꽤 놀랐습니다. 도움을 주러 올 줄은 몰랐거든요. 아무래도 제가 사람을 잘못 봤나 봅니다. 아무튼……."

그런데 사련이 불쑥 말했다.

"필요 없어."

모정은 표정을 어둡게 가라앉히며 주먹을 꽉 쥐었다. 풍신은 영문을 모르고 물었다.

"필요 없다니요?"

사련은 잇새로 한 글자씩 또박또박 짓이겨 말했다.

"네 도움 필요 없어. 네가…… 주는 물건도 됐으니까, 이만 나가 줘."

'나가 달라'는 말에 모정의 얼굴이 한층 심하게 어두워졌다.

풍신도 심상치 않은 분위기를 느꼈다.

"대체 무슨 일입니까?"

모정은 고개를 숙인 채 입을 달싹였다.

"죄송합니다."

모정을 만난 지 수년 만에 처음 듣는 말이었다. 이렇게 진심 어린 사과도 난생처음이었다. 하지만 사련은 놀랄 기분이 전혀 아니었다.

“이만 나가 달라니까!”

그는 감정을 다스리지 못하고 그 쌀자루를 낚아채 모정에게 내던졌다. 새하얀 쌀이 바닥 한가득 쏟아졌다. 모정은 꼴사납게 쌀을 뒤집어쓰면서도 한 손으로 막을 뿐 꿋꿋하게 견뎠다. 놀란 풍신은 사련을 말리며 외쳤다.

“전하! 대체 무슨 일이 있었습니까? 녀석이 뭘 했는데요? 수련하러 가셨던 거잖아요? 도중에 무슨 일이 있었습니까!”

사련은 풍신의 손길에 붙잡힌 채 눈자위를 붉혔다.

“……네가 모정한테 물어봐. 수련하러 갔던 내가 왜 돌아왔는지, 네가 직접 물어봐!”

바깥이 소란스러워지자, 방에서 자고 있던 황후가 놀란 마음에 일어나 겉옷을 걸치고 나왔다.

“황아, 돌아온 것이냐? 무슨 일이길래…….”

“아닙니다! 황후마마께선 어서 들어가 계십시오!”

풍신이 황급히 끼어들어 그녀를 안으로 돌려보내고는, 문을 닫고 나서야 캐물었다.

“무슨 짓을 했는데? 모정, 너 대체 무슨 짓을 했어? 전하, 얼굴에 그 상처, 설마 놈이 한 짓입니까?”

사련은 갈수록 거칠게 숨을 몰아쉬느라 말문을 뗄 수가 없었다. 모정이 말했다.

“아니야! 내가 때린 게 아니야. 난 떠나라는 말 말고는 심한 말도 한 적 없고, 전하를 건드리지도 않았어! 다들 그 명당을 눈독 들인 상황이었습니다. 애초에 전하가 떠나야 끝날 싸움이었다고요!”

“너……!”

말이 길어지자 풍신도 마침내 자초지종을 깨달았다. 그는 눈을 부릅뜨고 모정에게 삿대질하며 말을 잇지 못했다. 이윽고 그는 바닥에 떨어진 자루를 주워 모정의 얼굴에 내던지며 고함쳤다.

“당장 꺼져! 꺼져, 꺼져, 당장 꺼져!”

모정은 또 자신이 가져온 쌀자루에 얼굴을 얻어맞고, 뒤로 비척비척 물러섰다. 방 안의 세 사람은 다들 거친 숨을 몰아쉬었다. 풍신의 목소리가 이어졌다.

“그래, 왜 갑자기 사람이 변했나 했다. 진짜 염병하네, 빌어먹을……. 다시는 내 앞에 그 얼굴 들이밀지 마라!”

모정은 갈라진 목소리로 외쳤다.

“그래! 다 제 잘못입니다. 인정해요, 사과할게요! 하지만 전 눈앞의 문제부터 해결하고 나머진 따로 얘기할 생각이었습니다! 제가 하천정에 돌아가지 않으면 모두 끝장이니까요! 전하의 부모님도, 제 어머니도, 우리 세 사람도 언제까지 이 진창에서 허우적거려야 할지 모르니까요! 제가 먼저 돌아간다면 그래도 조금은 기회가…….”

풍신이 사납게 쏘아붙였다.

“무슨 빌어먹을 헛소리야, 입 닥쳐! 네 변명 듣겠다는 사람 아무도 없어. 꺼져, 꺼져, 꺼져, 꺼져, 꺼지라고!”

“너도 역지사지로 생각해 보면…….”

풍신은 모정의 말을 가로챘다.

“헛소리하지 말라고! 됐어! 확실한 건 나는 어떤 상황에서도 너 같은 짓은 안 해. 역지사지는 무슨. 넌 그냥 배은망덕한 배신자일 뿐이야!”

모정의 얼굴에 분노가 어른거렸다. 그는 앞으로 한 걸음 내디뎠다.

“전하도 힘드셨을 때 본의 아니게 강도질을 하셨잖아? 상황은 나도 마찬가진데 왜 내 입장은 생각을 못 해?”

풍신은 픕, 웃으며 되물었다.

“뭐? 강도질? 누가? 전하가? 지금 무슨 개소리를 하는 거냐?”

“…….”

사련은 숨이 막혔다.

격노한 풍신의 표정은 이내 서서히 충격으로 물들었다. 모정은 그제야 이상한 낌새를 느끼고 머뭇머뭇 사련을 돌아보았다.

“서…… 설마 말씀을 안 하신……?”

사련이 이 일을 풍신에게 숨겼을 줄은 그도 예상치 못했다.

“아아아아아악!”

이성을 잃은 사련은 손에 잡히는 대로 물건을 휘두르며 모정을 내쫓았다. 모정도 자신이 큰 실수를 저질렀다는 것을 깨닫고, 수차례 얻어맞으면서도 입 한번 벙긋하지 못했다. 하지만 바깥으로 쫓겨나고 보니 사련이 휘두른 물건은 무려 빗자루였다. 그는 다시 표정이 어두워졌다.

"이런 식으로 비꼴 것까진 없잖아요?"

사련은 이성을 무너뜨리며 외쳤다.

"꺼져!"

그가 내지른 주먹에 날카로운 바람이 몰아쳤다. 모정은 가까스로 주먹을 피했지만, 바람이 스친 얼굴에 가느다란 상처가 남았다. 얼굴을 문지른 손끝에 피가 묻어나자, 그는 표정을 일그러뜨리더니 잠시 뒤 입을 열었다.

"……알겠습니다. 갈게요."

사련은 온몸을 벌벌 떨며 깊게 웅크려 앉았다. 모정은 몇 걸음 내딛다 말고 결국 쌀자루를 바닥에 내려놓으며 말했다.

"진짜 갑니다."

사련은 고개를 홱 쳐들었다. 모정은 그의 표정을 보고 목울대를 꿈틀거리다 소매를 떨치고 떠나갔다.

충격에 휩싸인 채 방에 남아 있던 풍신이 뒤늦게 쫓아 나왔다.

"전하! 저놈이 개소리한 거 맞죠? 강도질이라니, 대체 어떻게 된 겁니까?

사련은 이마를 짚으며 말했다.

"……묻지 마. 풍신, 부탁이니까 제발 묻지 마."

"아뇨, 그 말은 당연히 안 믿습니다. 전 그냥 무슨 일인지 알고 싶어서……."

외마디 고함을 내지른 사련은 귀를 틀어막고 방 안으로 뛰어가 몸을 숨겼다.

풍신은 그가 그런 짓을 저지르지 않았을 것이라고 굳건히 믿었지만, 그 진심이 최악의 상황을 초래하고 말았다.

사련은 마음 같아선 자신을 아는 사람이 아무도 없는 곳으로 영영 도망쳐 버리고 싶었다. 그러나 백무상이 했던 말을 떠올리면 차마 멀리 갈 수가 없었다. 그저 자신을 방 안에 가두는 게 고작이었다. 풍신과 황후가 아무리 불러도 그는 두문불출했다.

이틀이 지나자 사련은 조금 진정한 기분이 들었다. 풍신이 다시 문을 두드렸을 때, 그는 조용히 문을 열었다. 풍신은 쟁반 하나를 들고 문 앞에 서 있었다.

"황후마마께서 낮에 만드신 겁니다. 전하께 꼭 전해 드리라고 당부하셨어요."

접시에 담긴 물체는 울긋불긋한 것이 영 끔찍해 보였다. 풍신이 말을 덧붙였다.

"혹시 목숨이 위험할까 봐 걱정이시면 제가 대신 해결하겠습니다. 황후마마껜 비밀로 할게요. 하하."

한눈에 척 보였다. 풍신은 강도 사건의 내막이 궁금해 입이 근질거리면서도, 사련이 다시 방 안에 틀어박힐까 봐 억지로 참고 무슨 일이 있었냐는 듯 의연한 척을 하고 있는 것이다. 다만 원체 농담에 서툰 사람이라 말투도 내용도 뻣뻣해, 보는 사람이 다 민망했다.

솔직히 사련의 어머니가 만든 음식은 정말로 맛이 끔찍했다. 부엌에 자주 드나들며 공을 들일수록 그녀의 요리 실력은 점점 나아가서는 안 될 방향으로 발전했다. 사련 역시 제대로 요리를 배운 적은 없었으나, 그가 만든 음식은 제법 먹을 만했으니 천부적인 재능을 타고났다고밖에 설명할 길이 없었다. 그래도 사련은 꿋꿋하게 접시를 받아 들고 탁자에 앉아 얌전히 음식을 먹었다. 어차피 지금은 무엇을 먹어도 맛이 느껴지지 않았다.

불행 중 다행이었다. 그날 밤 모두가 들었으니 이제 끝장이겠거니 생각했건만, 요 며칠 분위기를 보니 국주와 황후는 강도질 사건을 모르는 눈치였다. 아니었다면 국주 성격에 벌써 길길이 욕을 퍼붓고도 남았을 터였다. 풍신이 말을 아낀 덕분에 잠깐은 한숨을 돌릴 수 있었다.

이리 생각하고 있는데, 풍신이 갑자기 자리에서 일어났다. 놀란 사련이 물었다.

"뭐 하려고?"

풍신은 활을 챙기며 대답했다.

"시간 다 됐습니다. 기예 팔러 가야죠."

사련도 몸을 일으켰다.

"나도 갈게."

풍신은 잠시 뜸을 들이다가 말했다.

"아닙니다. 전하께선 더 쉬고 계세요."

물론 풍신은 더 추궁하지 않았지만 사련은 온몸 송두리째 가시방석에 앉은 심정이었다. 풍신이 그 사실을 알게 된 뒤로 두 사람은 되돌릴 수 없는 길을 건너고 만 것 같았다. 자꾸만 풍신의 말 한 마디 눈빛 한 가닥에 다른 깊은 뜻이 담긴 것처럼 느껴졌다. 사련은 고개를 가로젓고 한숨을 내쉬었다.

"솔직히 말할게. 난 지금 수련할 마음이 전혀 없어."

풍신도 조금은 예상했던 바였다. 그는 고개를 숙이고 말을 잇지 못했다. 사련이 거듭 말했다.

"그럴 바에야 집에 틀어박혀 있느니 나가서 기예를 파는 게 낫잖아. 돈이라도 벌 수 있으면 적어도 쓸모없는……."

쓸모없는 폐인처럼 살게 되진 않을 테니까.

무슨 영문이었을까, 마지막 두 글자는 입 밖에 낼 수가 없었다. 자신이 이미 쓸모없는 폐인이 되어 버렸다는 생각에 쉽사리 입이 떨어지지 않는 것일지도 몰랐다.

풍신은 여전히 마음이 놓이지 않았다.

"저 혼자서도 충분합니다. 이틀 만에 하시는 식사잖습니까. 며칠 더 쉬시는 게 좋습니다."

그가 이렇게 말할수록 사련은 자신의 쓸모를 증명하고 싶어 마음이 조급해졌다. 그는 거울을 향해 돌아서며 입을 열었다.

"괜찮아, 잠깐 정돈만 하고……."

그는 옷매무새를 정돈할 생각이었다. 적어도 실성한 걸인처럼 너저분한 꼴로 나가고 싶지는 않았으니까. 그런데 누가 알았으랴. 거울을 돌아본 순간 끔찍한 장면이 그를 기다리고 있었다.

거울에 비친 그는 이목구비가 없었다. 그의 얼굴은, 반은 웃고 반은 우는 희비면으로 덮인 채였다.

사련은 그 자리에서 비명을 지르기 시작했다. 풍신은 갑작스러운 소란에 화들짝 소스라쳤다.

"뭡니까? 뭔데요!"

사련은 창백한 얼굴로 거울을 가리켰다.

"저 사람! 나…… 내, 내가……."

풍신은 그의 손끝을 따라 거울로 시선을 옮겼다. 그러곤 한참을 들여다보다 맹한 표정으로 그를 돌아보았다.

"……전하가 왜요?"

간이 떨어진 사련은 그를 꽉 부여잡고 겨우겨우 몇 마디를 꺼냈다.

"내! 내! 내 얼굴! 안 보여? 내 얼굴에 저거?"

풍신은 그를 가만히 들여다보다 한숨을 내쉬었다. 사련은 담담한 풍신의 반응을 도무지 이해할 수가 없었다. 풍신이 입을 열었다.

"전하, 그 상처를 이제야 발견하신 겁니까?"

사련은 얼음장처럼 굳어졌다.

왜? 대체 왜? 왜 풍신이 이런 말을 하지?

설마 풍신은, 거울에 비친 저 가면이 보이지 않는 건가?

그는 경황없이 물었다.

“안 보여? 내 얼굴에 저거!”

풍신은 어리둥절한 기색이었다.

“저거라뇨? 정확히 뭡니까? 전 안 보이는데요?”

사련은 다시 거울을 돌아보았다.

“말도 안 돼! 여기…….”

그러나 다시 돌아본 거울 속 얼굴에는 가면이 사라지고 없었다. 비친 것이라곤 허둥대는 자신의 얼굴뿐이었다.

얼굴에 검푸른 상처를 매단 모습은 정신 나간 사람처럼 꼴사납기 그지없었다. 흡사 주인에게 흠씬 두들겨 맞은 머슴아이 같았다. 사련은 저도 모르게 얼이 빠져선, 뺨을 더듬어 보며 속으로 중얼거렸다.

‘……이게 나야?’

풍신이 넌지시 입을 열었다.

“전하, 혹시…… 많이 피곤하십니까? 아니면 그 망할 자식 때문에 화병이 도졌다든지요? 제 말 들으세요. 당분간은 나가지 마시고 푹 쉬시는 겁니다.”

사련은 가까스로 정신을 차렸다. 풍신이 활을 메고 작은 걸상을 챙겨 문을 나서자 그가 다급하게 외쳤다.

“아니야! 난…….”

풍신이 문을 밀며 뒤를 돌아보았다.

"또 뭡니까?"

사련은 목구멍까지 차오른 말을 억지로 삼켰다. 머릿속에 문득 떠오른 미묘한 생각 때문이었다.

가뜩이나 하루하루가 힘겨운 지금, 백무상이 다시 돌아와 우리를 괴롭히는 것 같다고 말하면 풍신은 어떻게 반응할까?

마찬가지로 백무상에게 어두운 기억을 지닌 풍신은 과연 어떤 반응을 보일까? 의지를 잃고 모정처럼 떠나지 않을까?

사련이 상상의 나래를 펼치는 동안 풍신은 문을 나섰다. 사련은 문이 닫히는 소리에 놀라 정신을 차리고는, 침상으로 돌아가 웅크리고 이불에 파묻혀 다시 잠을 청하기로 했다.

이때 문득, 이상한 냄새가 코끝을 스쳤다.

몸을 일으킨 그는 황후가 또 식사를 준비하거나 쥐 같은 게 구석에 죽어 있는 줄 알고 주변을 살펴보았다. 한참을 뒤진 끝에 깨닫고 보니, 그 냄새의 주범은 바로 자신이었다.

뒤늦게야 기억이 떠올랐다. 벌써 보름 넘게 빨래도 목욕도 하지 않았으니 냄새가 나는 게 당연했다.

사련은 숨을 꾹 참았다. 마음속에 자신을 향한 혐오감이 솟구쳤다. 다들 분명 알아챘을 텐데도 말하지 않았다는 사실에 부끄러운 마음도 밀려들었다. 그는 슬그머니 문을 열고 고개를 내밀었다. 바깥에는 아무도 없었다. 그는 새 옷을 꺼내고 물을 데워 씻기로 마음먹었다.

한참 난리를 피운 끝에 겨우 목욕통에 몸을 담글 수 있었다. 물 아래로 깊이 잠수한 그는 숨을 참고 혼절하기 직전까지 버티고서야 수면 위로 나와 얼굴을 세차게 문질렀다.

온몸 구석구석을 닦은 뒤, 사련은 옷을 가져와 무심하게 툭 펼치고 몸에 걸치려 했다. 그런데 문득 이상한 느낌이 들었다.

이건 애당초 그의 옷이 아니라 소매 폭이 널따란 백무상의 흰 상복이었다.

몸을 담근 뜨거운 물이 한순간 얼음물로 변한 것처럼 모골이 송연해졌다. 그는 떨리는 목소리로 소리쳤다.

"누구야? 누구 짓이야!"

누가 한눈을 판 사이에 몰래 옷을 바꿨지?

그는 물에 젖은 생쥐 꼴로 뛰쳐나가다 목욕통을 쓰러뜨렸다. 굉음과 함께 방 안이 온통 물바다가 되었다. 건넛방에 있던 국주와 황후마저 이 소리에 소스라쳤다. 황후는 국주를 부축하고 밖으로 나와 보았다. 그러다 알몸으로 물투성이 바닥에 넘어진 사련을 발견하고는 기겁하며 달려와 그를 끌어안았다.

"황아, 어찌 이러고 있느냐!"

사련은 흥건하게 젖은 머리칼을 풀어 헤친 채 고개를 들더니, 손을 내뻗어 그녀를 끌어안았다.

"어머니, 귀신, 귀신이에요. 귀신이 붙었어요! 계속 절 따라다녀요!"

실성한 사람과 다를 바 없는 모습이었다. 황후는 차마 더 지켜보지 못하고 아들을 끌어안은 채 안타까움에 눈물을 흘렸다. 국주도 멍하니 사련을 바라보았다. 그는 고작 마흔이 넘은 나이건만 지금은 환갑을 훌쩍 넘긴 사람 같았다. 사련은 겨울날의 한기에 몸을 흠칫 떨며 손가락을 치켜들었다.

"옷이요. 어서 저 옷을 보세요!"

그러나 그 옷은 눈 씻고 봐도 상복이 아니었다. 그건 그의 흰 도포였다.

불현듯 분노가 울컥 치밀었다. 사련은 목욕통에 주먹을 꽂으며 발악했다.

"대체 뭘 어쩌고 싶은데? 지금 누굴 가지고 노는 거야!"

황후는 가까스로 눈물을 삼키며 아들을 부둥켜안았다.

"황아, 화내지 말아라. 옷부터 입자, 어서. 이러다 감기 걸리겠다……."

이날, 풍신은 무척 늦은 시간에 돌아왔다. 얼굴에 묻어난 피곤함도 여느 때보다 짙었다.

한참이나 기다렸던 사련은 그가 돌아오기 무섭게 운을 뗐다.

"풍신, 긴히 할 말이 있어."

백무상은 괴이하고 지독한 존재라 풍신에게 미리 경고한다 해도 별 소용은 없을 터였다. 하지만 아무리 생각해도 풍신에게 숨길 일은 아니었기에 그는 사실을 고하기로 결심했다. 그런데 풍신은 무슨 일이냐고 묻는 대신 이렇게 대답했다.

"마침 잘됐네요. 저도 드릴 말씀이 있었거든요."

백무상에 관한 이야기가 더 중요할 테니 역시 마지막에 얘기하자. 그리 생각한 사련은 탁자 앞에 앉으며 물었다.

"먼저 말해 봐. 무슨 일인데?"

풍신은 잠시 뜸을 들이다 말했다.

"전하 먼저 말씀하시죠."

사련은 마다하는 법 없이 목소리를 낮추었다.

"풍신, 조심해. 백무상이 돌아왔어."

"……."

풍신의 표정이 돌변했다.

"백무상이 돌아왔다고요? 어찌 그런 말씀을 하십니까? 직접 보신 겁니까?"

"그래! 내가 직접 봤어."

풍신은 얼굴을 창백하게 물들였다.

"그…… 그럴 리가요. 전하가 보셨다고요? 직접 보셨는데 이렇게 무사하시다고요?"

사련은 손바닥으로 얼굴을 감싸며 대답했다.

"……나도 모르겠어! 날 살려 둔 것도 모자라선 심지어……."

인자한 웃어른처럼 그의 머리를 쓰다듬으며 '내 쪽으로 오거라'라고 말했다.

며칠 전의 기묘한 만남을 털어놓자, 풍신은 놀란 표정을 서서히 거두고 의구심을 담아 물었다.

"대체 무슨 꿍꿍이일까요?"

“어쨌든 절대 좋은 의도는 아니겠지. 게다가 계속 나를 따라다니는 것 같아. 아무튼…… 너도 조심해! 부황과 모후께도 조심하시라고 전해 드리고. 대신 너무 놀라시지 않게 잘 말씀드려.”

“알겠습니다. 당분간은 외출하지 않겠습니다. 녀석이 가져온 쌀로는…… 한동안 버틸 수 있을 거예요.”

말하고 보니 참 난감했다. 모정은 떠나는 와중에도 가져온 쌀자루를 두고 갔다. 당시 이성을 잃은 사련은 네 물건도 도움도 필요 없다고 큰소리쳤지만, 냉정을 되찾고서는 의기소침하게 그 쌀을 전부 주워 담았었다. 사련은 한숨을 푹 내쉬고 고개를 끄덕이더니 다시 말을 꺼냈다.

“아, 맞다. 네가 할 말은 뭔데?”

화제가 돌아오자 풍신은 다시 뜸을 들였다. 망설이던 그는 보기 드물게 꾸물대는 모습으로 머리를 헤집으며 입을 열었다.

“그러니까…… 전하, 혹시, 아직 수중에 돈이 남았을까요? 아니면 전당포에 넘길 만한 물건이라든지요?”

지금 시기에 이렇게 멍청하다 해도 과언이 아닌 질문을 하다니. 예상치 못한 물음에 사련은 놀란 얼굴로 되물었다.

“뭐? 그건 왜 묻는데?”

풍신은 체면을 내려놓고 말했다.

“……별건 아닙니다만…… 만약 있다면, 조금만…… 빌려주실 수 있습니까?”

사련은 쓴웃음을 지었다.

"……네가 보기엔 있을 것 같아?"

풍신도 한숨을 지으며 대답했다.

"그건 그러네요."

사련은 잠시 생각해 보다가 물었다.

"내가 지난번에 준 금 허리띠는?"

풍신은 가만히 읊조렸다.

"그걸로는 부족합니다. 턱없이 부족해요……."

사련은 흠칫 놀랐다.

"풍신? 너 대체 뭘 했길래 그래? 어떻게 금 허리띠로 모자랄 수가 있어? 밖에서 누굴 때려서 배상금이라도 물어 줘야 하는 거야? 무슨 일이길래?"

풍신은 정신을 차리고 재빨리 대답했다.

"아닙니다! 깊게 생각하지 마세요. 그냥 물어본 겁니다!"

거듭 캐물어도 풍신은 괜찮다고 잘라 말할 뿐이었다. 사련은 영 마음이 놓이지 않았다.

"만약 무슨 일이 있으면 꼭 나한테 말해. 같이 방법을 찾으면 되니까."

"전 됐습니다. 찾는다고 나올 방법도 아니고요. 전하께선 전하 사정부터 해결하십쇼!"

이 말에 사련은 다시 마음이 무거워졌다.

아니나 다를까, 그날 이후로 그 존재는 시종일관 끈질기게 그를 괴롭혔다.

사련은 늘 예기치 못한 곳에서 그 희비면이나 어렴풋한 흰색 인영을 마주쳤다. 어느 날은 꼭두새벽 침상 머리맡에서, 때로는 수면에 비친 그림자에서, 가끔은 문을 벌컥 열다가, 하다못해 풍신의 뒤에서까지.

백무상은 그를 놀래는 게 취미라도 되는 모양이었다. 게다가 일부러 그에게만 모습을 드러냈다. 참다못한 사련이 소리를 지르며 그를 가리켰을 때 다른 사람이 달려오거나 고개를 돌아보면 곧바로 자취를 감추는 식이었다. 이렇듯 가슴을 졸이는 나날이 이어졌다. 마음 같아선 당장이라도 이 존재를 붙잡아 조각내고 싶었다. 하지만 그는 상대의 그림자조차 밟지 못하는 처지였다. 그렇게 밤낮은 뒤바뀌고, 심신은 지쳐만 갔다.

어느 날, 그는 한밤중에 벌떡 깨어났다. 견딜 수 없는 갈증이 느껴지자 그는 온종일 물 한 모금 제대로 마시지 못했다는 것을 깨달았다. 자리에서 일어나 물을 마시러 나가려는 찰나, 바깥에서 인기척이 들리며 미약한 촛불이 새어 들었다. 흠칫한 그는 문 뒤에 숨었다. 심장이 무섭게 뛰었다.

'누구지? 부모님이나 풍신이면 이렇게 수상쩍게 굴 필요가 없잖아?'

그런데 누가 알았으랴. 이 수상쩍은 사람들은 그의 부모님과 풍신이 맞았다. 작게 속삭이는 풍신의 목소리가 들려왔다.

"전하께선 잠자리에 드셨습니까?"

황후도 작은 목소리로 대답했다.

"잠든 모양이더구나."

국주가 입을 열었다.

"모처럼 잠들었으니, 내일은 너무 일찍 깨우지 말고 푹 자게 놔두거라."

이 말에 사련은 가슴이 시큰거렸다. 뒤이어 황후가 말을 이었다.

"참…… 이대로라면 황아가 언제쯤 좋아질 수 있을까요?"

어쩐지 미묘하게 느껴지는 말이었다. 사련이 그리 생각하고 있는데, 풍신이 조용히 말했다.

"전하도 요즘 많이 고단해서 그러시는 겁니다. 너무 많은 일이 있었잖습니까. 두 분께선 부디 잘 지켜보시고, 혹 전하께서 이상한 모습을 보이신다면 곧바로 제게 일러 주십시오. 하오나 전하께 들키시면 안 됩니다. 전하를 자극하는 말도 삼가셔야 하고요……."

문 뒤에 숨어서 엿듣던 사련은 머릿속이 백지장처럼 하얘졌다. 피가 위로 서서히 솟구쳤다.

무슨 뜻이지? 저게 무슨 뜻이야?

그는 마음속으로 외쳤다.

'난 미치지 않았어! 거짓말이 아니라고! 정말이라니까!'

사련은 손을 쳐들어 쾅, 하고 문을 밀어젖혔다. 방 안의 세 사람은 나란히 질겁했다. 풍신이 몸을 일으켰다.

"전하? 안 주무셨습니까?"

사련은 단도직입적으로 물었다.

"날 못 믿는 거야?"

풍신은 한순간 당황했다.

"당연히 믿습니다! 전하께선……."

사련이 말을 끊고 끼어들었다.

"그럼 방금 그 말은 뭔데? 내가 보는 게 전부 환각이고 망상이다?"

국주와 황후가 입을 달싹이자 사련은 단호하게 일갈했다.

"조용히 하세요, 두 분이 뭘 아신다고요!"

"아닙니다! 전 전하를 믿습니다. 하지만 요즘 전하께서 많이 지치신 것도 사실입니다!"

사련은 말없이 풍신을 바라보았다. 마음 한구석으로 싸늘한 바람이 쏟아져 들어왔다.

사련도 잘 알았다. 풍신은 확실히 그를 믿고 있었다. 적어도 8할 정도는.

이는 전적인 믿음이 아니었다. 그럴 만도 했다. 사련은 요즘 들어 완전히 제정신이 아니었으니까. 바깥 사람이 본다면 분명 미친 사람이라고 확신했을 정도인데, 무슨 자격으로 자신을 믿어 주길 바라겠는가?

하지만 이래선 안 됐다. 예전의 풍신이었다면 추호도 망설이지 않고 그를 전적으로 믿었을 것이다. 고작 2할짜리 의심이라도, 사련은 견딜 수가 없었다.

사련의 마음속은 울분과 한으로 가득 찼다. 그 감정의 대상이 백무상인지, 풍신인지, 모두인지, 자신인지도 모를 노릇이었다. 그는 입을 다물고 뒤돌아 문을 나섰다. 풍신이 뒤를 쫓았다.

"전하, 어딜 가십니까?"

사련은 애써 냉정한 척했다.

"신경 쓰지 마. 따라오지 말고 돌아가."

"아니, 어딜 가시려는 건데요? 같이 가겠습니다."

사련은 작정하고 예고도 없이 내달렸다. 그보다 발이 느렸던 풍신은 금세 멀찍이 뒤처지는 바람에 뒤에서 소리만 칠 뿐이었다. 국주와 황후도 밖으로 나와 그를 불렀으나 사련은 들은 체도 않고 걸음에 박차를 가했다.

이제 그가 먼저 나서야 할 때였다.

백무상이 죽이겠다고 마음만 먹으면 사련이나 풍신, 국주와 황후 따위는 한 입 거리도 못 되었다. 그런데도 한사코 자신을 살려 둔 채 장난감처럼 가지고 놀고 웃음거리로 삼았다.

사련은 빠르게 질주하며 새카만 밤을 향해 고함쳤다.

"당장 나와! 간사한 괴물 같으니! 당장 나오라고!"

백무상은 순전히 그를 노리고 온 것이니 이번에도 틀림없이 따라올 터였다. 하지만 모자란 어휘력으로 한바탕 저주를 퍼붓고 나서도, 평소처럼 예기치 못한 구석에서 흘러나오던 비웃음은 들려오지 않았다. 뒤에서 유유히 나타나던 인영도, 갑작스레 머리를 짚던 손도 온데간데없었다. 먼 길을 내달린 사련은 끝내 체력이 바닥나고 말았다. 그는 허리를 깊이 숙이고 두 손으로 무릎을 짚은 채 숨을 헐떡였다. 명치와 목구멍에서 쉿내가 진동했다.

긴 시간이 흘렀을 무렵, 그는 벌떡 몸을 세우고 다시 앞으로 걸어가며 낮게 중얼거렸다.

"……이대로 빼겨 보겠다? 그래, 천천히 해보자고!"

인적 드문 깊은 산속을 얼마나 돌아다녔을까. 서서히 안개가 자욱해졌다.

칠흑같이 새카만 주변 나무들이 흔들리더니 앞쪽으로 팽팽하게 몸을 기울였다. 마치 돌아갈 수 없는 금지된 땅으로 초대하는 듯한 모양새였다. 사련은 불길한 예감이 들었으나 더는 피할 길이 없었다. 언젠가는 마주쳐야 할 일이니 무슨 수가 있어도 끝을 봐야 했다. 그리 생각한 그는 어두운 얼굴로 걸음을 옮겼다. 한참을 걷자, 앞쪽으로 희뿌연 안개 속에서 반짝이는 물체가 어렴풋이 떠올랐다. 그건 마치 빛나는 담장 같았다.

사련은 난생처음 보는 풍경에 미간을 살짝 구기고 걸음을 멈추었다. 그 '담장'은 그를 향해 유유히 다가왔다.

경계심을 곤두세운 그는 나뭇가지를 하나 꺾어 단단히 붙들고 만반의 준비를 했다. 그 '담장'이 두어 장 앞까지 다가오고 나서는 화들짝 놀랐다. 그건 담장이 아니라 무수한 도깨비불이었다. 머릿수가 너무 많아서, 멀리서 봤을 때 빛나는 벽이나 거대한 그물처럼 느껴진 것이다.

도깨비불 무리는 수상쩍긴 해도 살의는 느껴지지 않았다. 묵묵히 사련의 앞을 떠다니며 앞길을 가로막는 게 고작이었다. 옆으로 돌아 지나가려 하자 도깨비불 무리는 재빨리 방향을 바꾸어 다시 앞을 가로막았다. 동시에 온갖 목소리가 쏟아졌다.

"가지 마."

"가면 안 돼."

"앞에 나쁜 놈이 있어."

"돌아가, 이대로 가면 안 돼!"

밀물처럼 느릿느릿 쏟아지는 목소리를 듣고 있자니 등줄기가 서늘해졌다. 사련은 도깨비불에 둥글게 둘러싸였다. 문득, 무리 사이에서 유난히 밝고 조용한 도깨비불 하나가 눈에 들어왔다.

도깨비불은 애초에 눈이 달려 있지 않다. 그런데 그 도깨비불을 바라본 순간, 뜨거운 시선이 느껴지는 것만 같았다.

아무래도 이 도깨비불은 무리 사이에서 가장 강한 혼백인 듯했다. 나머지 도깨비불은 순전히 이 도깨비불을 따르고 있을 뿐이었다.

사련은 싸늘하게 입을 열었다.

"비켜."

그 도깨비불은 요지부동이었다. 사련이 다시 물었다.

"나를 막는 이유가 뭔데?"

돌아오는 대답은 없었다. 나머지 도깨비불 무리는 '가면 안 돼!'라는 말만 연신 되풀이했다. 이런 도깨비불 따위에 발목을 잡히고 싶지 않았던 사련은 손날을 휘둘러 무리를 흩트렸다.

혼이 부서질 정도의 공격은 아니었다. 마치 반딧불이나 금붕어를 휘휘 쫓아내는 듯한 손길로, 앞을 가로막은 방어막을 몰아냈을 뿐이었다.

사련은 빠르게 도깨비불 사이를 지나쳤다. 발아래로 마른 나뭇가지와 낙엽이 바스락 소리를 냈다. 다시 뒤를 돌아보자, 도깨비불 무리가 다시 방어막을 칠 기세로 빠르게 뒤를 쫓고 있었다. 사련은 경고했다.

"따라오지 마."

가장 밝게 타오르는 그 도깨비불은 들은 체 만 체 선두로 날아들었다. 사련은 다시 손을 쳐들며 으르렁댔다.

"계속 따라오면 너희의 혼백을 모조리 부스러뜨릴 줄 알아!"

이 으름장에 도깨비불 무리는 겁에 질려선 파닥거리며 뒤쪽으로 움츠러들었다. 하지만 선두의 그 도깨비불은 뒤편 다섯 걸음 남짓 떨어진 허공에 꿋꿋하게 붙박인 채였다. 그 모습은 마치 '부스러져도 상관없어'라고 말하는 것만 같았다. 한편으로는 사련이 정말로 자신을 부스러뜨리지 않으리란 것을 아는 것 같기도 했다.

사련은 불현듯 까닭 모를 분노가 밀려들었다. 예전에는 그가 한마디만 외쳐도 잡귀 따위 감히 치근대지 못하고 물러가기 십상이었다. 벌써 꼬리를 내리고 흔적도 없이 사라졌어야 했다. 그런데 이젠 사람들의 발에 밟히는 것도 모자라 하찮은 도깨비불마저 제 위협을 무시하다니. 그는 분한 마음에 눈가를 붉히며 중얼거렸다.

"……하다못해 잡귀까지 이런 식이야……. 다들 똑같아…… 누구 하나 다른 놈이 없어!"

이런 사소한 일로 길길이 날뛰는 꼴이 조금은 우스울지도 모르겠지만, 사련은 지금 진심으로 울분이 북받쳤다. 그런데 무슨 영문이었을까. 이렇게 읊조리고 나자 그 도깨비불은 서러운 사련의 심정을 아는 것처럼 공중에 가만히 멈춰 서더니, 수백 마리 도깨비불을 이끌고 서서히 뒤로 물러났다. 이내 도깨비불 무리는 밤빛 속으로 말끔히 자취를 감추었다.

사련은 한숨을 토하고 다시 돌아서서 앞을 향했다.

한동안 걸었을 무렵, 앞쪽 안개 사이로 어렴풋이 추녀마루 모퉁이가 보였다. 산속의 옛 도관 같았다. 사련은 가까이 다가가 가만히 살펴보다가 두 눈을 크게 떴다.

놀랍게도 이곳은…… 태자묘였다.

물론, 청승맞게 퇴락한 태자묘였다. 일찍이 폭도들의 손에 털린 사당 편액은 두 쪽으로 부서져 바닥에 떨어져 있었다. 사련은 문어귀에 잠시 서 있다가 그 부서진 편액을 넘어 사당 안으로 들어섰다. 사당 안의 신상도 사라진 지 오래였다. 부서졌는지 불탔는지 바다에 가라앉았는지는 알 길이 없었다. 제단도 새카맣게 눌어붙은 밑받침만 남긴 채 휑하니 비어 있었다. 양측으로 늘어선 '몸은 무간에 있으나 마음은 도원에 있기를'이라는 문구는 누군가 칼로 수차례 긁어 놓았다. 흡사 단도로 난도질당한 반듯한 미인의 얼굴처럼, 아름다움은 온데간데없고 섬뜩하기만 한 모습이었다.

사련은 마음을 가라앉히고 사당 바닥에 앉아 백무상이 나타나기만을 기다렸다. 일 주향 뒤, 예상대로 사당 바깥의 어슴푸레한 안개 속에서 한 인영이 모습을 드러냈다.

하지만 이 인영은 백무상처럼 유유자적한 몸가짐이 아니었다. 발소리도 기척을 남기지 않는 백무상과 달리 조급한 편이었다. 단언하건대, 이 사람은 백무상이 아닐뿐더러 자신이 아는 사람도 아니었다.

그럼 대체 누구지?

사련은 신경을 바짝 곤두세웠다. 그 사람이 요란하게 태자묘 앞으로 뛰어들고 나서야 상대방의 모습이 또렷하게 보였다. 다만 유감스럽게도 그 사람의 정체는 사련의 모든 추측을 빗나갔다. —그 사람은 수상한 점이라곤 눈 씻고도 찾아볼 수 없는 평범한 행인이었다.

하지만 사련은 경계심을 늦추지 않았다. 행여나 백무상이 둔갑한 것일지 누가 알겠는가?

황량하고 외진 산속, 퇴락한 사당에서의 난데없는 만남에 사련과 상대방은 서로를 경계했다. 이윽고 그 사람이 넌지시 물었다.

"그…… 도장님? 혹 여기가 어딘지 아시오?"

사련은 미간을 살짝 찌푸리며 고개를 들었다.

"여기가 어딘지 모르십니까? 그럼 여긴 어떻게 오셨습니까?"

"길을 잃었소이다! 반나절을 헤맸는데 어디 나갈 수가 있어야지."

내심 감이 잡혔다. 이 사람은 절대로 길을 잃은 게 아니었다. 이 사람이 백무상이 둔갑한 존재가 아니라면, 무언가에 홀려서 숲에 들어선 게 분명했다.

사련이 입을 열었다.

"그만 돌아다니세요. 여긴 못 나갑니다."

"허? 지금 뭐라 했소?"

사련은 대답하는 대신 자리에 앉아 명상을 이어 갔다. 백무상이 꾀어낸 것이라면 발을 동동 굴러도 별 소용이 없었다. 그가 놓아주지 않는 이상 빠져나갈 방법은 없으니 차라리 무슨 속셈인지 조용히 지켜보는 편이 나았다.

뛰어다니느라 지친 그 사람도 한쪽에 앉아선 평화롭게 숨을 돌렸다. 머지않아 안개 속에서 또 다른 인영이 나타나 사당 앞까지 걸어왔다. 마찬가지로 미궁에 빠진 행인이었다. 그는 사당에 사람이 보이자 재빨리 뛰어들었다.

"거기 형씨 두 분! 하나 여쭙겠소만, 여기가 어디요?"

그 두 행인은 반갑게 이야기를 나누기 시작했다. 사련은 문득 어떤 예감이 들었다.

아직 끝나지 않았다. 누군가 또 올 것이다.

과연, 한 시진도 되지 않아 수십 사람이 태자묘에 속속들이 도착했다. 남녀노소부터 시작해서 홀로 왔거나, 삼삼오오 모여 왔거나, 식구를 데리고 온 사람까지, 대부분 길을 잃은 행인들이었다. 길을 잃은 방식도 천차만별이었다. 누구는 심지어 대로변을 걷다가 여기까지 흘러들었다 하니, 참 귀신이 곡할 노릇이었다. 예전에 사련과 가슴으로 바위 부수기를 겨루던 그 차력사도 인파 속에 끼어 있었다. 어두운 안색을 보아 하니 지난번 시합에서 제대로 부상을 당한 모양이었다. 얼굴을 마주친 두 사람은 서로를 향해 조용히 고개를 까딱였다.

자명하게도 이 사람들은 모두 평범한 사람이었다. 게다가 백무상이 일부러 깊은 숲속까지 데려온 자들이었다.

마음속에서 경보음이 갈수록 시끄럽게 울려 댔지만, 사련은 내색하지 않고 소매 속에서 식은 찐빵을 꺼내 힘껏 베어 물고 씹다가 거칠게 삼켰다. 조만간 닥칠지 모르는 격전을 위해서라도 최대한 체력을 비축해야 했다.

두 시진 뒤, 이 태자묘 안팎은 '길을 잃은' 사람들로 미어터졌다. 속으로 세어 보니 백 명 남짓은 되었다. 다들 이 숲을 빠져나갈 수 없는 처지였다.

사람이 몰리니 자리가 왁자지껄하게 끓어올랐다. 다들 한마디씩 입을 놀렸다.

"그쪽도 뜬금없이 여기에 온 거요? 참 귀신이 곡할 노릇이구먼!"

누군가 의견을 냈다.

"그냥 다시 길을 찾아볼까요?"

그러자 다른 이가 냉큼 찬성했다.

"갑시다, 가자고. 설마 이 많은 사람 중에 한 명도 못 빠져나가려고!"

모퉁이에 앉아 있던 사련은 불쑥 고개를 들었다.

"아무리 돌아다녀도 소용없습니다. 못 나가요."

사람들의 시선이 쏟아졌다.

"어째서요?"

사련은 냉담하게 대답했다.

"여러분은 어떤 괴물에게 끌려온 거니까요. 그 괴물이 자기 장난감을 쉽게 보내 줄 리가 있겠습니까?"

"……."

누군가는 이 말이 괜한 으름장이라고 생각했다. 사련이 미쳤다고 생각하는 이가 있는가 하면, 가볍게 치부할 문제가 아니라고 보는 이도 있었다. 한 사람이 자리에서 일어서며 말했다.

"당신은 뭐 하는 사람이오? 뭘 믿고 그런 말을 하지?"

"맨 처음으로 온 사람 같았소만. 내가 왔을 때 벌써 여기 앉아 있었소."

"수상하구먼……."

"그러니까요. 얼굴도 가렸잖아."

"무슨 증거 있소?"

사련은 담담하게 대답했다.

"증거는 없습니다. 믿든 말든 그건 여러분 마음입니다. 확실한 건, 그 괴물이 식사 대접이나 하자고 여러분을 유인한 건 아니란 소립니다. 긴말은 하지 않을 테니 알아서들 조심하세요."

사련의 말이 끝나고 누군가 입을 열려던 찰나, 멀리서 긴박하게 달려오는 발소리가 울려 퍼졌다. 사람들은 화들짝 정신을 차렸다.

"또 누가 온다!"

밖으로 나가 보려던 사람들은 사당 문턱을 넘자마자 급하게 방향을 안으로 틀었다. 그 다급한 발소리와 함께 실성한 고함이 들려온 탓이다.

정말이지 사람이 낼 만한 소리가 아니었다. 사람들은 안색을 뒤집으며 나란히 사당 안으로 뒷걸음질했다.

"세상에, 대체 뭐야? 야수 같은 건 아니겠지?"

안개 속의 인영이 빠르게 다가왔다. 사련은 눈을 가늘게 뜨고 말했다.

"아닙니다, 사람 맞습니다."

그 사람은 이쪽으로 달려오면서 목청 놓아 고함치는 한편 양손으로 얼굴을 감싸 쥐고 있었다. 그가 태자묘 안으로 들이닥치기 직전, 사련은 앞쪽에서 상황을 살피려고 인파를 헤치고 나왔다. 그런데 그 사람은 눈에 뵈는 게 없는지 태자묘 문어귀에 자라난 나무를 정면으로 들이받았다. 쾅, 소리와 함께 튕겨 날아간 그는 바닥에 엎어져 까무룩 정신을 잃었다.

사람들은 기겁한 와중에도 사당 밖으로 목을 쭉 내밀고 불안에 떨며 웅얼거렸다.

"……대…… 대체 왜 저러는 거요?"

그 차력사를 비롯한 몇몇 대담한 자들이 밖으로 나가려 했다. 사련은 재빨리 외쳤다.

"가까이 가지 마세요!"

사람들은 사련의 날카로운 말투에 또 화들짝 기겁했다.

"그럼 어떡합니까? 저렇게 누운 채로 놔둬요?"

사련이 대답했다.

"제가 가 보겠습니다."

"조심하셔야 합니다?"

사련은 고개를 끄덕인 뒤 천천히 그 나무 쪽으로 다가가 몸을 낮추고 앉았다. 얼굴을 움켜쥔 손을 치우려는 찰나, 그 사람이 벌떡 일어나 두 목소리로 비명을 질렀다.

그렇다, 두 목소리다. 심지어 동시에 튀어나온 목소리였다. 하나는 사람의 입에서, 다른 하나는 그의 얼굴에서. 이 사람의 얼굴에는 또 다른 얼굴이 자라나 있었다.

인면역!

사련은 순간 온몸을 뒤덮는 소름을 느끼며 동공을 날카롭게 조였다. 사당 안 사람들도 이 끔찍한 장면에 소스라쳤다. 자리를 박차고 일어난 그 사람은 양팔을 활짝 벌리더니 인파가 몰린 쪽으로 달려들었다. 다행히 사련이 잽싸게 손을 내리쳐 그 인면역 환자를 수 장 바깥으로 날려 보냈다. 사련은 빠르게 몇 걸음 물러서서 사당 문을 막았다. 뒤에서 사람들이 우왕좌왕했다.

"이 역병은 황성에서만 돌지 않았소? 그 많은 황성 사람들이 죽고 나서 역병도 다 지나간 줄 알았소만?"

"아니겠지. 설마 진짜겠어요? 얼굴에 난 저거, 진짜 사람 얼굴 맞아요?"

더 무서운 것은 따로 있었다. 곧이어 사면팔방에서 한층 많은 비명이 들려오더니, 열댓 명은 되는 인영이 비틀거리며 태자묘로 몰려들었다.

볼 것도 없었다. 다들 같은 인면역 환자였다.

누군가 고함쳤다.

"다들 도망치시오! 흩어져! 저 사람들과 접촉하면 안 돼!"

그러자 사련이 목소리를 높였다.

"흩어지면 안 됩니다! 숲속에 얼마나 더 있을지 몰라요! 만에 하나 바깥에 환자가 더 많으면 끝장입니다!"

"그럼 이를 어쩌면 좋습니까?"

"독 안에 든 쥐처럼 기다릴 순 없잖소!"

"이대로 죽으란 거요?"

사련은 오는 길에 꺾어 허리춤에 꽂아 놓았던 나뭇가지를 뽑고, 검으로 삼아 비스듬히 세우며 말했다.

"안심하세요. 저 사람들은 못 옵니다. 여기에 접근하고 말고는 당연히 제가 정합니다!"

누가 뭐래도 이곳은 그의 지반, 태자전이니까!

"자네……."

사련은 사람들이 질문할 틈도 주지 않고 빠르게 앞으로 도약해 바람처럼 나뭇가지를 휘둘렀다. 인면역 환자들은 순식간에 바닥으로 나동그라졌다. 이쯤은 사련에게는 어려운 일도 아니었다. 사련의 호언장담대로 그 괴인들은 한 사람도 안으로 접근하지 못했다. 사당 안쪽에서 숨을 몰아쉬며 졸아든 가슴으로 싸움을 지켜보던 사람들은 사련이 인면역 환자들을 물리치자 분분히 환호하며 천지신명께 감사를 빌었다. 어느덧 숲속 밤하늘에서 날아든 도깨비불 무리가 허공에서 어지러이 나부꼈다. 함께 인면역 환자들을 쫓아 주려는 것인지는 모르겠지만, 적어도 사련이 느끼기에는 자신을 방해하는 것 같지는 않았다.

한 바퀴를 휩쓴 그는 습관적으로 검을 칼집에 거두려다가 헛손질을 했다. 그는 그제야 자신이 검이 아닌 나뭇가지를 들고 있음을 깨닫고 잠시 멋쩍어졌다. 곧이어 멀지 않은 곳에서 자신을 향해 손짓하는 흰 인영이 보였다. 막 전투를 마치고 더운 피를 끓이고 있던 그는 곧장 뒤를 쫓았다.

"어딜 도망가려고!"

그 도깨비불 무리도 바람을 가르며 사련을 따라 앞으로 돌진했다. 어쩐지 앞길을 비추어 주는 것도 같았다. 물론 백무상은 도망가는 게 아니었다. 빠르지도 느리지도 않은 발걸음은 하다못해 여유롭기까지 했다. 그러면서도 끝까지 일고여덟 걸음 남짓한 거리를 유지하며 앞서나갔다. 몇 걸음 쫓아가던 사련은 불현듯 한 가지를 깨닫고 재빨리 방향을 틀었다. 그가 쫓아오지 않자 백무상은 걸음을 멈추고 물었다.

"왜 따라오지 않지?"

사련은 뒤를 돌아보았다.

"날 유인해서 다시 인면역을 퍼뜨릴 속셈이잖아. 그런데 내가 왜 네 장단에 맞춰 줘야 하지?"

백무상은 싱긋 웃으며 말했다.

"아니, 틀렸다. 내 목적은 '널 유인하는' 게 아니야. 내 목적은 오로지 너다."

얼굴을 덮은 희비면은 표정이랄 것이 없었지만, 그럼에도 사련은 어쩐지 그가 미소 짓고 있다는 느낌을 받았다.

확실히 유인 작전이라기엔 설득력이 떨어졌다. 인면역을 다시 퍼뜨리겠다고 작정했다면 세상 어디든 퍼뜨리면 그만이었다. 사련은 애당초 막을 힘도 없는데, 왜 구태여 이 산골짜기에 퍼뜨린단 말인가?

사련은 발밑에 힘을 주고 멈춰 섰다.

"그럼 대체 뭘 어쩔 셈인데?"

벌써 골백번은 던진 질문이라 사련은 인내심이 바닥날 지경이었다. 백무상이 대답했다.

"말하지 않았느냐. 내 쪽으로 오래도."

사련은 나뭇가지를 뽑아 그를 겨누었다. 위협적이기는커녕 오히려 조금 우스운 꼴이었지만, 이건 지금 그가 지닌 유일한 무기였다. 유난히 밝은 그 도깨비불이 나뭇가지 끝에 내려앉아 조금이나마 기세를 돋워 주었다. 사련은 날카롭게 쏘아붙였다.

"왜 네 쪽으로 오란 건데? 널 죽여 달라고?"

백무상은 나직하게 웃음을 흘리더니 온화한 투로 말했다.

"태자 전하, 넌 훌륭한 옥석이다. 그러니 내 직접 널 가르쳐 주마."

"……."

기가 막히면서도 화가 치민 사련은 사납게 받아쳤다.

"네가 뭔데 날 가르쳐? 내 스승님은 선락 국사인데 네까짓게 뭐라고! 웬 괴물 주제에!"

백무상은 한 손가락을 내밀어 양옆으로 가로저었다.

"이번에도 틀렸구나. 태자 전하, 이 세상에 너를 가르칠 만한 사람은 나뿐이다. 네 스승? 선락 국사?"

그의 어조가 실없이 오만해졌다.

"내 앞에선 언급할 가치도 없는 것들이구나. 넌 오히려 내 가르침을 톡톡히 받았지."

분노한 사련이 받아쳤다.

"네가 뭘 가르쳤는데? 무슨 헛소리야? 무슨 말인지 하나도 모르겠다고!"

백무상은 픽 웃으며 말했다.

"첫 번째로, 이 많은 세상사 앞에서 네가 무력하다는 사실을 가르쳤지.”

이 말을 들은 순간, 사련의 머릿속에 수없이 어지러운 목소리와 장면이 스쳐 갔다. 그는 끝내 이를 악물고 ‘검’을 내찔렀다. 백무상은 가뿐하게 피하며 말을 이었다.

“두 번째로는—.”

그는 단숨에 사련을 움켜잡았다. 그 손길에 비틀거린 사련은 하마터면 거의 넘어질 뻔했다. 뒤이어 한 손이 머리를 쓰다듬었다.

“창생을 구하겠다 했었지? 넌 창생을 구할 필요가 없다. 놈들은 구할 가치가 없어.”

사련은 잠시 얼어붙나 싶더니, 그 손을 뿌리치고 다시 ‘검’을 내찔렀다. 그러나 백무상은 그가 들고 있던 나뭇가지를 부러뜨리고는 빠르게 사라져 등 뒤에서 나타났다. 서늘한 두 손가락이 사련의 목덜미 급소를 가만히 짚었다.

뒤통수를 붙잡힌 사련은 언제든 머리를 꿰뚫릴 것 같은 기분에 몸을 굳혔다. 뒤에서 목소리가 울려 퍼졌다.

“내 쪽으로 오지 않으면 넌 영원히 이길 수 없다. 영영 내게 패배할 뿐이야.”

사련은 숨을 몰아쉬곤 잠긴 목소리로 말했다.

“……얼마든지 덤벼!”

짧은 정적 끝에, 그는 말끝마다 힘을 주며 덧붙였다.

“이길 수 없는 것도 지금뿐이야. 넌 나를 몇 번이고 쓰러뜨려도 죽이진 못해. 네가 날 죽이지 못하는 한, 언젠간 반드시 널 쓰러뜨려 주겠어!"

사련의 말을 들은 그 도깨비불은 온 밤하늘을 밝히려는 듯이 한층 맹렬하게 불타올랐다. 백무상은 사련의 뒤에서 잠시 침묵하다 물었다.

"내가 널 죽이지 못한다?"

사련은 말없이 숨을 들이켰다.

사실, 군오가 그에게 하사한 불사의 몸이 어느 정도까지 버틸 수 있는지는 그도 잘 몰랐다. 격노한 백무상이 정말로 이 머리를 뚫어 버린다면? 그래도 목숨이 붙어 있을까?

이때, 백무상의 담담한 목소리가 이어졌다.

"확실히 난 널 못 죽인다. 그럴 마음도 없고. 하지만 너무 자만하지 마라. 훗날 후회하게 될 터이니."

후회? 무슨 후회?

사련이 미궁에 빠진 순간, 백무상의 손날이 그의 목덜미로 날아들었다. 동시에 눈앞이 새카맣게 물들었다.

까마득한 암흑 앞쪽에서 빛과 열기가 흘러드는 것 같았다. 사련은 빛을 좇아 걸으며 가물가물 정신을 차렸다.

눈을 뜨자, 가장 먼저 시야에 비친 것은 위쪽에 떠 있는 도깨비불이었다. 혼절했을 때 느낀 빛과 열기는 바로 이 도깨비불인 모양이었다.

사련이 깨어나자 도깨비불은 단숨에 바싹 다가붙었다. 그러다 너무 가까워도 곤란하다고 생각했는지 다시 살짝 물러났다. 사련은 어쩐지 이 도깨비불이 유독 특별하게 느껴졌다. 기억이 맞는다면 아까 길에서 자신을 가로막았던 것도 바로 이 도깨비불이었다. 그는 손을 내밀어 보려 했다. 그런데 예상 밖에도 손이 꿈쩍하지 않았다.

그는 아연한 심정으로 정신을 차렸다. 고개를 숙이고 나서야 손이 움직이지 않은 이유를 깨달았다. 손발이 묶여 있었던 것이다.

그는 제단 위에 꼼짝없이 묶여 있었다. 부서지고 남은 제단 밑받침이 등에 닿아 왔다. 수많은 사람이 제단 아래에 빽빽하게 모여들어 두 눈을 쌍쌍이 부릅뜨고 그를 지켜보고 있었다.

100장 백 번 꿰뚫린 심장, 악귀가 태어나다

왜 저런 눈으로 날 보고 있지?

사련은 얼떨떨했다. 사람들의 나직한 속삭임이 들려왔다.

"닮았잖아……."

"닮은 게 아니라…… 똑같아요!"

"정말 본인인가?"

누군가가 단도직입적으로 물었다.

"당신이…… 그, 태자 맞소?"

사련은 무심결에 받아쳤다.

"제가 무슨……."

그러나 말끝이 떨어지기 전에 깨닫고 보니, 얼굴을 가리고 있던 흰 비단이 어느새 벗겨지고 없었다. 지금 사련을 옭아매 놓은 것이 바로 그 비단이었다. 그의 얼굴은 뭇사람들 앞에 숨김없이 드러난 채였다.

사련의 심장이 목구멍까지 튀어 올랐다. 그는 이를 악무는 심정으로 사람들의 시선을 마주했다.

기분 탓인지는 몰라도, 자신을 바라보는 모두의 눈빛이 영 괴상했다. 하지만 긴박한 상황이라 그런지 그가 상상했던 혐오나 분노는 느껴지지 않았다. 그가 이렇게 생각한 이유는 따로 있었다. 곧이어 사당 바깥에서 사람 소리 같지 않은 비명이 터져 나왔기 때문이다.

사련은 가까스로 고개를 비틀었다. 고함을 지른 정체는 그가 아까 쓰러뜨렸던 인면역 환자들이었다. 언제 다시 일어났는지 모를 노릇이었다. 게다가 머릿수도 몇 곱절로 불어나 있었다. 태자전 바깥을 에워싼 그들은 손을 잡고 울타리를 만들어 태자전 주위를 돌며 아우성치고 있었다. 흡사 소름 끼치는 의식이라도 지내는 듯한 모습이었다. 한편으로는 순전히 미쳐 날뛰는 것 같기도 했다. 사당 안 사람들은 겁에 질려 몸을 움츠렸다. 한 아이가 울음을 터트리자 부모가 품에 안고 눈과 귀를 막아주었다. 모두가 공포에 질린 얼굴이었다.

"이를 어째? 어쩌면 좋아요?"

"안으로 쳐들어오진 않겠지……."

"쳐들어오지 않는대도 이렇게 가까이 있다가는 병이 옮지는 않을지……. 자칫하다 옮으면 어떡합니까?"

사련은 힘껏 몸부림을 쳤으나 비단은 느슨해질 기미가 없었다. 보아하니 법력을 흘려 넣어 수작을 부린 모양이었다. 그는 바르작대느라 이마에 핏대를 세우며 고함쳤다.

"백무상!"

대답 대신 차가운 손 하나가 사련의 머리를 다독였다. 순간 멈칫한 그는 솜털을 곤두세우며 고개를 돌렸다. 소름이 머리 가죽을 반쯤 뒤덮었다.

아래쪽의 사람들이 괴상한 눈빛을 던진 이유가 있었다. 사련의 얼굴이 드러난 것도 모자라, 백무상이 뒤편 어둠 속에 앉아 있었던 탓이다.

흰 상복을 걸친 괴이쩍은 인물 앞에서 다들 숨을 제대로 내쉬기는커녕 경거망동할 엄두도 내지 못했다. 백무상은 사람들을 공기 취급하며 모두가 지켜보는 앞에서 사련을 일으켰다.

누워 있던 사련은 꼼짝없이 속박된 신상처럼 자신의 제단에 앉게 되었다. 눈알과 고개를 움직이는 것 말고는 아무것도 할 수가 없었다.

괴상하기 그지없는 풍경이었으나, 역시 바깥에서 아우성치는 인면역 환자들이 더 무서웠다. 아래쪽 사람들은 이내 다시 바깥으로 시선을 옮겼다. 누군가가 중얼거렸다.

"……그래, 들어 본 적 있소. 같은 구역에만 살아도 서로 병을 옮긴다고, 이 병은 전염성이 강하다고! 이렇게 가까우면, 이 정도 거리라면 우리도 분명, 분명!"

저런 끔찍한 역병에 걸릴지도 모른다는 생각이 들자, 사당 안에 두려움과 절망이 흘렀다. 한 사람이 말했다.

"차라리 우리 중 몇 사람이 나가서 저 괴인들을 때려죽이고 나머지는 도망치면 어때요?"

하지만 저 많은 괴인을 때려죽일 수 있을지는 고사하고, 밖으로 나가 싸우는 순간 인면역에 걸리게 될 것이 뻔했다. 이건 스스로를 희생하고 모두를 구하는 일이다. 자살 행위나 다름없는 일을 누가 자청하겠는가? 그럴 사람은 없었다.

물론 사련은 그러고 싶었지만 지금 그는 백무상의 손아귀에 든 처지였다. 게다가 한 번에 일고여덟을 쓰러뜨린다 해도 머릿수가 몇십이 넘는 이상 빈틈이 생길 수밖에 없었다. 결국에는 인면역 환자들이 빈틈을 노리고 태자묘 안으로 들어오게 될 터였다. 아예 백무상을 죽여 버린다면? 그건 생각할 가치도 없는 헛된 망상이었다.

하지만 지금 누군가는 반드시 사람들을 진정시켜야 했다. 사련은 정신을 가다듬고 입을 열었다.

"여러분, 일단 흩어지지 마세요! 전염성이 그 정도로 강하지는 않습니다. 방법을 강구할 시간이라면 아직 있어요."

그러나 '그 정도로 강하지 않다'는 말만으로는 모두를 안심시키기 어려웠다.

이 절망을 깨뜨린 것은 놀랍게도 백무상이었다. 그가 불현듯 입을 열었다.

"인면역을 막고 고칠 방법이라면 얼마든지 있다."

이 한마디에 사람들은 홱 고개를 쳐들었다.

"고칠 수 있다고? 어떤 방법이오?"

사련의 심장이 툭 내려앉았다. 백무상은 여유롭게 대답했다.

"태자 전하께 물어보거라. 태자 전하는 그 방법을 알고 있으니."

그리하여 수백 쌍의 눈이 거듭 사련을 향했다. 쏟아지는 눈빛에 뒤로 움츠러든 사련을 백무상이 다시 앞으로 떠밀었다. 사람들은 희망을 품고 물었다.

"전하, 정말 알고 계십니까?"

사련이 대답하기도 전에 누군가 흥분한 기색으로 말했다.

"전하가 방법을 아신다고 누가 그랬었어!"

의아해하는 이도 있었다.

"방법을 아는데 황성은 왜…… 그렇게 됐소? 설마 알면서도 함구했던 거요?"

"태자 전하, 어서 알려 주세요. 네?"

사련은 황급히 잡아뗐다.

"전 모릅니다!"

그러자 백무상이 말을 얹었다.

"거짓말."

화가 치민 사련은 곧장 대꾸하려 했지만, 그랬다간 백무상이 계속 떠들어 댈 것 같았다. 자신이 인정하든 말든, 백무상이 끝내 사실을 폭로하리란 예감이 들었다. 한참 고민하던 그는 하릴없이 입을 열었다.

"방법은…… 없습니다. 어차피 소용없어요."

아연해진 사람들은 다시 술렁이기 시작했다.

"소용없다는 게 무슨 소립니까? 무슨 방법인지 말을 안 하면 소용이 있고 없고를 우리가 어떻게 알아요?"

식은땀이 이마를 타고 흘렀다. 사련은 속으로 읊조렸다.

'정말로 말 못 해…….'

말해선 안 됐다.

입 밖에 내는 순간 전부 끝날 테니까. 모든 게 엉망이 될 테니까!

인내심이 바닥난 누군가가 자리에서 일어났다.

"생사가 오가는 와중에 말 못 할 게 뭐가 있습니까? 여기서 다 같이 죽자 이겁니까?"

백무상이 온화한 목소리로 입을 열었다.

"내가 알려 주지."

"닥쳐!"

물론 격노한 사련의 외침은 조금도 위협적이지 않았다. 백무상은 들은 체도 않고 말을 이어 갔다.

"자네들, 황성 안팎을 통틀어 인면역 발병률이 가장 낮았던 자가 누군지 아나?"

사람들은 두려움에 벌벌 떨며 그를 바라보았다. 다들 차마 다가가지는 못하면서도 마지못해 물었다.

"누, 누군데요?"

"병사."

끝장이다.

백무상의 목소리가 이어졌다.

"왜 병사일까? 그야 병사들 대부분이 어떤 일을 했거든. 보통 백성들은 하지 않은 일이지. 그래서 백성들은 인면역에 걸린 것이고."

눈을 휘둥그레 뜬 사람들은 이제 목울대도 꿈틀거리지 못했다.

"그 일이라는 게……?"

사련은 고개를 휘둘러 백무상을 들이박으려 했다. 물론 그래봐야 말짱 헛수고였다. 백무상은 하하, 웃음을 흘리며 그의 고개를 제자리로 돌려놓았다.

"과연 뭘까?"

운을 뗀 그가 유유히 덧붙였다.

"살인이다."

이제 끝장이다!

역시, 예상대로 사실을 폭로했다. 사련은 제단에 맥없이 주저앉았다. 가슴이 얼어붙은 듯 서늘했다. 사람들은 한참 뒤에야 충격에 빠졌다.

"……살인이라고? 사람을 죽여야 역병을 피한다? 사람을 죽이면 병을 고칠 수 있다?"

"거짓말이겠지!"

절망적이게도, 아니었다. 거짓이 아니었다.

이는 명백한 사실이었다. 사련도 몸소 확인한 바 있었다. 손에 피를 묻히거나 살인을 범했던 사람들은, 아무도 인면역에 걸리지 않았다.

역병을 피하는 조건이 무려 이런 내용이라니, 예상치 못한 이야기에 다들 얼이 빠져선 너도나도 떠들어 댔다.

"이게 말이 됩니까?"

"예전부터 이상하다는 생각은 했소. 그러고 보면…… 군대에 인면역이 돌았다는 얘기는 정말 못 들어 본 것 같소! 진짜일지도 모르오!"

"정말인가 보네요!"

"하지만 이 말은 병을 피하려면 사람부터 죽여야 한다는 소리잖아요?"

"누굴 죽이지?"

사람들은 이 질문을 입 밖에 낸 사람을 단박에 에워싸고 윽박질렀다.

"누굴 죽이자니? 지금 진심으로 사람을 죽이겠단 거요?"

그 사람은 입을 꾹 다물었다. 하지만 방금까지만 해도 두려움과 당황만 느껴졌던 백여 쌍의 눈동자 속에 다른 무언가가 감돌기 시작했다. 아주 미묘하고 수상한 무언가가.

이는 사련이 가장 마주하고 싶지 않았던 상황이었다. 인면역을 피하는 방법이 세상에 알려지면, 또 다른 일이 뒤를 잇게 될 터였다.

아군끼리의 살육.

당시 사련이 인면역을 피하는 방법을 알아냈으면서도 끝까지 남들에게 알리지 않은 이유가 바로 이것이었다. 사람을 죽이기만 하면 인면역을 피할 수 있다니. 아마 대부분의 사람들은 마음을 억누르겠지만, 이판사판으로 칼을 휘두르는 망나니들이 꼭 하나쯤 있기 마련이다. 일단 누군가가 살인을 저지른 이상 두 번째, 세 번째 살인도 꼬리를 물 테고…….

모방 범죄가 나날이 늘어나면서, 결국에는 천하가 혼란해질 것이다. 그러니 처음부터 아무도 모르게 철저히 감추는 편이 나았다.

사련이 쓴웃음을 지으며 말했다.

"제가 왜 소용없다고 했는지 이제 다들 아시겠죠."

사람들은 침묵에 빠졌다. 한숨을 내쉰 사련은 간신히 정신을 가다듬고 말투를 부드럽게 누그러뜨렸다.

"일단 경거망동하지 마시고 진정들 하세요. 그러다 이 괴물의 함정에 빠지게 될 겁니다."

아래쪽에는 행색이 점잖은 부부도 끼어 있었다. 그 부인은 아이를 끌어안고 울먹였다.

"어찌 이럴 수가 있어요? 이게 말이 돼요? 왜 하필 우리입니까? 우린 분명 아무 짓도 안 했는데!"

근처에서 한 사람이 짜증스레 핀잔을 놓았다.

"울긴 뭘 울어, 울고만 있으면 어쩌자고! 여기 있는 사람들 모두 별짓 안 했어! 당신 혼자만 재수 옴 붙은 줄 알아?"

그 부인의 남편이 성을 냈다.

"아니, 마음대로 울지도 말란 겁니까?"

"남들 마음만 산란해지게 울긴 뭘 울어? 당장 입 닥치라고!"

이런 사소한 일로 실랑이질이라니. 다들 이성을 잃고 폭발하기 직전이라는 뜻이었다. 사련이 끼어들었다.

"다들 조용히 하세요! 진정해요! 진정해야 방법을 찾을 수 있습니다!"

진정하라 말할수록 사람들의 흥분은 더해만 갔다.

"진정은 무슨! 이 상황에 어떻게 진정을 해? 아니면 침착한 당신이 직접 생각해 보지 그래? 무슨 방법이 있는데!"

"……."

사련은 이 물음에 말문이 턱 막혔다. 무슨 방법이 있지?

없다!

머리가 터지도록 필사적으로 쥐어짜도, 이 사태를 수습할 방법은 도무지 떠오르지 않았다.

문득, 사련의 뺨이 단단히 억눌렸다. 한 손이 그의 뺨을 그러쥐더니 제단 아래쪽 사람들을 마주 보도록 끌어당겼다. 사련은 영문을 모르고 눈을 부릅떴다. 이내 뒤에서 차가운 목소리가 울려 퍼졌다.

"누굴 죽이냐고? 이 얼굴을 봐라. 아직도 누굴 죽여야 할지 모르겠느냐?"

“…….”

이 말에, 제단 위아래뿐 아니라 허공에 머물고 있던 그 도깨비불마저 얼어붙었다.

백무상이 상냥한 어조로 덧붙였다.

“다들 잊은 것이냐? 이자는 신이다. 달리 말하면—.”

그가 말끝을 흐린 순간, 사련은 문득 명치가 서늘해진 기분이 들었다.

잠시 멈칫한 그는 아래를 내려다보았다. 제 아랫배를 꿰뚫은 새카만 검날이 눈에 들어왔다.

그건 검신(劍身)이 늘씬하고 흑옥처럼 새카만 검이었다. 가느다란 은빛 상감이 검 중심에서 뻗어 나갔고, 검날은 겨울밤 새벽녘처럼 반들거렸다. 필시 세상에 둘도 없는 보검일 터였다. 한때 사련이 백방으로 긁어모아 애지중지했던 보검들처럼.

사련은 그 검을 한참 뚫어지게 응시했다. 느릿하게 빠져나간 검날이 다시 그의 배 속으로 꽂혀 들었다. 백무상의 목소리가 이어졌다.

“—불사의 몸이라는 뜻이지.”

사람들은 여전히 상황을 파악하지 못했다. 백무상이 다시 검을 빼더니 아래로 내던졌다. 챙, 소리와 함께 바닥에 비스듬히 꽂힌 검날이 무수한 눈동자 앞에서 묵직한 한기를 내뿜었다.

피비린내가 목구멍으로 울컥 솟구쳤다. 도깨비불은 상처를 틀어막으려는 것처럼 사련의 앞으로 달려들었다. 사련은 뜨거운 피를 삼키고 이를 악물었다.

"너…… 이 자식!"

사련의 눈앞이 조금씩 가물거렸다. 도깨비불은 폭발하듯 날뛰며 백무상에게 날아들었으나 단숨에 그의 손에 붙잡혔다.

"잘 봐라."

백무상은 나머지 한 손으로 사련의 얼굴을 틀어쥐고 우악스럽게 돌렸다.

"왜 그러느냐? 창생을 구원하겠다며?"

"그래도! 그래도 이런, 이런……."

이런 상황에서 이런 방식으로 구할 생각은 해 본 적 없다고!

제단 아래편, 누군가 이 잔혹한 장면에 놀라 울음을 터트렸다. 반면 대담하게 지켜보는 이도 있었다.

"……정말…… 죽지 않는 겁니까?"

"정말이잖아……. 다들 보시오, 피도 별로 흘리지 않았어……. 아직 살아 있어, 멀쩡히 살아 있다고!"

사련은 거칠게 기침을 토했다. 또 다른 목소리가 들려왔다.

"그러니까, 저 사람을 죽여도 죽지 않는다는 소리요?"

"잘됐네!"

잘됐다고 외친 그 사람은 재깍 욕을 얻어먹었다.

"잘됐다고? 잘되긴 뭐가 잘돼?"

핀잔이 날아들자 그 사람은 우물거리며 대꾸했다.

"죽여도 죽지 않는다면…… 방법이 생긴 거잖소."

"아무리 그래도 검으로 찌르는 건 조금 그렇지 않나……."

"저 작자는 신이잖아? 찔려도 죽지 않는다니까? 우리는 평범한 사람들이니 인면역에 걸리면 무조건 죽는다고!"

아래편에서 벌어진 언쟁을 뒤로한 채, 백무상이 입을 열었다.

"창생은 저기서 네 구원을 기다리고 있다. 자, 어서."

사련의 두 눈 속에서 분노의 불길이 끓었다.

"창생을 가장 온전하게 구할 수 있는 유일한 방법은, 네놈 같은 괴물을 없애는 거다!"

백무상은 짧게 냉소했다.

"왜 그러지, 태자? 죽지 않는다고 그리 자신만만하게 말하더니? 어째, 지금은 또 두려워졌느냐? 어차피 불사의 몸이니 자신을 희생해서 타인의 고난을 덜어 주면 좋잖아?"

사련이 받아쳤다.

"네 계획이 이거였어? 세상 사람 모두가 너처럼 그렇게 음험한 줄 알아?"

맞는 말이었다. 제단 아래편 사람들은 대부분 살길을 찾아 기뻐하기는커녕 망설이고 있었다. 다들 모호하게 편을 나누어 뜻을 모으지 못했다. 게다가 아무도 그 검을 가지러 가지 않았다. 백무상은 사련의 머릿속을 읽은 것처럼 픽 웃더니, 고개를 내저으며 한숨지었다.

"어리석은 꼬마 같으니."

사련은 고개를 돌리며 그의 손길을 피했다.

"꺼져!"

"저것들이 너를 죽이기 싫어서 저러는 것 같으냐? 아니다. 너를 죽이기 싫은 게 아니라, 첫 번째가 되기 싫을 뿐이지."

"아아아악!"

별안간 제단 아래서 비명이 터져 나왔다. 아까 그 점잖은 부부 가운데 부인이 울며불며 외쳤다.

"아가, 우리 아가!"

그녀의 품에 안긴 아이가 목 놓아 울고 있었다. 땅딸막한 팔에 우글쭈글한 그림자가 어렴풋이 튀어나왔다. 주위에 있던 사람들이 순식간에 옆으로 흩어졌다.

"일 났네, 꼬마가 옮았어!"

부부는 처참한 안색으로 서로 눈을 마주쳤다. 그들은 자리를 박차고 일어나 제단 앞으로 다가서더니, 그 새카만 검을 뽑아 그 아이의 손에 쥐여 주었다. 그러곤 이를 악물고 사련을 향해 들이꽂았다.

"……!"

그 검은 너무도 날카로웠다. 복부에 다시 격통이 찾아들었다. 그 부부는 이내 검을 뽑고 쟁그랑, 바닥에 떨어뜨렸다.

"미안합니다……. 우리 아이가 아직 어려서, 정말…… 어쩔 수 없었어요. 미안합니다, 미안해요, 미안해요……."

두 사람은 미안하다고 중얼거리며 창백한 안색으로 연신 머리를 조아리곤, 아이를 안아 들고 인파 속으로 돌아갔다. 사련이 목으로 넘어온 짙은 피를 뱉어 내려는 찰나, 백무상의 낮은 웃음소리가 들려왔다.

사련은 이를 악물고 피를 삼켰다.

"왜 웃지? 네가 원하는 장면이라서? 그래 봤자 네게 떠밀렸을 뿐이야!"

백무상의 손바닥에 앉은 그 도깨비불도 형형하게 불타올랐다. 그는 만사무심하게 대꾸했다.

"사람은 벼랑에 떠밀려야만 진정한 본모습을 드러내지."

백 명 남짓한 인파 속, 이제 인면역을 겁내지 않아도 될 사람이 등장했다. 아이의 팔에 올라온 거뭇한 흔적이 차츰 사라진 것이다. 구경꾼들은 침을 꼴깍 삼키고 침묵했다.

긴 정적이 흐른 뒤, 이번에는 한 청년이 앞으로 걸어 나왔다.

청년은 이를 악물고 제단 앞으로 다가왔다. 그러곤 연신 손을 모아 절하더니 기어드는 목소리로 말했다.

"미안합니다. 정말, 정말 이러고 싶지 않은데, 저도 어쩔 수가 없습니다. 전 최근에 혼인한 몸이라서요. 어머니와 안사람이 집에서 절 기다리고 있어서……."

그는 끝내 말을 잇지 못하고, 눈을 감은 채 검을 뽑아 사련을 찔렀다.

그러나 눈을 감은 탓에 검이 빗겨 나가며 사련의 옆구리를 스치고 말았다. 사내는 눈을 뜨고서야 사련에게 치명상을 입히지 못했음을 깨달았다. 그는 허겁지겁 검을 뽑고는 벌벌 떨리는 손으로 거듭 찔러 넣었다.

사련은 내내 이를 악다물고 소리를 참았다. 두 번 연속으로 찔리면서도 먹먹한 신음만 낼 뿐이었다. 입가로 짙은 피가 울컥 흘렀다.

그는 실제로 죽지 않는다. 하지만 다치면 고통을 느낀다.

살점이 뭉그러지는 소리가 들리고 뼈마디가 갈리는 느낌이 들 때마다 차라리 죽고 싶고 이성이 날아갈 것 같았다. 이 점만큼은, 평범한 사람들과 똑같았다.

사련을 찌른 두 번째 청년은, 물러날 때는 고개를 조아리지 않았다. 살아남았다는 기쁨과 사람을 찌른 죄책감이 뒤섞인 얼굴이었다. 어떤 감정이 더 우위인지는 가리기 어려웠다. 그가 물러나자, 사람들은 다시 정적에 휩싸였다.

한참 뒤, 또 누군가가 머뭇머뭇 일어설 기미를 보였다. 이번에는 또 무슨 이유를 댈지 모를 노릇이었다. 그런데 그 사람이 자리에서 일어나기도 전에 누군가 불쑥 말했다.

"정말 못 봐 주겠군."

모두가 목소리를 따라 시선을 옮겼다. 사련도 파리한 안색으로 고개를 들었다. 목소리의 주인은 그 차력사 사내였다. 그가 말을 이었다.

"저 괴물이 시킨다고 옳다구나 따라 해? 아무리 봐도 헛소리 같은데. 헛소리가 아니더라도 저 사람은 죽지 않으니, 당신들은 결국 사람을 죽인 게 아니잖소?"

옆에서 몇몇 사람이 말했다.

"형씨, 지금 상황을 좀 보게. 다들 죽게 생겼다고!"

그 차력사 사내도 응수했다.

"나는 뭐 여기 있는 사람 아닌가? 나도 죽게 생겼소. 그렇다고 내가 저 사람을 찔렀나?"

사람들은 이 말에 말문이 턱 막혔다. 이윽고 누군가가 끼어들었다.

"말하는 꼴을 보아 하니 집안 식구가 없는 모양이구먼? 혼자 살면 식구들 굶을 걱정은 없겠지. 여기 사람들은 다들 먹는 입이 딸린 처지인데 자네와 비교가 되겠어?"

차력사 사내는 맨 처음 나서서 사련을 찔렀던 부부를 가리키며 말했다.

"그래, 나는 아내도 자식도 없소. 만약 있었다면 죽는 한이 있어도 내 자식에게 이딴 일은 시키지 않았을 거요. 손수 내 자식에게 이런 일을 가르치지도 않았을 테고. 당신들 자식이 나중에 커서 무뢰배가 되면 그건 다 당신들 탓이겠군. 그렇게 절박하면 아들더러 당신을 찌르라고 하지 그랬소?"

그 부인은 얼굴을 감싸고 통곡했다.

"왜 우리 애를 저주합니까! 차라리 나를 저주하세요!"

남편도 노발대발했다.

"그게 사람이 할 소립니까? 우리 아들더러 패륜을 저지르라고요? 인륜 저버리는 소리!"

그 차력사 사내는 인륜을 저버린다는 게 무슨 뜻인지 모르는 눈치였다.

"누굴 죽이든 살인은 살인이잖소? 당신 아들더러 당신을 죽이라고 하는 편이 더 근사했겠구만. 그리고 저 가면 쓴 수상한 놈은 왜 안 죽이고 놔뒀소?"

이 말에 백무상이 웃음을 터트렸다. 사람들은 두려운 한편 화가 치밀었다. 두려운 감정은 저 괴물을 향한 것이었고, 분노는 이 차력사 사내를 향한 것이었다. 다들 분분히 목소리를 낮추었다.

"자네……! 그 입 다물게!"

자칫 저 괴물의 심기를 거스르면 어찌 되겠는가?

차력사 사내가 말을 이었다.

"아하, 제일 나쁜 악당은 죽일 용기가 없으니 애꿎은 사람을 찌르겠다?"

이런 우락부락한 상놈에게 쓴소리를 듣는 게 불만이었는지, 누군가 한마디 했다.

"이 형씨는 말만 줄줄이 청산유수구먼. 난 또 무슨 대단한 소리라도 하는가 했네. 저 관상을 보니까 혈색이 없는 게, 죽음이 낀 상이야. 살날이 며칠 안 남아서 저렇게 떵떵거리며 남을 지적하는 거겠지. 그렇게 정의로우시면 본인을 희생해서 모두를 구하지 그러나?"

차력사 사내가 받아쳤다.

"난 나를 희생할 생각 없소. 다들 마찬가지 아닌가? 당신은 그러고 싶소? 당신은? 하지만 나는 적어도 남을 찌르지는 않아."

누군가 끼어들었다.

"저 사람은 다르잖아요."

"뭐가 다른데?"

"저 작자는 신이라고요 창생을 구하겠다고 자기 입으로 말했잖아요. 게다가, 게다가 죽지도 않고!"

차력사 사내가 입을 달싹인 순간, 사련은 차마 더 지켜보지 못하고 잔기침을 섞어 입을 열었다.

"저, 저기! 대형!"

검에 연달아 찔린 탓에 입을 여니 목소리가 평소보다 쇠약했다. 차력사 사내가 그를 돌아보았다. 사련은 진심을 담아 말했다.

"고맙습니다. 하지만…… 괜찮아요."

저러다간 누군가에게 얻어맞을지도 몰랐다. 차력사 사내는 지난번 자신과 기예를 겨루다가 저토록 심각한 내상을 입은 것이다. 이 사실을 떠올린 사련은 죄책감에 말을 덧붙였다.

"말씀 고맙습니다. 저번에 기예를 겨루면서 다쳤던 곳은 좀 괜찮아요?"

그 사내는 우렁차게 대꾸했다.

"허? 무슨 소리야! 내가 어딜 다쳤다고? 가슴으로 바위 부수기는 내 필살기라니까!"

이런 상황에서도 한사코 자존심을 세우다니. 말 그대로 피를 토하며 '난 아무렇지도 않아'라고 하는 셈이라 사련은 저도 모르게 웃음이 나왔다. 이때, 갑자기 누군가 그 사내를 가리키며 소리쳤다.

"역병이다! 역병이 도졌어!"

사련은 흠칫 놀랐다. 그 차력사 사내도 놀라기는 마찬가지였다. 그는 사람들의 손끝을 따라 얼굴을 더듬었다. 정말로 울퉁불퉁한 무언가가 만져졌다.

주변 사람들은 순식간에 거리를 벌리고 물러섰다. 사련은 입을 달싹였다. 그 차력사 사내를 이쪽으로 부를 생각이었다. 하지만 불러서 뭘 어쩐단 말인가? 이리 와서 내게 치명상을 입히라고 할까?

차마 입이 떨어지지 않았다.

사련이 한창 망설이는 와중, 그 차력사 사내는 다시 얼굴을 더듬더니 사당 밖으로 걸음을 옮겼다. 이를 본 사련은 황급히 외쳤다.

"어딜 가려고요? 돌아와요! 당장 고치지 않으면 병이 도질 겁니다!"

차력사 사내는 자리를 박차고 뛰쳐나가며 소리쳤다.

"돌아오기는! 나는 이런 짓 안 한다니까……."

그 뒷모습은 금세 자취를 감추었다. 태자묘를 에워싼 괴인들은 그가 자신들의 동료라는 것을 아는지 앞을 가로막지 않았다. 사련이 몇 번이고 소리쳤으나 사내는 끝내 돌아오지 않았다. 제단 아래편 사람들이 떠들어 댔다.

"큰일이네, 도망쳤어!"

"저 얼간이! 어디로 도망치든 병이 도질 거요! 이미 늦었어! 벌써 역병에 걸렸다고!"

"설마…… 산 아래서 사람을 죽이려는 건 아니겠지요?"

다만, 사내가 떠나기 전에 남긴 말은 사당 안 사람들의 말문을 틀어막았다. 덕분에 검을 뽑아 사련을 찌르는 사람은 한참이나 나오지 않았다. 이렇게 한동안 팽팽한 분위기가 이어졌다.

사련은 기쁨인지 걱정인지 두려움인지 모를 기분에 휩싸였다. 더 중요한 것은, 이제 앞으로 어쩌면 좋을지 막연하다는 점이었다. 애써 생각을 정리하고 있는데, 갑자기 한 사람이 앞으로 걸어 나왔다.

"내 한마디 해도 되겠소?"

그건 한 중년 사내였다. 사련은 눈꺼풀을 들고 시선을 옮겼다. 어쩐지 눈에 익은 사람이었으나 어디서 만났었는지는 떠오르지 않았다. 기억을 더듬어 보던 순간, 사내가 말을 이었다.

"내 솔직히 말하겠소. 예전에 저 사람이 내게 강도질을 했소!"

"……."

그 사람이었구나!

사람들은 아연실색했다.

"강도질?"

"저분은 태자잖아요? 신이잖아요? 그런데 강도질이라고요?"

그 중년 사내가 대답했다.

"틀림없소이다."

"그래서? 대체 무슨 말을 하고 싶은 겁니까?"

"별건 아니고 그냥, 모두에게 저 사람이 강도질을 했다는 사실을 알려 주고 싶었소!"

그리 말한 중년 사내는 다시 인파 사이로 쏙 숨어들었다.

이 말이 나온 뒤로 사당 안은 침묵에 빠졌다. 그 한마디가 사람들의 마음속에 검은 씨앗을 심은 것 같았다.

강도질이라…….

갑자기 아래편에서 날카로운 비명이 울려 퍼졌다.

"내 다리, 내 다리가…… 뭔가 이상해요!"

또 시작인가?

그런데 예상치 못한 일이 일어났다. 그 사람뿐 아니라 다른 사람도 거의 동시에 비명을 내지른 것이다.

"나도! 내 등이 이상해! 내 등 좀 살펴봐 주시오!"

아무도 그 두 사람에게 다가갈 엄두를 내지 못했다. 두 사람은 하는 수 없이 저마다 바지와 윗옷을 걷어 올렸다. 그들의 맨몸이 드러나자 사람들은 하나같이 공포에 질려 아우성쳤다.

두 사람의 몸에 번진 인면역은 벌써 완벽하게 모습을 갖춘 뒤였다.

"이렇게 빨리 번진다고?"

"다들 잊었소? 우린 여기에 제법 오래 머물렀잖소!"

"그런데 왜 이제야 알았어요?"

"눈에 띄는 곳도 아니고 조금 간지러울 뿐이었는데 이렇게 될 줄 누가 알았겠습니까!"

"끝났네, 끝났어. 우리도 벌써 걸린 거 아니오?"

"어서! 다들 빨리 살펴봅시다! 자기 몸을 잘 살펴봐요!"

태자전 안이 아수라장으로 변했다. 곧이어 사방 곳곳에서 비명이 터져 나왔다. 예상대로였다. 살펴보기 전까지는 알아채지 못했을 뿐, 제법 많은 사람들의 몸에 인면역이 번져 있었다. 사람들이 알아챘을 때 인면은 벌써 이목구비를 다 갖춘 상태였다.

태자전 밖의 괴인들은 무언가를 느꼈는지 손에 손을 맞잡고 한층 사납게 날뛰었다. 뒤숭숭한 분위기가 사당 안을 빠르게 휩쓸었다. 사련의 심장이 무섭게 박동했다. 심장이 당장이라도 흉강에서 목구멍으로 튀어나올 것 같았다.

원래 인면역은 이렇게 빨리 번지지 않는데, 이번에는 왜 이렇지?

백무상, 볼 것도 없이 백무상 때문이다.

사련은 무덤덤하게 상황을 지켜보고만 있는 이 주모자를 홱 쳐다보았다. 그가 입을 달싹이려는 순간, 갑자기 한 사람이 튀어나와 거친 숨을 몰아쉬더니 눈에 핏줄기를 세우고 말했다.

"시…… 신이라는 작자가, 태자라는 작자가, 감히 강도 짓을 해?"

사련은 조금 멍해졌다. 절체절명의 순간에 왜 이런 이야기를 꺼내는지 모를 노릇이었다.

"전……."

그 사람은 단호하게 말을 잘랐다.

"우리가 그렇게 당신을 받들었는데, 당신은 무슨 짓을 했지? 강도질! 뭘 불러왔지? 역병!"

내가 역병을 불러왔다고?

사련은 놀란 마음을 감추지 못했다.

"……내가? 아니잖아요, 난 그저……."

그러나 지금 사람들의 인내심은 이미 한계에 부딪혔다.

충혈된 백여 쌍의 눈동자가 사련을 겹겹이 에워쌌다. 가장 가까이 있던 사람이 지면에 비스듬히 꽂힌 검을 뽑아 들었다. 사련은 순간 숨이 턱 멎었다.

그 사람은 후들거리는 손으로 검을 움켜쥐었다. 떨리는 목소리가 들려왔다.

"다…… 당신, 잘못은 만회해야지? 속죄해야 하잖아?"

검날에 선득한 빛이 감돌았다. 이제 사련의 공포심은 극에 달했다.

이 많은 사람이 한 번씩 그를 찌른다면, 마지막에는 어떤 꼴로 변하게 될까?

검에 찔려 벌집이 되고 뭉개진 고깃덩어리로 변하는 것보다는 다른 게 더 무서웠다. 사람들을 이대로 둔다면, 다시는 돌이킬 수 없는 길을 걷게 될지도 모른다는 생각이 어렴풋이 들었다.

여기까지 생각한 사련은 무심결에 입을 열었다.

"살려……."

그러나 '살려 줘'라는 한마디는 입 밖으로 나오지 못했다. 차가운 검이 다시 한번 몸을 꿰뚫었다. 사련의 눈이 커다랗게 뜨였다.

잘 벼려진 검이 몸을 찌르고 빠져나갔다. 뒤이어 다른 사람이 검을 건네받고 쉴 틈도 없이 들이꽂았다. 사련은 목 안에 억눌렀던 숨을 참지 못하고 끝내 긴 비명을 토해 냈다.

너무도 참혹한 비명에, 사방을 에워싸고 있던 사람들은 간담이 서늘해졌다. 누군가 눈을 내리감고 고개를 외면하며 말했다.

"……소리 못 지르게 해요. 다들 서둘러서 속전속결로 끝냅시다!"

누군가 사련의 입을 막고 손발을 억눌렀다. 계속해서 당부의 말이 이어졌다.

"안 떨어지게 단단히 붙들어 두게. 급소가 빗나가면 무효니까!"

"순서대로 줄 서시오, 새치기하지 말고! 새치기하지 말래도, 내가 먼저 왔어!"

"어디가 급소입니까? 찔렀을 때 무효가 아닌지는 어떻게 알지요?"

"아무튼 심장이나 목, 배 같은 곳을 찌르면 되겠지요!"

"급소를 제대로 찔렀는지 잘 모르겠으면 다시 찌르자고!"

"안 돼! 혼자 많이 찔러 대면 남들은 어딜 찌르라고?"

망설임과 죄책감은 차츰 자취를 감추었다. 사람들의 움직임도

시간이 흐를수록 거침없이 변했다. 칠흑처럼 새카만 검날이 연달아 몸을 쑤셨다. 커질 대로 커진 사련의 두 눈에서 눈물이 굴러떨어졌다. 마음속에서 어떤 목소리가 소리 없이 울부짖었다.

살려 줘.

살려 줘, 살려 줘, 살려 줘.

살려 줘, 살려 줘, 제발, 제발, 살려 줘, 살려 줘, 살려 줘, 살려 줘, 살려 줘!

아파, 아파, 아파…… 아파, 아파, 아파, 아파, 아파, 아파, 아파, 아파, 아파, 아파, 아파, 아파, 아파, 아파, 아프다고!

어째서 죽지 않는 거야. 왜 죽을 수 없는데!

처절한 목소리로 소리치고 싶었으나 목에서는 그르렁대는 소리만 흘러나올 뿐이었다. 목이 베여서 그럴지도 몰랐다. 사련은 고통에 이성을 잃어 갔다. 평생의 모든 고통을 지금 몰아서 받고 있으니 앞으로는 아무런 고통도 느끼지 않을 것 같았다. 눈앞이 암흑이었다. 새카만 세상 속, 먼발치에서 도깨비불 하나만이 점점 밝고 맹렬하게 타올랐다. 그러나 도깨비불은 백무상의 손아귀에 단단히 붙잡혀 꼼짝하지 못했다.

사련은 자신의 비명 대신 다른 누군가가 처절하게 울부짖는 소리를 들었다. 그 도깨비불 속에서 터져 나오는 소리 같았다. 제 목소리가 아닌데도 비명 속에 담긴 고통만큼은 놀랍도록 판에 박아, 마치 자신이 지르는 비명처럼 느껴졌다.

하지만 사련은 이 지경에서도 제정신인 자신이 버거워진 참이었다. 목 안이 나직하게 들끓었다. 의식이 산산이 조각나고 있었다. 이때, 태자전 안에 거센 화염이 파도처럼 밀어닥쳤다.

"아아아아아아악!"

사람들의 들쑥날쑥한 목소리가 한목소리처럼 터져 나왔다. 업화의 불꽃과 맹렬한 불길 앞에서 아무도 도망칠 수 없었다. 도깨비불이 터트린 불길은 삽시간에 태자전 제단 아래에 모인 사람들을 잿더미로 불태워 버렸다.

불길이 차츰 잦아들었다. 자그마했던 도깨비불은 온데간데없이 사라졌다. 그 자리를 대신한 것은, 서서히 모습을 갖추어 가는 한 소년의 인영이었다.

그 소년은 새카맣게 그슬린 제단 앞에 꿇어앉아 몸을 깊이 웅송그리고, 두 팔로 머리를 감싼 채 비통하게 울부짖고 있었다.

소년은 제단 위에 쓰러진 사련을 살펴볼 자신이 없었다. 그야, 분명 사람 꼴이 아닐 것이었으므로.

태자전 온 바닥에 유골이 굴러다녔다. 백무상은 웃음을 터트리며 돌아서더니 사당 밖으로 향했다. 격노의 불길은 태자전은 물론이고 사당 바깥을 에워싸고 돌던 괴인들까지 새카맣게 부스러뜨렸다. 백무상은 석탄처럼 말라붙은 그 시체 더미를 무심하게 밟고 지나갔다.

온 숲이, 아니 온 산이 이 불길 하나에 뒤집혀 울부짖었다.

검은 그림자가 밤하늘 위로 수없이 날아올랐다. 기겁한 나머지 머물던 곳을 떠나 튀어나온 망령 무리가 바람을 휘날리며 사방으로 뿔뿔이 흩어졌다. 태자전 상공을 뒤덮은 먹구름이 거대한 마귀의 눈처럼 느릿하게 선회했다.

이는 삿된 존재가 태어났을 때 악귀가 모여드는 움직임이었다.

101장 기쁨도 슬픔도 없는 흰옷, 세상에 재앙을 내리다

사련은 지금이 꿈인지 생시인지 알지 못했다.

생시라기에는 외부의 감각이 느껴지지 않았고 기억나는 일도 없었다. 하지만 꿈이라기에는 내내 두 눈을 뜨고 있었다.

사련이 정신을 차렸을 무렵, 백무상은 아까 그 검을 허리춤에 찬 채로 아이를 칭찬하는 웃어른처럼 말했다.

"네게 주는 선물이다."

백무상은 칼자루를 툭툭 치더니 의미심장하면서도 온화한 투로 말을 이었다.

"이건 네가 예전에 모았던 보검이나 군오가 하사한 그 검보다 훨씬 날카로운 물건이다."

사련은 그가 자신의 허리춤에 검을 채워 주는데도 입을 다물고 반항하지 않았다. 반항해도 아무 소용없다는 것을 잘 알았으니까.

이렇게 그는 새 옷과 새 보검을 두른 채, 다시 태어난 듯한 몸을 이끌고 새카맣게 그슬린 태자전 밖으로 걸음을 뗐다. 뒤에서 백무상의 목소리가 들려왔다.

"잠깐."

사련은 우뚝 멈춰 섰다. 기척도 없이 곁으로 다가온 백무상이 흰 비단을 손에 쥐여 주었다.

"잊은 물건이다."

그건 사련이 얼굴을 가릴 때 쓰다가 나중에는 손발이 묶인 그 비단이었다.

사련은 홀로 휘청거리며 산 아래로 내려갔다.

시간은 벌써 해가 나온 한낮이었다. 하지만 내리쬐는 햇볕에도 사련은 전혀 온기를 느끼지 못했다.

산을 내려가던 도중, 자못 맑고 경쾌하게 흘러가는 시냇물이 눈에 들어왔다. 시냇가로 다가간 그는 수면에 비친 창백한 자신의 얼굴을 응시했다.

얼굴은 생채기 하나 없이 희고 매끄러웠다. 목도 그랬다. 그렇다면 가슴이나 배를 비롯한 온몸도 마찬가지일 터였다. 하지만 한참 제 얼굴을 들여다보고 있자니 참을 수 없는 기분이 들었다. 그는 고개를 숙여 시냇물을 움켜 뜨고 얼굴을 씻은 다음 목을 축였다. 그러다 문득 위쪽에 무언가가 있다는 것을 깨달았다.

그는 천천히 고개를 들었다. 멀지 않은 위쪽 물가에 거대한 바위가 보였다. 한 시체가 그 옆에 거꾸러져 있었다. 옷차림을 보니 그 차력사 사내였다.

그는 산 아래가 아니라 산길에서 죽어 있었다. 바위에 유난히 선명한 핏자국이 낭자했다. 고통과 공포 속에서 바위에 머리를 박고 죽은 모양이었다. 죄 문드러진 시신은 물에 잠긴 채 미동도 없이 악취를 풍겼다. 반쯤 문드러진 얼굴에 자라난 작은 얼굴은 여전히 꿈틀대고 있었다.

사련은 한참을 시냇가에 엎드린 채 오장육부가 찢길 듯 구역질을 하다가 결국에는 피를 게워 냈다.

산 아래로 내려오고 나서는 오랫동안 무작정 거리를 떠돌았다. 이때 누군가의 손이 어깨를 덥석 짚더니 그를 낚아채 골목으로 끌고 갔다. 사련이 상대의 얼굴을 돌아보기도 전에 정면으로 주먹이 날아들었다.

"그동안 대체 어디 계셨던 겁니까!"

주먹 뒤로, 풍신의 노기등등한 얼굴이 보였다. 그를 알아본 사련은 이미 주먹에 맞아 바닥에 나동그라진 뒤였다.

풍신도 사련이 이토록 맥없이 쓰러질 줄은 예상치 못했다. 그는 자신의 주먹과 사련의 얼굴을 번갈아 바라보고는 한참을 멀거니 서 있었다. 사련은 부축의 손길을 기다리지 않고 알아서 몸을 일으켰다. 표정이 오락가락하던 풍신은 끝내 화를 누그러뜨리지 못하고 다그쳤다.

"성질도 참 대단하십니다. 한마디 했다고 뛰쳐나가서는 두 달씩이나 행방불명이라니요! 폐하와 마마께서 얼마나 걱정하셨는지 알기나 하십니까?"

사련은 얼굴에 튄 코피를 문지르며 말했다.

"미안."

피를 문댈수록 얼굴은 점점 더러워졌다. 풍신은 땅이 꺼지도록 한숨을 내쉬었다.

"전하! 미안하다는 말은 됐습니다. 우리끼리 이런 말 하는 것도 정말 싱겁다고요. 그래도 대체…… 대체 어떻게 된 겁니까? 그동안 대체 뭘 하셨던 거예요? 제겐 말 못 할 일입니까?"

사련도 마음 같아선 말하고 싶었다. 그러나 은신처를 떠나기 직전 실랑이를 벌이다 잠시 망설였던 풍신의 모습이 떠올랐다. 거기에다 두 번 다시 기억하고 싶지 않은 그 경험을 생각하면, 역시 할 말은 하나뿐이었다.

"미안."

두 사람은 은신처로 돌아갔다. 황후는 사련을 보자마자 그를 얼싸안고 눈물을 흘렸다. 국주는 또 폭삭 늙은 것 같았다. 흰머리가 듬성듬성 보이던 검은 머리는 태반이 새하얗게 바랬다. 하지만 그는 노발대발하는 대신 짧게 몇 마디 했을 뿐, 별다른 말이 없었다. 아마 흥분한 사련이 다시 한동안 사라질까 봐 그랬는지도 몰랐다. 세 사람 모두 조심스러운 언사와 태도로 그를 대했다.

"풍신."

단출한 식사를 마친 뒤, 사련은 허리춤에 차고 있던 그 검을 풀어 내밀었다.

"이 검 줄 테니까 가져가서 팔아."

풍신은 검을 든 사련의 손이 떨리는 것을 알아차렸으면서도 그 이유는 미처 짐작하지 못했다.

"어찌 그런 말씀을 하십니까?"

"저번에 네가 돈 필요하댔잖아."

이 말이 나오자 풍신의 얼굴에 괴로운 빛이 스쳤다. 이윽고 그가 고개를 가로저으며 말했다.

"이제 괜찮습니다."

사련은 두말없이 그 검을 한쪽에 던져 놓고는, 그대로 침상에 누워 곯아떨어졌다.

이번에 돌아온 사련은 마치 아무 일도 없었던 듯, 하루바삐 제 모습과 모든 일상을 되찾으려 노력했다. 머지않아 그는 풍신과 함께 바깥에서 천막을 치고 기예를 팔기로 했다.

풍신은 역시나 마음이 놓이지 않았다.

"됐습니다. 이틀은 더 쉬세요."

"벌써 두 달을 쉬었어. 그 차력사들이 또 시비를 걸어도 우리 둘이서라면 충분히 상대할 수 있을 거야."

그런데 의외의 대답이 돌아왔다.

"그 사람들이라면 안 보인 지 한참 됐습니다."

그 차력사 사내가 죽은 바람에 우두머리를 잃었기 때문은 아니었다. 그건 풍신이 이곳에 발붙인 지 오래된 탓이었다. 처음 왔을 때만 해도 다들 신선함을 느꼈지만, 시간이 흐르며 그 신선함을 질릴 대로 맛본 뒤로는 풍신이나 현지 차력사나 똑같아 보였다. 예전과 달리 풍신은 경쟁력을 잃었다. 위협감이 사라지니 다른 차력사들이 찾아와 시비를 거는 일도 없어졌다. 좌우간 다들 버는 돈도 엇비슷했으니까.

그래서 풍신이 아무리 열심히 활을 쏘고 출중한 솜씨를 자랑해도, 모여들어 돈을 던져 주는 구경꾼들은 대폭 줄어들었다. 하다못해 처음의 십분의 일도 되지 않았다. 반나절을 일하느라 지친 풍신은 땀을 뻘뻘 흘리며 한쪽에 앉았다. 사련이 말했다.

"이제 내가 할게."

"괜찮으시겠습니까?"

사련은 무작정 앞으로 나섰다. 다른 사람이 등장하자 행인들의 이목이 끌렸다.

"우리 형님은 특기가 뭐요?"

사련은 대답 대신 나뭇가지 하나를 주워 검법을 펼치기 시작했다. 나뭇가지를 들고도 움직임에 절도가 넘쳤다. 바람을 가르는 소리에서는 날카로운 검기도 느껴졌다. 그 모습에 몇몇 구경꾼들이 입을 모아 호응했다. 한쪽에서 복잡한 얼굴로 지켜보던 풍신은 한참을 그렇게 바라보다 고개를 돌렸다.

사련은 수치심이나 부담감은 털끝만큼도 모르고 계속해서 진지하게 검을 휘둘렀다. 이때, 인파 속에서 누군가 외쳤다.

"별로야, 별로야! 못 봐 주겠네! 누가 좆같은 나뭇가지 휘두르는 꼴 보고 싶대?"

그러자 풍신이 자리를 박치고 일어났다.

"어디서 더럽게 입을 놀려!"

사련은 손을 움칫 멈추고 시선을 옮겼다. 인파 속에서 한 건달 사내가 수박을 먹으며 씨를 뱉고 있었다. 모습을 보아 하니 기예를 구경하러 온 모양이었다. 그 건달은 풍신에게 소리쳤다.

"이 몸은 기예를 보러 왔다고! 내 맘대로 말하겠다는데 앵벌이 주제에 어디 손님들한테 이래라저래라야? 진짜 검으로 바꿔! 진짜 검으로 바꾸면 이 어르신이 포상을 내릴지 한번 고민해 보마!"

건달 사내가 소리치자 남들도 몇 마디 거들었다. 화가 머리끝까지 치민 풍신이 주먹을 휘두르려는 찰나, 흰 그림자가 앞을 스쳤다. 건달 사내의 옆에 등장한 사련이 그의 멱살을 움켜쥐더니 하늘 위로 내던졌다.

초월적인 힘에 그 건달은 몇 장 위로 날아갔다. 동시에 수박 껍질이 바닥에 떨어졌다. 놀란 사람들은 입을 떡 벌렸다. 쾅, 하고 사납게 나동그라진 건달은 온 구멍이란 구멍에서 피를 흘리며 목청껏 비명을 질러 댔다. 그러나 사련은 아직 끝나지 않았다. 그는 다시 건달을 붙들고 무미건조한 목소리로 말했다.

"진짜 검은 없는데. 대신 진짜 죽는 꼴이라도 보여 줘?"

구경꾼들은 기겁하며 사방으로 달아났다.

"누구 없소? 사람 살려! 살인이야!"

풍신은 다른 누구보다도 기겁했다.

"전하!"

사련은 들은 체도 않고 그 건달을 다시 몇 장 멀리 내던지려 했다. 앞으로 달려간 풍신은 정체를 숨기는 것마저 잊고 그를 말렸다.

"전하! 정신 차리십시오! 이러다 진짜 죽겠습니다!"

사련의 두 눈동자 속에 어두운 불길이 몰아쳤다. 그는 풍신의 손을 뿌리치고 그 건달을 바닥으로 짓이겼다. 건달은 두 다리를 축 늘어뜨리며 움직임을 멈추었다. 풍신이 달려가 숨결을 확인하려는 찰나, 거리 끝에서 누군가가 날카롭게 외쳤다.

"바로 저놈들입니다! 저쪽입니다!"

아뿔싸, 영안 병사가 왔다!

풍신은 잽싸게 자리를 박차고 도망쳤다. 그에 반해 사련은 제자리에 서서 그 영안 병사를 노려볼 뿐이었다. 당장이라도 싸우려고 덤벼들 것 같은 모습이었다. 풍신은 결국 되돌아와 그를 잡아챘다.

"왜 가만히 서 계십니까! 어서 도망쳐요!"

두 사람은 이리저리 숨어 가며 겨우 눈을 피해 은신처로 돌아왔다. 풍신은 안으로 들자마자 황후가 지켜보는 앞에서 목청을 높였다.

"왜 그런 짓을 하셨습니까?"

원래라면 국주와 황후 앞에서 무엄하게 굴지 못했을 풍신이다. 하지만 긴 시간이 흐르면서 수많은 것들이 변했다. 사련은 황후를 향해 말했다.

"방으로 들어가세요."

"황아, 이게 대체……."

"들어가 계세요!"

황후는 차마 더 묻지 못하고 방으로 돌아갔다. 사련은 다시 풍신을 돌아보았다.

"내가 뭘 어쨌는데?"

풍신은 핏대를 세웠다.

"그 사람을 때려죽이려 하셨잖습니까!"

사련이 받아쳤다.

"안 죽었잖아. 그리고 때려죽이는 게 뭐 어때서?"

"……."

풍신은 충격을 감추지 못했다.

"뭐라 하셨습니까? 때려죽이는 게 뭐 어떻냐고요?"

"그 천것이 먼저 죽자고 덤볐잖아? 도와주겠다는데 뭐가 문제야?"

그의 언사에 놀랐는지, 한참 뒤에야 풍신이 말문을 뗐다.

"그…… 사람 잘못이 맞습니다. 그래도 죽일 것까진 없잖습니까? 한 대 치면 그만이지, 고작 한마디 했다고 죽여요?"

사련은 단호하게 끼어들었다.

"그래. 감히 입을 놀렸으니 대가를 치러야지."

"……."

풍신은 제 귀를 의심했다.

"어떻게 그런 말씀을 하실 수가 있습니까?"

"무슨 말?"

"예전엔 천것이란 단어를 쓰지 않으셨잖아요. 한 번도 그러신 적이 없다고요."

"대체 무슨 소리야? 내가 무슨 신선도 아닌데, 화도 못 내고 누구 원망도 못 해?"

풍신은 말문이 막혔다. 이윽고 그는 가까스로 목소리를 쥐어짰다.

"그런 뜻이 아닙니다. 하지만 무슨 이유가 됐건 그렇게까지……."

더는 듣고 싶지도, 말을 섞고 싶지도 않았다. 사련은 제 방으로 들어가 세차게 문을 닫았다.

문을 닫기 무섭게 그는 외마디 고함을 지르며 침상 위로 뛰어들었다.

결국 눈 가리고 아웅이다. 그는 지금 현실을 부정하고 있을 뿐이었다.

아무리 노력해도 한번 일어난 일은 사라지지 않는다. 처음으로 되돌아갈 수도 없다.

그날 저녁, 누군가가 문을 두드렸다. 사련은 풍신인 줄 알고 무시했다. 이윽고 황후의 목소리가 들려왔다.

"황아, 어미다. 좀 들어가도 괜찮겠느냐?"

사련은 그저 가만히 누워 있을 생각이었다. 그러나 결국에는 몸을 일으켜 문을 열고 힘없이 물었다.

"뭔데요?"

황후는 접시 하나를 들고 문 앞에 서 있었다.

"여태껏 굶지 않았느냐?"

그녀를 바라보던 사련은 목구멍까지 차오른 '굶었어도 어머니가 만든 음식은 안 먹어요'라는 말을 꾹 삼키고, 옆으로 비켜서서 제 어머니를 들여보냈다. 황후는 접시를 탁자에 올려 두고 말했다.

"자, 보려무나."

사련은 시선을 옮겼다. 기가 막혀 웃음이 나올 지경이었다.

"이게 뭡니까?"

황후는 보물이라도 자랑하듯 말했다.

"봐라, 이건 '비익연지완자', 이건 '화호월원탕'……."

비익연지완자라는 요리는 늘어진 시체 같았고, 화호월원탕이라는 요리는 생김새가 우글쭈글했다. 사련은 하는 수 없이 그녀의 말을 잘랐다.

"왜 이런 음식에까지 이름을 붙이셨습니까?"

"원래 요리에는 이름이 있지 않더냐?"

"황궁 수라상이나 그렇겠죠. 보통 사람들은 요리에 그런 이름 안 붙입니다."

황궁, 수라상, 보통 사람. 황후는 한동안 뜸을 들이다 웃으며 말했다.

"수라상에만 이름을 붙이란 법이 어디 있느냐. 다 좋은 운이 깃들게 해 주십사, 하는 마음인 게지. 자, 어서 들어 보거라. 이 어미가 긴 시간 공들여 만들었단다."

그리 말하며 그녀는 젓가락을 내밀었다. 사련은 웃지도, 젓가락을 건드리지도 않았다.

황후는 웃으며 잠시 앉아 있다가, 차츰 웃음기를 거두고 운을 뗐다.

"황아."

"왜 부르세요."

"또 풍신과 다툰 것이야?"

사련은 조금도 설명하고 싶지 않았다. 이젠 설명할 기운도 없었다.

"두 분은 그냥 방에 얌전히 계세요. 이런 건 신경 쓰지 마시고요."

황후는 잠시 망설이다 입을 열었다.

"이 어미가 할 말은 아니겠다만, 그래도 네가 없는 동안 풍신이 계속 우리를 돌보느라……."

"어머니, 대체 무슨 말씀을 하고 싶으신 겁니까?"

황후가 쩔쩔매며 말했다.

"황아, 화내지 말아라. 널 혼내려는 게 아니다. 정말이야. 너도 고생이 많다는 걸 안다. 하지만 풍신도 우리를, 너를 따라다니느라 많이 힘들 것이야. 난 알 것 같더구나. 그 아이는 떠나고픈 마음이 있는데도 지금까지 우리 곁에 남았어. 그게 다 너와의 옛정을 생각해서……."

여기까지 들은 사련은 벌떡 몸을 일으켰다.

"누구는 안 힘들답니까? 저는 안 힘들어요? 어머니, 다들 그만 물어보면 안 됩니까? 아무것도 모르면서 왜 자꾸 끼어들어요?"

그는 문을 박차고 나갔다. 당황한 황후가 밖으로 쫓아 나왔다.

"황아, 어딜 가려는 게냐? 조용히 있으마, 다시는 말하지 않으마! 돌아오거라!"

사련이 날카롭게 소리쳤다.

"저도 압니다! 다들 힘들겠지요. 염려 마세요! 모두를 편하게 할 방법을 찾아 올 테니까요!"

황후는 그를 따라잡지 못하고 금세 뒤처지고 말았다. 사련은 밤중이 되어서야 자루 몇 개를 들고 돌아왔다. 문을 여니, 다들 뜬눈으로 그를 기다리고 있었다. 하나같이 낯빛이 어두웠다. 사련은 뒤로 손을 뻗어 문을 닫고 말했다.

"뭡니까?"

국주에게 타박을 받은 것인지 황후의 눈시울이 붉었다. 사련이 돌아오자 그녀는 안도의 한숨을 내쉬고 애써 웃어 보였다.

"황아, 왔구나! 이제 두 번 다시 쓸데없는 말은 하지 않을 터이니 갑자기 그렇게 나가 버리지 말아라. 무슨 일이든 네 말대로 하마…….”

다들 두려웠다. 사련이 자리를 박차고 나가 또 두 달 동안 종적을 감출까 봐 두려웠다. 하지만 사련은 의외의 대답을 내놓았다.

“오해하셨나 본데요, 전 아무 데도 안 갑니다. 이만 들어가서 쉬세요.”

국주와 황후는 이내 방으로 돌아갔다. 풍신은 짧은 정적을 깨고 입을 열었다.

“어딜 가셨냐고 여쭤봐도 대답해 주지 않으시겠죠.”

사련은 묵묵히 들고 온 자루를 바닥에 던졌다. 맑은 금속음이 울려 퍼졌다. 풍신이 물었다.

“이건 뭡니까?”

사련은 자루를 풀어 헤치고 뒤집었다. 안에서 한 아름 쏟아진 금붙이, 은붙이가 온 방을 휘황찬란하게 물들였다. 풍신은 자리를 박차고 일어났다.

“이…… 이게 다 어디서 난 겁니까?”

사련은 고개 한번 들지 않고 바닥에 앉아 개수를 세며 대답했다.

“뭘 그렇게 놀라. 성안 부잣집에 좀 다녀왔어. 걱정 마, 아무한테도 안 들켰으니까.”

풍신은 두 눈을 부릅떴다.

"전하……!"

그는 국주와 황후가 건넛방에 있다는 것을 떠올리고 목소리를 낮추었다.

"도둑질을 하신 겁니까?"

"그런 표정으로 볼 것 없어. 다들 살기 힘들잖아. 이런 게 있으면 훨씬 낫지."

"그렇다고 도둑질을 해요? 기예를 팔아도 되잖습니까!"

"온종일 죽기 살기로 기예 팔아서 몇 푼이나 벌 수 있는데?"

풍신은 두 걸음 물러섰다. 이렇게 당장이라도 혼절할 듯한 풍신의 표정은 사련도 처음 보았다.

풍신은 가까스로 중심을 잡고 섰다. 귀를 의심하던 그는 이내 현실을 받아들이고 나직하게 중얼거렸다.

"전하, 어쩌다 이렇게 변하셨습니까?"

사련은 고개를 들고 되물었다.

"내가 어떤데?"

풍신이 버럭 외쳤다.

"말씀드리고 싶지도 않습니다! 전하가 지금 어떤지 전하께서 직접 보십시오! 강도 사건도 조용히 넘어가 드렸는데 어떻게 한술 더 뜨실 수가 있습니까!"

사련은 짧게 냉소했다.

"역시."

"역시라니요?"

사련은 자리에서 일어나며 말을 이었다.

"역시 넌 계속 그 일을 마음에 두고 있었구나. 궁금한데 차마 못 물어봤잖아. 그치? 대체 어떤 상황이었을지 마음속으로 수백 번은 상상해 봤겠지. 이제 그만해, 알려 줄 테니까."

그는 한 걸음 한 걸음 풍신 앞으로 다가섰다.

"사실이야. 강도질한 거 맞아."

"전하……."

풍신은 자신을 몰아세우는 걸음에 한 발짝 물러서나 싶더니, 다시 앞으로 성큼 나서며 낮은 목소리로 분통을 터트렸다.

"우린 뭘 위해서 이렇게 힘겹게 살았던 겁니까? 이런 일을 하고 싶었으면 진작에 했지, 왜 지금까지 참았는데요? 이게 다 뭡니까? 지금까지의 노력을 물거품으로 만드시려고요? 정말 예전의 그 태자 전하가 맞으십니까!"

"그래. 뭐 하러 힘들게 참아야 해?"

풍신은 얼이 빠졌다. 사련의 목소리가 이어졌다.

"예전의 나는 어땠는데? 가만히 욕만 얻어먹었지? 반격도 안 하고 얻어맞았지? 주제 파악 못 하고 설쳤지? 창생을 구한다고 했지? 이게 뭔데? 그냥 얼간이 아니야? 넌 그런 얼간이가 좋아? 내가 꼭 그런 나여야 한다고 생각해? 내가 변한 게 그렇게 충격이야?"

풍신은 아연해졌다.

"실성하신 겁니까? 말씀을 왜 그런 식으로 하십니까?"

"틀렸어. 난 멀쩡해. 갑자기 정신을 차렸을 뿐이지. 정신을 차리니까 예전의 나야말로 실성했었다는 걸 알겠더라."

"……."

풍신은 가만히 중얼거렸다.

"어쩌다 이리되셨습니까? 언제 이렇게 변하신 겁니까? 이렇게 전하를 따르는 게 대체 뭘 위해서인지 전, 이젠 정말로 모르겠습니다……."

"그러면 떠나."

풍신은 순간 얼떨떨했다.

"예?"

"그만 떠나라고."

그 말을 끝으로, 사련은 세차게 문을 닫았다.

두 시진 뒤. 문 바깥에서 부스럭대는 기척과 나직한 말소리가 들려왔다.

풍신과 그의 부모님이 인사를 나누는 것 같았다. 풍신의 목소리는 무척 작았다. 황후의 목소리에는 울음이 섞였다. 국주는 말소리보다 기침 소리를 더 많이 냈다. 머지않아 문이 열리고 거듭 닫혔다. 풍신의 목소리는 사라지고 발소리도 멀어졌다.

풍신이 떠났다.

사련은 목석처럼 무표정한 얼굴로 방에 틀어박혔다. 이윽고, 그가 눈을 감았다.

드디어 떠났다.

모정이 떠난 뒤로 지금껏, 이 사실이 두려웠다. 언젠가 풍신도 떠나게 되리란 사실이.

너무 두려운 나머지, 이제 이런 두려움에서 그만 벗어나고 싶었다.

무딘 칼로 천천히 베어 내듯 두 사람의 우정과 의리가 조금씩 사라지고, 결국에는 서로 등을 돌리게 되느니 지금이라도 서둘러 터트려 버리는 편이 나았다.

풍신이 떠나기 전에는 두려웠다. 풍신이 떠나고 나니 두려움은 말끔히 사라졌다.

그러나 두려움이 사라진 대신, 괴로운 마음이 더해졌다.

사실 사련은 마음 한구석에 일말의 기대를 품고 있었다. 설령 자신이 불미스러운 짓을 했다고 인정하더라도, 지금처럼 꼴사나운 모습으로 변했더라도 풍신이 끝까지 곁에 남아 주리라는 기대였다. 누가 뭐래도 두 사람은 사련이 열네 살이 되던 해, 풍신을 호위로 발탁한 그 순간부터 그림자처럼 붙어 다녔던 사이였으니까. 상전과 부하이기 이전에 돈독한 벗이었으니까. 풍신 역시 태자 사련 말고는 마음을 쏟고 싶은 대상이 없었다. 기껏해야 국주와 황후를 겸사겸사 돌보았던 게 다였다.

하지만 풍신은 정말로 떠났다.

일찍이 예상했던 결말이었다. 충분히 받아들일 수 있는 결말이었다. 하지만 당장은 마음이 조금 버거웠다.

이때, 적막한 문 바깥에서 황후의 목소리가 들려왔다.

"황아, 미안하구나."

"……."

침상에서 일어난 사련은 문을 열고 나와 지친 목소리로 입을 열었다.

"두 분과는 상관없는 일입니다."

황후와 국주는 낡은 탁자 앞에 앉아 있었다. 황후가 말했다.

"다 우리가 널 끌어들인 탓이다. 우리 때문에 나쁜 일을 떠맡고 풍신과 싸우게 됐어."

사련은 억지로 웃어 보였다.

"나쁜 일은 무슨. 서책이나 전기를 봐도 죄다 부잣집 터는 의적 이야기투성이잖아요? 떠나라면 떠나라죠. 잘됐어요. 풍신이 떠나니까 훨씬 홀가분해요. 서로 홀가분한 일이에요. 두 분은 병세부터 좋아지면 그때 다시 말씀하세요. 내일이면 효험 좋은 약을 살 수 있을 겁니다."

그러자 국주가 눈을 부라렸다.

"이런 돈 필요 없다."

황후가 가만히 그를 잡아당겼다. 사련이 물었다.

"그럼 뭘 어쩌고 싶으신데요?"

국주는 기침을 몇 번 토하고 말을 이었다.

"가서…… 풍신을 데려와라. 난 이런 돈 필요 없다."

황후는 국주를 잡아당기면서도 말을 거들었다.

"그래, 풍신을 쫓아가려무나. 그 아이는 충심 깊은 심복이고 네 가장 친한 친구이니……."

"이제 충심 깊은 심복 같은 건 없습니다. 돈이 생겼으면, 쓰면 그만이에요. 쓸데없는 말은 마세요. 두 분은 아무것도 모르신다니까요."

긴 침묵 끝에 황후가 입을 열었다.

"미안하구나, 황아. 이 어미 아비가 너 혼자 애쓰는 것을 미처 몰랐다. 어미 아비가 평범한 인간이라 도움이 되기는커녕 네 손을 빌리기만 하는구나."

말을 이어 갈 기력이 없었던 사련은 건성으로 두 사람을 달랜 후 방으로 돌려보냈다. 그는 정신을 차릴 생각으로 흰 비단과 옷가지를 벗어 던지고 한바탕 몸을 씻은 뒤, 침상에 눕기 무섭게 곯아떨어졌다. 이튿날, 잠에서 깬 그는 잠결에 속으로 중얼거렸다.

'왜 풍신이 날 안 깨웠지?'

얼마나 지났을까. 그는 풍신이 떠났다는 사실을 뒤늦게 떠올렸다.

그는 벌떡 일어나 앉아 한참 멍하니 넋을 놓다가, 또 한 가지를 떠올렸다.

풍신은 떠났다지만, 부모님은? 왜 두 분도 들어오지 않으셨지?

평소라면 이맘때쯤 국주의 기침 소리가 들려야 마땅했다. 끊일 줄 모르던 그 소리가, 오늘은 기이하리만치 잠잠했다.

어쩐지 마음이 불안했다. 사련은 옷을 걸치고 침상을 내려와 허공을 휘적이며 몇 번 헛손질을 했다. 아무리 찾아도 얼굴을 가릴 때 쓰는 흰 비단이 보이지 않았다. 그는 옆방 문을 밀어젖히며 운을 뗐다.

"모후, 혹시 제 비단……."

문을 연 순간, 사련의 두 동공은 삽시간에 희미한 점으로 조여들었다.

비단을 찾았다.

비단은 대들보에 매달려 있었다. 그 아래에는, 한참 전에 굳어져 미동조차 없는 두 노인의 몸도 매달려 있었다.

사련의 부모님이었다.

사련은 자신이 꿈을 꾸는 게 아닐까 의심스러웠다. 휘청대며 힘겹게 벽을 짚었지만, 자꾸만 흔들리는 몸을 버티지 못하고 끝내 벽면을 따라 미끄러져 내렸다.

그는 바닥에 주저앉아 두 손으로 얼굴을 감쌌다. 불현듯 숨통이 막혀 왔다. 그는 울다가 웃기를 거듭하며 읊조렸다.

"나, 나는, 나는……."

마땅한 상대도 없이 횡설수설하기를 한참, 그는 또다시 중얼거렸다.

"아니, 그럴 리 없어. 난, 잠깐, 나는, 안 돼, 나는……."

끝으로 갈수록 온전한 문장 하나 내뱉지 못했다. 그는 돌아앉아 목청껏 고함치며 벽에 머리를 몇 번이고 들이박았다.

진작 알아챘어야 했다. 그의 아버지는 늙고 고루한 옛 군주였고, 어머니는 식구가 괴로움에 시달리는 모습을 눈 뜨고 지켜보지 못하는 그런 사람이었다. 특히 자신들을 위해 고생하는 모습은 더더욱 지켜보지 못했다. 두 사람은 반평생 호사를 누린 황족이었으니, 지금까지 버틴 것만으로도 기적이었다.

사련은 벽에 머리를 수백 번 들이받고 나서야 입속말로 중얼거렸다.

"풍신, 부모님이 돌아가셨어."

듣는 사람은 아무도 없었다.

이때, 문득 그는 부모님의 시신을 내려 드려야 한다는 생각이 들었다. 시신을 바닥에 눕힌 사련은 할 일 없는 사람처럼 방안을 맴돌다가 탁자 위에 차갑게 식은 음식을 발견했다. 어제 자신이 먹지 않고 돌려보낸 황후의 음식이었다. 그는 넋을 놓고 접시를 가져와 음식을 깡그리 먹어 치웠다. 쌀 한 톨이라도 놓칠세라 부스러기 하나 남기지 않았다. 식사를 마치고는 다시 속을 게워 내기 시작했다.

불현듯 사련은 흰 비단을 낚아채 대들보 위에 던지고 목을 매달았다.

숨이 먹먹하게 막혀 왔다. 그러나 정신은 끝까지 또렷했다. 두 눈에 핏발이 서고 목뼈에서 바드득 소리가 울리는데도 정신은 끝까지 또렷했다. 게다가 무슨 영문인지, 아무리 목을 매고 또 매도 흰 비단은 저절로 느슨하게 풀어졌다. 사련은 요란하게 바닥으로 떨어지고 말았다. 가물가물한 시야 속, 그 비단은 바람도 없는데 혼자 움직이더니 독사처럼 느릿하게 똬리를 틀었다.

이 비단에 혼이 생겨난 것이다.

법력이 담기고, 사련의 피가 묻고, 두 황족이 목매달아 죽고. —만약 사련이 죽었다면 세 명이 됐을 테지만. 이렇듯 지독한 원기와 사기가 묻은 비단이 정괴로 변하지 않으면 그게 더 이상했다.

갓 세상에 나온 이 작은 정괴는 자신이 얼마나 절망적인 상황에서 태어났는지 꿈에도 모른 채, 제게 혼을 불어넣어 준 사람에게 반갑게 날아들었다. 다정한 손길이라도 기대하는 기색이었다. 하지만 사련은 눈길 한번 주지 않았다. 그는 머리를 감싸 쥐고 발악했다.

"누가! 누가 나 좀 죽여 줘!"

제발 누군가 당장 자신의 목숨을 거두어 주었으면, 이 끝없는 고통과 절망에서 끌어내 주었으면 했다.

바로 이때, 멀리서 하늘을 뒤흔드는 웅장한 북소리가 울려 퍼졌다. 사련은 두 눈에 핏발을 세운 채 거친 숨을 몰아쉬며 생각했다.

'누구지? 뭐야?'

어떤 힘이 그의 몸을 비틀비틀 일으켜 세워 밖으로 내보냈다. 한참을 걸은 끝에 사련은 알아냈다. 그건 영안국 군주의 즉위와 황성의 천도, 새로운 황궁 낙성을 축하하는 소리였다.

온 천하가 한마음으로 경축하고 있었다. 선락국의 옛 유민들도 이제는 영안국을 위해 환호했다. 거리 위 사람들의 찬란한 웃음꽃이 너무도 눈에 익었다. 기억났다. 정월 제천유 날, 선락국 황성 사람들도 이렇게 환호했었다.

사련은 휘청이는 걸음으로 되돌아가 바닥에 맥없이 주저앉았다.

왜 하필 선락국 국왕과 국모의 시신이 발치에 누워 있는 지금, 내게 '영안인'의 환호성을 들려주는 거지?

사련은 손바닥에 얼굴을 파묻고 한참을 울다 웃었다.

이윽고 그가 킬킬대며 말했다.

"그렇게 쉽게는 안 되지."

어떤 목소리가 머릿속을 스치고 지나갔다. 인면역은, 원념…… 인면역을 만들어 내는 방법은…….

두 눈동자에 흉흉한 빛이 스쳤다. 그는 홀연히 목소리를 낮추었다.

"평안하도록 두지 않겠어."

그는 우는 듯 웃는 듯, 기쁜 듯 슬픈 듯 한 표정으로 벽에 기댄 채 천천히 몸을 일으켰다.

"영안국, 영원한 평안이라고? 꿈 깨. 평생 꿈도 꾸지 마! 저주하겠어. 네놈들을 저주하겠어! 전부 죽여 버릴 거야, 한 놈도 남기지 않고! 하하, 하핫, 하하하하하!"

웃고 또 웃던 사련은 실성한 듯 방을 뛰쳐나갔다. 그러다 거울을 지나친 순간 우뚝 멈춰 서서 고개를 홱 돌렸다.

거울에 비친 그는, 완연히 다른 모습을 하고 있었다.

그가 걸친 옷은 몇 번을 빨아 닳아 빠진 흰 도포가 아니라 소매가 널따랗고 깨끗한 상복이었다. 얼굴도 자취를 감춘 지 오래, 반은 울고 반은 웃는 희비면이 그 자리를 대신했다.

예전의 사련이었다면 거울 속 자신을 보고 기겁하며 고함을 쳤겠지만, 지금의 그는 조금도 두렵지 않았다. 무덤덤한 눈으로 웃음을 터트리던 그는 비척거리며 몸을 던져 문을 열고 뛰쳐나갔다.

옛 선락국 황성은, 이제 흉물스러운 폐허로 전락했다.

폐허 근처에는 요행히 살아남은 주민들과 갈 곳 없는 유랑민들이 살고 있었다. 인면역이 발발하고 황성이 멸망한 뒤로 화려했던 옛 왕도는 찬 바람만 몰아치는 을씨년스러운 곳으로 변했다. 그런데 오늘은 평소보다도 유독 을씨년스러웠다. 남루한 행색의 거지들이 황급히 달아나며 하늘을 올려다보았다. 아주 불길한 일이 일어날 것 같으니 어서 떠나자, 다들 그리 생각하고 있었다.

퇴락한 황성 성문 앞은 전장이었다. 평소 아무도 발을 들이지 못하는 이곳에서 한 늙은 도사가 사방을 들쑤시며 떠돌이 넋을 붙잡고 있었다. 그는 넋을 잡는 족족 주머니에 욱여넣으며 연등을 엮을 채비를 했다. 그리 한참을 잡고 있는데, 문득 무언가가 눈에 들어왔다. 언제 나타났는지, 전장 끄트머리에 기이한 백의 청년이 서 있었다.

실로 기괴하고 괴이할 노릇이었다. 소매가 널따랗고 새하얀 상복 차림. 그 소매를 여민 흰 비단은 흡사 살아 있는 듯 바람에 나부꼈다. 얼굴에는 절반은 울고 절반은 웃는 창백한 가면을 쓰고 있었다.

그 도사는 온몸의 솜털이 곤두섰다. 도망쳐야 하는 이유를 깨닫기도 전에 두 다리가 제멋대로 전장을 뛰쳐나갔다. 그는 놀란 가슴을 부여잡고 멈춰 서서 뒤를 돌아보았다.

그 백의 청년은 말없이 느릿하게 전장을 거닐었다. 스산한 바람 속, 내딛는 걸음마다 전사한 병사들의 유해가 밟혔다.

숱한 망혼이 이 땅에서 몸부림치며 울부짖고 있었다. 지독한 원념에 공기마저 검게 물들었다.

그 백의 청년은 냉담하게 입을 열었다.

"원망스럽나?"

망령들이 서럽게 흐느꼈다. 백의 청년은 다시 걸음을 떼며 말했다.

"너희가 목숨 걸고 지킨 자들이, 지금은 새로운 나라의 백성이 되었다. 원망스럽나?"

망령들의 흐느낌 속에 날카로운 비명이 뒤섞였다.

백의 청년은 느릿하게 말을 이었다.

"그들은 전장에서 전사한 너희를 잊고, 너희의 희생을 잊고, 너희의 목숨을 앗아 간 자를 위해 환호하고 있다. 원망스럽나?"

이제 비명에 더해 울부짖는 소리까지 뒤섞였다.

백의 청년이 목소리를 날카롭게 높였다.

"소리만 지르면 무슨 소용이야! 대답해, 원망스럽나?"

전장 위로 펼쳐진 하늘에 원념과 고통으로 충만한 목소리가 수없이 메아리쳤다.

"원망스러워……."

"너무 원망스러워……."

"죽이고 싶어…… 다 죽여 버리고 싶어!"

백의 청년은 망령들을 향해 두 팔을 벌렸다.

"내 쪽으로 오거라."

그는 한 글자, 한 마디씩 잇새로 짓이겼다.

"내 약조하겠다. 영안인은, 영원토록 평안치 못할 것이다!"

천지를 뒤흔드는 처절한 비명과 포효가 울려 퍼졌다. 선락 병사들의 망혼과 인면역으로 죽은 황성 백성들의 혼령이 서로 화답하며, 새카맣게 휘몰아치는 안개 속에서 서서히 형태를 바꾸었다.

멀리서 이 장면을 빠짐없이 지켜본 늙은 도사는 전율에 몸서리쳤다.

"이…… 이건……!"

이 순간, 그의 머릿속에 유일하게 떠오른 네 글자가 있었다.

백의화세!

이때, 백의 청년은 등 뒤에서 한 소년의 목소리를 들었다.

"전하……."

그는 뒤를 돌아보았다. 검은 옷을 입은 소년이 쥐도 새도 모르게 뒤쪽에 나타나, 한쪽 무릎을 세우고 꿇어앉은 채 고개를 숙이고 있었다.

102장 흰옷의 귀신, 검은 무인을 점찍다

'소년'이라고 판단한 것은 목소리와 몸집 때문이었다.

소년은 말끔한 무인 차림에 키는 훤칠했지만, 갓 자라난 대나무처럼 풋풋한 느낌이 물씬 풍겼다. 옷은 먹처럼 새카맸다. 마찬가지로 새카만 머리카락은 하나로 묶어 올렸다. 허리에 찬 칼은 늘씬했다. 천천히 고개를 든 소년은 사련처럼 새하얀 가면을 쓰고 있었다. 눈을 반달처럼 휜 채 웃는 가면이었다.

백의 청년은 비명 속에서 줄줄이 뒤엉키는 검은 기운을 소매 속에 빠짐없이 거두었다. 그 모습이 흡사 흐르는 강물을 약병에 쓸어 담는 것 같았다. 소년은 사납게 몰아치는 검은 바람 속에서도 요지부동이었다. 백의 청년이 말문을 뗐다.

"지금 누굴 부른 거지?"

소년은 승복하는 듯 맹세하는 듯, 한쪽 무릎을 세우고 꿇어

앉은 채 대답했다.

“태자 전하를 부른 것입니다.”

백의 청년은 차갑게 대꾸했다.

“난 태자 전하가 아니다.”

그런데 예상 밖에 소년이 받아쳤다.

“맞으십니다. 전하의 목소리와 자태를 제가 기억합니다.”

그 백의 청년의 목소리에서 어렴풋하게 노기가 느껴졌다.

“아니라고 했을 텐데.”

이 백의 청년은, 당연히 상복을 입고 희비면을 쓴 사련이었다.

가면으로 얼굴을 가린 뒤로 아무도 그를 알아보지 못했다. 그 역시 들키고 싶지 않았다. 그런데 전장에서 떠돌던 이 소년 무인이 그의 정체를 과감하게 입에 올렸다.

이때, 사련의 소매를 걷어 묶은 흰 비단이 독사처럼 튀어나와 소년을 덮쳤다. 하늘하늘한 비단처럼 보여도 공격할 때만큼은 무척 사납고 사기가 넘쳤다. 공격에 걸려들기 직전, 소년은 손을 쳐들고 그 비단을 단단히 움켜쥐었다.

비단은 한쪽 끝으로 사련의 손목을 감고 다른 한쪽 끝으로는 소년의 손목을 감은 채 팽팽하게 늘어졌다. 마음 같아선 빠져나오고 싶었으나, 그 소년은 독사의 급소를 단단히 틀어쥔 것처럼 한사코 놓아주지 않았다. 소년의 손에서 서늘한 한기가 끊임없이 흘러나왔다.

이 소년은, 의심할 여지 없이 망혼이다.

그것도 힘이 지극히 강한 망혼.

사련은 비단 끝에서 전해지는 심상찮은 힘을 느끼고 한마디 물었다.

"이름이 뭐지?"

짧은 침묵 끝에 소년이 대답했다.

"전 이름이 없습니다."

사련도 구태여 캐묻지 않았다.

"이름이 없다면 무명(無名)이겠구나."

"전하께서 편하신 대로 불러 주십시오."

사련은 거듭 물었다.

"전장에서 죽은 병사의 망혼이냐?"

"그렇습니다."

사련은 그제야 손을 거두었다. 흰 비단은 단숨에 사련에게 날아오더니, 맹독이 묻은 혀를 날름대는 것처럼 멀찍이서 소년을 향해 쉭쉭대며 위협적으로 굴었다.

전사한 망혼이라면 그에게 공명할 만도 했다. 검은 옷을 입은 이 소년 무인도 '영안인'에게 깊은 원한을 품었을 터다. 거꾸로 생각하면 수하에 두고 쓸 수 있다는 뜻이 된다. 어쨌거나 두 사람의 목적은 같았으므로.

그리하여 사련이 말했다.

"그렇다면 날 따르거라."

그는 소년에게 손을 내밀었다.

"원하는 것을 얻게 해 주겠다."

가면에 가려진 소년의 얼굴이 어떤 표정을 짓고 있는지는 알 수 없었다. 물론 서로가 마찬가지였다.

잠시 정적이 흘렀다. 소년은 이내 망설임 없이 사련이 내민 손을 쥐더니 깊이 고개를 숙이며 차가운 이마를 사련의 손등에 맞댔다.

이윽고 나직한 목소리가 들려왔다.

"죽을 때까지 전하를 따르겠습니다."

하지만 사련은 손을 치우고는 양 소매를 포개고 돌아서서 냉담하게 말할 뿐이었다.

"이미 죽은 것을. 가자."

소년은 자리에서 일어섰다. 뒤를 돌아보고서야 깨달은 사실이지만, 소년은 사련이 생각한 것보다 훨씬 키가 컸다. 열일곱 남짓한 나이라면 이 나이대 중에서는 상당히 큰 키였다. 심지어 그보다도 조금 컸다. 하지만 그게 무슨 상관이겠는가. 사련은 시선을 던지기 무섭게 돌아서서 다시 걸음을 옮겼다.

사련이 앞장서서 걷자, 이름 없는 소년 무인은 정말로 뒤를 따랐다.

"전하, 어디로 가실 겁니까?"

사련의 눈빛이 먼 곳을 향했다.

"영안 황궁."

영안 황궁은 서쪽의 다른 대도시에 세워졌다. 그동안 동쪽의 선락 황성에 눌려 있었을 뿐, 원래부터 번화한 도시에 속하는 곳이었다. 선락 황성이 역병의 도시로 전락한 뒤로 새로운 군주가 이 도시를 새 왕도로 택했다. 그렇게 이 도시는 금세 옛 황성을 누르고 화려함과 웅장함을 자랑하게 되었다.

사련은 한밤중이 되어서야 영안 황성에 도착했다. 달빛 아래, 그는 새 황성의 빽빽한 처마 위를 흰 고양이처럼 은밀하게 누볐다. 소년 무인도 검은 여우처럼 움직이며 한시도 놓치지 않고 바짝 뒤를 따랐다. 머지않아 두 사람의 그림자는 한 대문 앞에 내려앉았다.

뭔가 이상했다. 사련은 대문에서 희미하게 맡아지는 불길한 냄새에 우뚝 멈춰 섰다. 손을 뻗어 살펴보려는 순간, 소년 무인이 한발 앞서 그의 앞을 가로막았다. 그러곤 손바닥을 내밀고 나직하게 외쳤다.

"파(破)!"

무언가가 불타는 것처럼 문틈에서 불빛이 새어 나왔다. 소년은 잠시 기다리고서야 문을 밀어젖혔다.

"전하."

문으로 들어선 사련은 바닥을 내려다보았다. 예상대로 바닥에 까맣게 그슬린 재가 흩어져 있었다. 사련은 재 가루를 조금 집어 향초와 부적 냄새를 확인한 다음, 그 소년을 곁눈질로 쳐다보았다.

이 귀신은 역시 보통내기가 아니다.

이 불탄 잔해는 누군가 문 앞에 설치한 호법용 주술이었다. 게다가 평범한 잡귀가 억지로 문을 부수거나 그대로 통과하면 오장육부가 잿더미로 변할 만큼 효력이 강했다. 그런데 이 소년 무인은 한순간에 이 주술을 송두리째 없애 버렸다.

새로 낙성해서인지는 몰라도, 영안 황성은 화려하기는커녕 조금 초라해 보였다. 하다못해 선락 황궁의 발끝에도 미치지 못했다. 물론 이쯤이야 이상하지 않았다. 이상한 것은, 오는 길마다 액막이용 진법과 함정 같은 장애물이 줄줄이 이어졌다는 점이었다. 다만 사련이 함정을 확인하려 들 때마다 그 소년 무인이 한발 먼저 장애물을 부수고 앞길을 정리해 주었다. 덕분에 사련은 막힘없이 나아갈 수 있었다.

반 시진 뒤. 영안 황궁의 높다란 대전 위편, 두 늘씬한 인영이 지붕을 딛고 아래를 내려다보았다.

두 사람은 모두 가면을 쓰고 있었다. 백의 청년의 소매가 펄럭거리며 나부꼈다. 동여맨 흰 비단은 바람에 어지러이 휘날렸다. 노련한 자태로 허리에 장도를 찬 소년 무인은 백의 청년의 곁을 지키며 그와 같은 방향을 응시했다. 달빛 아래로 펼쳐진 이 정경은 괜스레 기괴하고도 정다워 보였다.

새로이 등극한 영안국 국주가 지금 이 대전 안에 있다. 사련은 차갑게 웃었다.

"황궁에 이 많은 액막이 주술을 걸어 놓다니, 정말 뭐라도 찾아올까 봐 겁났던 모양이지?"

무명이 말했다.

"전하, 제가 앞장서겠습니다."

"됐다. 내가 직접 가겠다."

말을 마친 사련이 훌쩍 뛰어내리더니, 바람에 휩쓸려 떨어지는 꽃송이처럼 조용히 황궁 앞에 내려앉았다.

대전의 문을 열고 들어가려던 순간이었다. 문득 안에서 갓난아이의 울음소리가 새어 나왔다.

황제 낭영은 부인도 없고 아들도 일찍이 죽었는데, 대전에 웬 갓난아이가 있지?

하지만 아무래도 좋았다. 갓난아이는 물론이고 천군만마가 숨어 있어도 두렵지 않았으므로. 그는 단숨에 문을 걷어찼다.

기이하게도 대전 안에는 한 사람뿐이었다. 다른 사람도, 갓난아이도 보이지 않았다. 사련의 기척을 느낀 그 사람은 고개를 들고 말했다.

"왔나? 그대를 찾고 있었네."

대전 안에 있는 사람은, 낭영이었다.

그는 국주로 추대되었는데도 화려한 옷 하나 걸치지 않고 멍하니 옥좌에 앉아 있었다. 낭영의 반응에 의아해진 사련은 뒤늦게야 깨달았다. 낭영은 가면에 상복 차림인 자신을 백무상으로 착각한 것이었다.

이 궁전에도 진법을 깔아 놓은 모양이었다. 안으로 들어서니 앞을 가로막은 무언가가 또렷하게 느껴졌다. 하지만 그는 걸음에 힘을 주고 대전 바닥을 내디뎠다. 이내 공기 속에서 무언가가 파스스, 부서졌다.

대전 바깥에서 쏟아져 들어오는 겨울바람에 사련의 옷가지가 사납게 나부꼈다. 그는 서늘한 목소리로 물었다.

"왜 날 찾았지?"

이 목소리를 들은 낭영의 표정이 설핏 변했다.

"너였어?"

사련은 천천히 앞으로 다가갔다. 흰 신발이 한 걸음 한 걸음 얼음장 같은 돌바닥을 내디뎠다. 그가 대답했다.

"그래."

낭영은 장골인 몸으로 군대를 이끌고 선락국을 멸한 데다 제왕의 기운까지 둘렀기에 평범한 악령은 그에게 함부로 접근할 수가 없었다. 그러나 지금 사련이 데려온 것은 수천수만에 달하는 전사한 망혼이었다.

사련은 확신했다. 지독한 원념으로 가득 찬 원령이 떼로 모였는데 고작 낭영 하나를 해치울 수 없으려고? 아니나 다를까, 원령들은 당장이라도 뛰쳐나가 적의 신선한 육체에 기생하고 싶어 안달을 냈다. 원령들이 꿈틀대는 소리는 아무에게도 들리지 않았다. 낭영도 놀란 기색 하나 없이 담담하게 물었다.

"날 죽이러 왔나?"

사련은 무어라 대답하는 대신, 순식간에 사라져 낭영의 눈앞에 나타났다. 그러곤 그의 머리채를 움켜잡고 바닥으로 내리꽂았다.

해냈다.

희비면 뒤편, 사련의 입가가 무심결에 치켜 올라갔다. 역시, 역시! 낭영을 해치울 수 있다!

예전에는 신관이라는 신분에 발목이 붙잡혀 제왕의 운을 지닌 낭영을 건드리지 못했지만, 신관의 몸을 내버린 지금은 낭영을 제압할 수 있었다. 사련의 심장이 요란하게 고동쳤다. 그는 다음 동작을 이어 가려다 문득 안색을 바꾸었다.

"무슨 소리지?"

또 가느다란 갓난아이의 울음소리가 들려왔다. 하지만 분명이 대전 안에는 갓난아이 따위 없었다.

다시 확인해 보니 어딘가 이상했다. 이 울음소리는 사련의 손에 억눌린 낭영의 입에서 들려오고 있었다.

더 정확히 말하면, 낭영의 몸이다. 그의 윗옷을 헤친 사련은 두 눈을 휘둥그레 뜨고 급히 몸을 일으켰다.

"……이게 뭐지?"

낭영은 느릿하게 몸을 일으켜 앉았다.

"괜찮다."

사련이 아니라, 제 몸에 돋아난 무언가에게 건넨 말이었다.

낭영의 가슴팍에는 실제 사람 크기의 얼굴 두 개가 큼직한 종기처럼 돋아나 있었다. 큰 쪽은 이목구비가 수려했다. 얼핏 보니 여인 같았다. 작은 쪽은 쪼글쪼글한 것이 아무래도 갓난

아이 같았다. 간간이 흐르던 울음소리는, 바로 이 '갓난아이'의 입에서 나온 것이었다.

인면역!

사련은 경악한 목소리로 물었다.

"왜 인면역에 걸렸지?"

"이건 인면역이 아니다."

"어딜 봐도 인면역이잖아? 이게 인면역이 아니면 뭔데?"

"이건 내 아내와 아이다. 네가 말하는 그딴 병이 아니야."

그는 나직하게 말을 이어 가며 제 몸에 돋아난 두 얼굴을 부드럽게 쓰다듬었다. 말 그대로 남편과 아버지가 자신의 아내와 아이를 쓰다듬는 모습이었다. 그러나 그 두 얼굴은 눈도 채 뜨지 못하고 입을 달싹이며 울기만 하는, 텅 빈 인간 껍데기였다.

이윽고 낭영이 고개를 들었다.

"백무상은 어디 있지? 이렇게 하면 아내가 돌아올 거라더니, 한참이 지났는데 왜 아직도 말을 못 하지? 대체 어떻게 된 거야? 당장 그자를 불러 주게!"

이 말을 들은 사련은 문득 깨달았다.

"너, 백무상의 손을 빌려서 아내와 아이의 원령을 몸에 심었나?"

그랬다. 오는 내내 맞닥뜨렸던 황궁의 진법은, 외부의 침입을 막기 위해서가 아니라 안쪽에 숨겨 둔 존재가 도망치지 못하도록 설치해 둔 것이었다. 국주의 자리에 앉은 낭영은 남몰래 자신의 육체를 바쳐 이 두 원령을 먹여 살리고 있었다.

사련은 그와 끝장을 볼 생각이었다. 그런데 손을 쓰기도 전에 낭영이 알아서 제 몸에 인면역을 심어 버렸다. 가느다란 손발까지 자라난 것을 보니 그 두 얼굴은 아주 오래전부터 기생한 듯싶었다. 혹처럼 늘어진 꼴이 기괴하고도 끔찍했다. 게다가 두 얼굴이 숙주의 양분을 바닥까지 빨아먹었는지, 낭영의 두 갈비뼈는 기이하리만큼 불거졌고 아랫배도 깊이 쪼그라든 채였다. 살날이 얼마 남지 않은 사람처럼 살갗이 누렇고 몸집도 수척했다. 전장을 용맹하게 누비던 그 무인과는 생판 다른 사람이었다.

전쟁에서 승리해 국주 자리에 앉았을지언정 삶은 팍팍했던 모양이었다. 하지만 속 시원하다는 생각은 조금도 들지 않았다. 사련은 낭영을 움켜쥐고 일갈했다.

"지금 농담해?"

제 손으로 죽이기도 전에 다 죽어 가는 원수라니! 이게 뭐야? 뭘 어쩌란 건데?

손길이 닿은 순간, 낭영의 몸에서 영롱한 붉은빛이 후드득 떨어지더니 멀리까지 굴러갔다. 낭영은 사련의 손을 붙잡았다. 그는 이 사소한 움직임마저 버거운 듯, 거친 숨을 몰아쉬며 운을 뗐다.

"구슬…… 저 구슬."

사련은 고개를 돌렸다. 바닥에 떨어진 것은 그가 낭영에게 주었던 붉은 산호주였다. 낭영의 목소리가 이어졌다.

"늘 말하고 싶었어. 구슬, 고마웠다."

이 한마디가 나오자 사련은 얼이 빠졌다. 예상치 못한 이 한마디에 마음속 무언가가 물결치는 듯했다. 그는 곧장 그 감정을 억눌렀다.

"너……!"

낭영의 목소리가 나직했다.

"좀 더 일찍 줬으면 좋았을 것을. 애석하게도……."

말끝이 흐려졌다. 사련이 붙잡고 있던 몸뚱이도 무겁게 늘어졌다. 낭영은 그렇게 눈을 뜬 채 무너져 내렸다.

사련이 상황을 파악하기도 전에 무명이 입을 열었다.

"전하, 그자는 죽었습니다."

"……죽었다고?"

내려다본 낭영의 동공은 부옇게 흩어지고 있었다. 낭영이, 정말로 죽었다.

사련은 중얼거렸다.

"이렇게 죽어 버린다고?"

아직 아무것도 못 했는데, 이렇게 죽어 버린다고?

게다가 생각해 보면 퍽 완벽하고 기쁜 죽음이었다. 선락국에게 복수를 마치고 몸에 매달린 아내와 자식을 저승에서 만날 수 있게 되었으니 말이다. 숱한 고통에 시달리며 살아온 그에게는 죽음이야말로 일종의 해방이었다. 모든 것이 죽음으로 단칼에 해결됐다. 반면 사련은, 이제 복수의 대상마저 잃고 말았다.

가슴 미어지는 울분과 분노가 마지막에는 한 감정으로 귀결

됐다. ―한스럽다. 너무도 한스럽다.

낭영은 쓰러진 채 미동도 하지 않았다. 가슴팍에 자라난 두 얼굴은 숙주가 죽었다는 것을 아는지 갑자기 나란히 울기 시작했다. 귀 따갑게 앵앵대는 울음은 손톱으로 철판을 긁는 소리보다도 끔찍했다. 가뜩이나 분노로 미치기 직전이었던 사련은 검을 뽑아 두 얼굴을 베어 입을 닫아 버리려 했다. 그런데 순간 챙, 소리가 울리나 싶더니 소년 무인이 장도를 뽑았다. 선득한 빛과 함께 낭영의 시체가 조각조각 잘려 나갔다. 열 조각, 수백 조각…… 피와 살점이 난무했다. 사련은 손을 대기도 전에 선수를 빼앗겼다. 그가 서늘하게 입을 열었다.

"누가 너더러 나서라고 했지?"

무명이 대답했다.

"전하의 손을 더럽히실 필요는 없습니다."

바로 이때, 문밖에서 조급한 발소리가 울려 퍼졌다. 소년의 외침이 뒤를 이었다.

"숙부!"

누구지? 사련은 고개를 돌렸다. 대전 문이 활짝 열렸다. 열댓 살 남짓해 보이는 소년이 문어귀에 서서 이쪽을 바라보고 있었다. 함빡 웃고 있던 소년은 발을 들이자마자 펼쳐진 시신 덩어리에 꼼짝없이 얼어붙었다. 사련은 무심하게 물었다.

"넌 뭐지?"

"나는……."

입을 달싹이던 소년은 시선을 옮겨 바닥에 흩어진 시신 덩어리를 보고 기겁했다.

"숙부!"

이때 바깥에서 다른 누군가가 소리쳤다.

"태자 전하! 함부로 들어가시면 아니 됩니다! 국주께서 황궁을 선불리 돌아다니지 말라 이르셨습니다! 어찌 이 한밤중에 절 난처하게 만드십니까……."

태자 전하?

낭영의 아들은 이미 죽었다. 낭영을 '숙부'라고 부른 이 소년은 틀림없이 낭영이 손수 태자로 삼은 후계자, 영안 태자다!

어린 태자는 상황을 알아차리고 공포에 떨었다.

"귀신! 귀신이야! 여봐라……."

태자는 몇 마디 외치지도 못하고 소년 무인의 손날에 목덜미를 얻어맞아 그대로 기절해 피 웅덩이 위로 엎어졌다. 그러나 목소리는 벌써 밖으로 흘러나간 뒤였다. 금세 바깥이 소란스러워졌다.

"뭣이? 다들 들었소?"

"위병! 위병을 불러라!"

사련은 시선을 옮겼다. 그 소년 무인은 제게 맡기라는 듯 살짝 고개를 숙이고는 순식간에 밖으로 사라졌다. 삽시간에 바깥의 소란이 남김없이 가라앉았다. 대전을 나서자, 온 바닥에 쓰러진 호위병들이 보였다. 그 가운데에는 소년 무인이 서 있었다. 늘씬한 장도에서 피가 방울져 흘렀다. 놀랍게도 단칼에 끝낸 모양이었다. 그러나 멀리서 거듭 소란이 일어나나 싶더니, 새로운 호위병들이 일사불란하게 몰려왔다.

"국주 폐하를 엄호해라!"

"태자 전하를 엄호해라!"

사련은 냉담하게 돌아서서 외면했다. 예상대로, 머지않아 그 호위병들의 목소리는 또다시 단칼에 잘려 나간 것처럼 자취를 감추었다. 이내 그 소년 무인은 조용히 사련의 뒤를 따랐다.

사련은 가만히 고개를 돌리며 말했다.

"황궁을 태워라."

무명이 고개를 끄덕이며 대답했다.

"예."

맹렬하게 타오르는 불길 앞, 바닥에 드리운 훤칠한 두 인영의 그림자가 하염없이 모습을 바꾸며 일렁였다.

영안 황궁의 궁인들은 이 떠들썩한 소동에 놀라 몽땅 잠에서 깼다. 불을 끄라는 다그침과 도망가며 울부짖는 소리가 온 하늘에 나부꼈다. 이 광경은 선락 황궁이 불탔을 때와 판에 박은 듯 똑같았다.

소년 무인이 입을 열었다.

"전하, 이제 어디로 가실 겁니까."

백의 청년은 차가운 목소리로 답했다.

"낭아만으로 간다."

선락국이 멸망하기 전, 사련은 수도 없이 낭아만에 들렀었다. 그때만 해도 비를 내려 사람들을 구하러 갔던 터라 번번이 심신이 지치고 걸음이 무거웠었다. 하지만 목적이 달라진 이번에는 온몸이 가벼웠다.

가뭄에서 살아남은 낭아만은 새 군주의 전폭적인 지지 아래 일찌감치 활기를 되찾았다. 거리며 골목마다 즐거움이 넘쳤고 행인들은 신바람이 났다. 참담했던 수년 전과는 분위기가 천지차이였다. 다만 한 곳만은 여전히 참담했으니, 바로 선락 태자전이었다.

사련은 폐허가 되어 사람들의 발길이 끊긴 태자전을 휴식처로 골랐다. 지금 그는 대전에서 명상을 하는 중이었다.

이 원령들은 숙주이자 저주의 대상을 코앞에 두고 있던 참이었다. 그러나 낭영이 죽어 버리자, 다시 괴로움에 몸부림치며 사련에게 달라붙어 울고불고 소리치기 바빴다. 사련은 눈을 감은 채 손을 휘둘러 원령들을 쫓아냈다. 그가 미간을 구기며 말했다.

"기다려, 서두르지 말고. 금방 벗어나게 해 줄 테니까!"

이때, 한 목소리가 들려왔다.

"전하."

사련은 눈을 떴다. 앞쪽에 한쪽 무릎을 세우고 꿇어앉은 소년 무인이 보였다.

103장 이름 없는 귀신은 이름 없는 꽃을 바치고

사련은 원령 떼의 비명에 감정을 빼앗겨 정신이 흐릿한 상태였다. 그는 가면 아래로 식은땀을 흘리며 맥없이 대꾸했다.

"……그 두 글자로 부르지 마라."

누군가 자신을 이렇게 부르면 제게 무언가를 일러 주는 것만 같아 자꾸만 마음이 초조했다. 이 단어를 들을 때마다 속이 뜨끔했다. 하지만 무명은 이렇게 대답했다.

"전하께선 언제까지나 전하십니다."

사련은 시선을 옮겼다. 물론 이 소년 무인의 얼굴은 보이지 않았다. 그저 웃고 있는 가면만 보일 뿐이었다. 상대도 마찬가지로 사련의 얼굴 대신 창백한 가면만 보일 터였다.

그는 차갑게 대꾸했다.

"또다시 그렇게 불렀다간 혼을 부서뜨리겠다. 네 힘이 대단하다고 착각하지 마."

그 소년 무인은 고개를 조아리고 침묵했다. 사련은 기분을 가라앉히고 말을 이었다.

"낭아만 일대로 가서 진법을 펼치기에 가장 적당한 장소를 찾아라."

"예."

눈을 내리감은 사련은 이내 다시 눈을 뜨고 소년 무인을 바라보며 미간을 찌푸렸다.

"어찌 안 가고 있어?"

소년 무인이 대답했다.

"장소를 찾았다면, 시간은 어떡할까요?"

"시간?"

"망혼들도 한계에 다다랐으니 저주할 대상을 찾아 줘야 합니다. 오래 끌 수는 없을 겁니다."

확실히 오래 끌 수는 없는 일이다. 사련은 잠시 뜸을 들이다 대답했다.

"사흘 뒤."

그러자 무명이 물었다.

"왜 사흘 뒤입니까?"

무슨 영문이었을까. 사련은 무명과 말을 나눌수록 어쩐지 마음이 어수선해졌다.

"사흘 뒤에 보름달이 뜬다. 그때 인면역을 퍼뜨리면 위력이 배가 될 것이다. 꼬치꼬치 캐묻지 마라. 어서 가 봐."

무명은 고개를 끄덕이고는 조용히 물러갔다. 다시 눈을 감은 사련은 두통을 누그러뜨리고픈 심정으로 이마를 짚었다. 바로 이때, 등 뒤에서 차가운 비웃음 소리가 들려왔다.

익숙한 비웃음 소리에 사련은 온몸의 피가 얼어붙는 것 같았다. 벌떡 돌아서자, 역시나 희비면을 쓰고 상복을 걸친 새하얀 인영이 양 소매를 맞붙이고 뒤편 제단에 앉아 그를 쳐다보고 있었다.

백무상!

사련은 검을 뽑아 내찔렀다. 백무상은 두 손가락으로 가볍게 검날을 집고 한숨지었다.

"내 예상이 맞았어. 역시 이 모습이 잘 어울리는구나."

가면을 벗지 않는 한, 이 두 사람은 머리부터 발끝까지 똑같은 사람처럼 보였다. 두 백의 청년은 한차례 접전을 벌였다. 남들은 누가 누군지 전혀 구분하지 못할 풍경이었다. 백무상은 사련의 검 끝을 가뿐하게 피하며 말했다.

"태자 전하, 부모님을 그런 메마르고 을씨년스러운 타향 땅에 묻으면 그분들이 억울하지 않겠느냐?"

사련은 가슴이 덜컥 내려앉았다.

"부황과 모후의 시신을 건드렸나? 두 분의 시신을 뭉개 놨어?"

"아니, 오히려 반대다. 내가 대신 정중하게 장례를 치러 드렸지."

이렇듯 거칠고 노골적인 말이 입에서 튀어나올 때마다 사련은 조금 어색한 기분이 들었다. 하지만 백무상은 그의 머릿속을 꿰뚫어 보기라도 했는지, 그를 유심히 살펴보고는 상냥한 목소리로 말을 이었다.

"괜찮다. 이제 그 무엇도 널 속박하지 않는다. 네게 공연한 기대를 품는 사람도, 네 정체를 아는 사람도 없다. 그러니 뭐든 원하는 대로 해도 좋아."

이 말을 들은 사련은 문득 기묘한 기분에 휩싸였다.

이 괴물은 왜 나를 찾아왔을까?

호감을 사려고.

그랬다. 조금은 우스운 소리지만, 이 괴물은 지금 자신에게 손을 내밀러 온 것이라고 사련의 직감이 말하고 있었다. 제 부모님의 장례를 치러 준 것도, 그를 위로하는 말도, 전부 이를 위해서다.

단언컨대 그는 지금 아주 즐거울 것이다. 지금껏 사련이 보았던 어느 때보다도 더. 이런 사련의 모습을 보니 새삼스레 기뻤는지, 그의 태도가 무심결에 부드럽고 다정하게 변했다. 사련은 이 친절함에 한순간 마음이 흔들렸다. 하지만 뒤를 이은 것은 역시나 혐오감이었다.

사련은 차갑게 대꾸했다.

"기뻐하긴 아직 일러. 내가 너 같은 괴물을 세상에 남겨 둘 것 같아? 영안국을 멸하면 네놈과 사생결단을 내겠어!"

백무상이 양손을 펼치며 말했다.

"그야 환영이다. 참 기대되는구나. 날 죽이러 온대도 여기서 기다리고 있으마. 날 죽일 수 있을 만큼 강해지는 날에는 하산해도 좋다. 다만—."

어쩐지, 가면 아래에 숨겨진 웃음기가 사라진 것 같았다.

"정말로 영안을 멸할 수 있겠느냐?"

"무슨 뜻이지?"

"지금 당장 시작해도 될 터인데 어찌 사흘 뒤를 골랐을까? 막상 닥치니까 망설여지나? 조국도 망하고 식구도 죽은 이 상황에 복수할 용기도 없어? 다시 한번 실패한 태자 전하가 되고 싶은 건가?"

'실패'라는 두 글자가 유난히 귀에 거슬렸다. 사련은 검을 쳐들고 내리찍었지만, 곧장 날아든 발길질에 넘어져 바닥으로 짓눌렸다.

백무상은 어느새 사련의 검을 뺏어 든 채였다. 방금 그 부드럽고 상냥했던 어조에 모멸감이 담겼다.

"지금 네가 어때 보이는지 아느냐?"

사련이 가슴을 누른 흰 신발을 움켜쥐었다. 하지만 아무리 용을 써도 요지부동이었다. 그는 꿈쩍없이 짓밟힌 채 몸을 일으키지 못했다. 백무상은 가볍게 몸을 숙이며 말했다.

"지금 넌 토라진 꼬마 애나 다를 게 없다. 끝까지 마음이 물러."

욱한 사련이 받아쳤다.

"누가 무르다고 그래!"

"그럼 지금 뭘 하는 거지? 저주는? 깡그리 죽여 버리겠다던 결심은? 너 같은 신을 만난 네 부황과 모후, 병사, 백성들이 참으로 불쌍하구나! 생전에는 보살펴 주지 못하고, 사후에는 복수해 주지 못하고! 폐물 같으니!"

백무상은 발아래로 힘을 주었다. 사련의 희비면 아래로 핏줄기가 왈칵 흘렀다. 그건 목 안에서 솟구친 피였다.

아래로 늘어진 흑옥 같은 검 끝이 사련의 목에 닿아 왔다. 백무상은 검으로 목에 걸린 주가를 그으며 사련의 한 기억을 일깨워 주었다.

"검에 심장을 백 번 꿰뚫리는 기분을 다시 맛보고 싶더냐?"

거대한 공포에 사련은 숨이 막혔다. 몸도 굳어 꼼짝하지 않았다. 하지만 으름장을 놓은 백무상은 다시 상냥한 얼굴로 돌아왔다.

그는 발을 치우고 겁에 질려 굳어진 사련을 일으켜 앉혔다. 그러곤 사련의 얼굴을 한 방향으로 돌려놓았다.

"저것 좀 보거라. 저게 지금 네 모습이다."

눈앞에 보이는 것은, 허름한 제단에 놓인 부서진 신상이었다.

그 태자 신상이 손에 쥐었던 꽃과 검은 옛날 옛적에 사라지고 없었다. 불길에 휩싸이고, 도끼며 채소 더미에 얻어맞고, 바닥에 나가떨어지고, 절반이 까맣게 그슬린 신상은 사지가 온전하지 못했다. 차마 눈 뜨고는 못 봐 줄 참혹한 꼬락서니였다.

확실히 사련이 기억하는 자신의 모습과 아주 비슷했다.

백무상이 말을 이었다.

"네가 누구 때문에 이렇게 됐었지? 나 때문이라고 생각하나?"

누군가 머릿속을 억지로 씻기고 그 안에 새로운 무언가를 들이부은 것처럼, 사련은 갈수록 갈팡질팡했다. 그는 심지어 화내는 것조차 잊고 미심쩍게 물었다.

"……대체 목적이 뭐야? 대체 왜 날 괴롭히는 거지?"

"널 가르치겠다 하지 않았느냐. 네게 세 번째로 가르칠 내용이 바로 이것이다. 창생을 구할 수 없다면, 창생을 멸해라. 창생을 발밑에 짓이겼을 때 비로소 모두가 탄복할 것이다!"

이 한마디가 끝난 순간, 사련의 머리가 터질 것처럼 지끈거렸다. 그는 머리를 끌어안고 소리치기 시작했다.

그 원령들이다.

수없는 원령이 머릿속에서 날카롭게 울부짖었다. 머리가 아파 바닥이라도 구르고픈 심정이었다. 그러거나 말거나, 백무상은 한쪽에서 웃음을 흘리며 나긋하게 말했다.

"놈들은 이미 한계에 부딪혔다. 사흘 뒤에도 인면역을 퍼뜨리지 못하고 놈들에게 저주할 대상을 찾아 주지 못한다면, 그 대상은 네가 될 것이다. 그때가 되면 네 처지가 어떻게 변할지 아느냐?"

차가운 검이 다시 손에 쥐어지나 싶더니, 귓가에서 서늘한 목소리가 들려왔다.

"다시는 만회할 기회가 없을 것이다!"

지끈대는 두통이 서서히 사그라들었을 무렵, 사련은 머리를 움켜쥔 손을 내려놓고 눈을 떴다. 자신과 똑같이 상복을 차려입은 청년은 사라진 지 오래. 허름한 태자전 안에는 저 혼자뿐이었다.

얼마나 시간이 흐른 것인지 밤빛이 짙게 깔렸다. 태자전은 불빛 한 점 없이 캄캄했다. 사련은 문득 한 가지를 깨달았다.

벌써 사흘 가운데 하루가 지났다.

이때, 칠흑 같은 태자전 안에서 새하얀 물체가 반짝였다.

사련은 귀신에 홀린 듯 고개를 돌렸다. 그 물체의 정체를 알아본 순간, 가면 아래의 동공이 조여들었다.

그는 단숨에 그 물체를 낚아챘다.

"이 꽃은…… 뭐지?"

그건 새초롬하고 가냘픈 들꽃이었다. 새카맣게 그슬리고 부서진 신상의 왼손 위에 놓여 있으니 새삼스레 깨끗하고 쓸쓸해 보였다. 이렇게 보니 신상이 이 꽃을 지키기 위해 온몸에 상처를 입은 것만 같았다.

사련도 왜 자신이 이 광경을 본 순간 화가 치미는지 몰랐다. 그는 목소리를 높여 외쳤다.

"이리 나와라!"

머지않아 장도를 찬 소년 무인이 정말로 모습을 드러냈다. 소년이 운을 떼기도 전에 사련이 몰아붙였다.

"이 꽃은 뭐지? 누구 짓이야? 네 짓이냐?"

가만히 고개를 숙인 무명은 숨통이 조여들 기세로 붙잡힌 꽃송이를 잠깐 응시하더니, 나직하게 대답했다.

"아닙니다."

"그럼 누가 이딴 걸 놓고 갔어?"

"어찌 이 꽃 하나에 그리 화를 내십니까?"

사련의 안색이 한층 무겁게 가라앉았다. 그는 꽃송이를 바닥에 내던지며 말했다.

"……이런 유치한 장난은 꼴도 보기 싫다."

그러자 무명이 의외의 말을 꺼냈다.

"전하께선 어째서 장난이라 생각하십니까? 어쩌면 여기에, 정말로 전하를 모시는 신도가 있을지도 모릅니다."

이 한마디가 나오자, 사련은 갑자기 뺨이라도 얻어맞은 것처럼 그를 홱 돌아보았다.

"지금 날 비꼬는 거냐?"

"아닙니다."

"그럼 그런 같잖은 말은 집어치워! 신도 따위가 남았을 리 없잖아?"

무명은 잠시 뜸을 들이다 말했다.

"꼭 그러란 법은 없습니다."

"……."

사련은 인내심이 바닥날 것 같았다.

"그만. 대체 하고 싶은 말이 뭐지? 넌 선락국 병사가 아니더냐? 난 영안인 편드는 소리나 듣자고 널 전장에서 데려온 게 아니다. 얌전히 시키는 대로만 해!"

바닥에 떨어진 꽃송이는 사련의 마음을 쑤시고 눈을 찌르며 영문 모를 낭패감을 안겨 주었다. 그는 화풀이라도 하듯이 앞으로 달려가 꽃을 짓밟았다. 발길질을 끝내고 다시 생각해 보니 이 행동은 조금 생뚱맞았다. 고작 작은 꽃 하나에 길길이 날뛸 필요는 없지 않은가? 그런 생각이 들자, 그는 태자전을 박차고 나갔다. 찬 바람을 쐬고 나서야 마음이 차츰 가라앉았다.

소년 무인도 뒤에서 따라 나왔다. 사련은 입을 열었다.

"이 일대를 살피면서 이상한 곳은 찾지 못했느냐?"

"없었습니다."

"확실해? 인면역을 퍼뜨리려면 정확한 때와 장소를 골라야 한다."

"확실합니다."

할 말이 없어진 사련은 하늘을 올려다보았다.

짧은 정적이 흐른 뒤, 무명이 입을 열었다.

"전하, 역병을 퍼뜨릴 방법은 마련해 두셨습니까?"

"생각 중이다."

그는 허리춤에 걸린 검을 내려다보았다. 수천수만에 달하는 원령들은 이 검에 봉인해 놓았다. 하지만 이 역시 임시방편에 불과했다.

이때 무명이 불쑥 말했다.

“전하, 무리한 청이 하나 있습니다.”

“말해라.”

“그 검을 제게 맡겨 주십시오. 제가 인면역을 퍼뜨리고 싶습니다.”

사련은 소년을 돌아보았다.

“왜지?”

소년 무인은 가면에 가려진 두 눈동자로 그를 빤히 응시했다.

“제가 은애하는 사람이, 이 전쟁으로 중상을 입고 죽느니만 못한 삶을 살고 있습니다. 하지만 전 그 사람이 고통에 시달리는 모습을 지켜보아야만 합니다.”

“해서?”

“해서, 제가 이 검을 쥐고 그 사람을 위해 복수하고 싶습니다.”

어느 모로 보나 합리적인 이유였으나 사련은 영 탐탁지 않았다. 그는 눈을 가늘게 좁히며 말했다.

“아무래도 어딘가 이상해.”

그는 돌아서서 무명 주변을 한 바퀴 돌며 냉담하게 말을 이었다.

“너는 한을 품고 복수하려는 사람 같지가 않거든. 정녕 인면역을 퍼뜨리려고 내게 이런 청을 하는 것이냐?”

말은 이렇게 했지만, 인면역을 퍼뜨리려는 것이 아니면 달리 무슨 이유가 있을까?

이름 없는 소년 무인은 그를 향해 살짝 고개를 숙이고 대답했다.

"전하, 저는 그 누구보다도 놈들을 죽이고 싶습니다. 꼭 제 손으로 죽이고 싶습니다. 제가 그리 못 미더우시면 지금 당장 증명해 보이겠습니다."

"뭘 어떻게?"

소년 무인이 장도를 가만히 짚더니 느릿느릿 물러섰다. 소년이 세 걸음 물러섰을 무렵, 사련은 그가 무엇을 하려는지 알아챘다.

살인으로 자신의 복수심을 증명하려는 것이다.

사련이 대뜸 외쳤다.

"멈춰라!"

무명은 그의 말대로 멈춰 섰다. 그를 잠시 눈여겨본 사련은 단호하게 말을 이었다.

"아니. 인면역은 내가 직접 퍼뜨리겠다."

고개를 숙이고 가면까지 쓴 탓에 소년 무인의 반응을 알 길이 없었다. 하지만 사련도 남의 반응 따위 궁금하지 않았다. 그는 빙글 돌아서서 나직하게 말했다.

"……다만, 그 전에 네가 해야 할 일이 있다."

사련은 흑옥 같은 검을 들고 날카로운 검날을 응시했다. 눈동자에 기이한 빛이 번뜩였다. 소년 무인은 심상찮은 분위기를 느끼고 물었다.

"전하, 뭘 하시려는 겁니까?"

소년이 막을 새도 없이, 사련은 검 끝을 돌려 자신의 배에 찔러 넣었다.

이튿날, 낭아만 길거리.

요즘 들어 날씨가 영 별로였다. 하늘이 꾸물꾸물한 것이, 광풍이 몰아치는가 하면 또 장마가 쏟아지기 일쑤였다.

그러고 보면 요즘은 평화로운 곳이 한 군데도 없었다. 새로 낙성한 황궁에는 불이 났고, 국주와 태자는 중병으로 쓰러져 얼굴도 내밀지 못했다. 뒤숭숭한 분위기에 불길한 징조가 이어지자 사람들의 마음도 어수선해졌다. 세상 물정 모르는 꼬마들이나 근심 걱정 없이 술래잡기나 하며 노닥거렸다.

으스스하게 불어온 바람에 사람들의 눈앞이 흐려졌다. 뒤이어 거리 건널목에서 쾅, 하는 굉음과 함께 한 사람이 하늘에서 떨어졌다.

거리를 지나던 사람들은 이 난데없는 굉음에 소스라쳐선 분분히 거리 끝을 쳐다보았다. 바닥에 뚫린 사람 모양 구덩이 안에 한 사람이 머리카락을 흐트러뜨린 채 꼿꼿하게 누워 있었다. 온몸이 피투성이인 탓에 흰옷이 무섭게 얼룩져 있었다.

거리를 오가던 모두가 삽시간에 이쪽으로 몰려들었다.

"누구야!"

"세상에나, 어디서 떨어진 거요? 하늘인가?"

"죽었나?"

"아, 아닌 것 같은데요. 움직이는 것 같아요!"

"이 지경이 됐는데도 안 죽는다고? 잠깐, 가슴에 저게 뭐야? 검이야?"

사람들은 가까이 다가오고서야 이 사람의 모습을 제대로 살펴볼 수 있었다. 봉두난발 꼴이었지만 얼굴은 제법 깨끗하고 준수했다. 다만 두 눈을 위로 치켜뜬 것이, 어째 산 사람 같지가 않았다. 하지만 죽었다고 하자니 숨이 붙어 있었다. 오장육부를 꿰뚫은 새카만 검이 가슴팍과 함께 희미하게 오르내리고 있었다.

이때, 누군가가 흠칫하며 입을 열었다.

"잠깐, 이…… 이 사람…… 그, 그 태자 전하잖아요!"

그러자 다른 이도 알아보고 말을 보탰다.

"……그러네! 예전 태자잖아, 선락국 태자! 예전에 멀리서 봤어!"

"그 태자는 행방불명됐다며?"

"난 선경에 올랐다고 들었소만."

"이게 무슨 일인지……. 저 검은 또 뭐야? 진짜로 꽂힌 거요? 오싹하구먼……."

"그만들 보고 좀 비켜요, 좀 비킵시다, 예? 한창 갈 길이 바쁜데!"

두 길이 난 건널목에 인파가 몰리자, 뒤에서 오던 마차는 오도 가도 못하는 처지가 되고 말았다. 이내 마차에서 내린 사람들까지 떠들썩하게 합세했다. 이때 갑자기 누군가 외쳤다.

"잠깐! 지금…… 뭐라고 하는 것 같은데요?"

사람들은 그제야 조용히 숨을 죽이고 귀를 기울였다. 맨 바깥쪽을 둘러싼 구경꾼들은 아무런 소리도 들리지 않자 목청 높여 물었다.

"뭐라는 거요? 대체 무슨 일이래? 무슨 일인지 들었소?"

앞쪽에 서 있던 사람이 대답했다.

"못 들었소!"

"그럼 방금은 뭐라고 했는데?"

"살려 달라더군."

사련은 바닥에 정자세로 누워 한마디를 흘리고는 다시 입을 꾹 다물었다. 주변을 에워싼 구경꾼들은 저마다 다양한 표정을 지었다. 주방장처럼 보이는 통통한 사내가 말했다.

"살려 달라고? 이걸 어찌 살립니까?"

누군가 제멋대로 넘겨짚었다.

"검을 뽑아 달라는 소리 아닐까요?"

그 주방장은 제법 대담하게 다가가서 검을 뽑으려 했다. 그러자 다른 사람이 허겁지겁 그를 말렸다.

"아니, 안 돼! 절대 그러지 마시오!"

주방장은 고개를 갸웃했다.

"왜요?"

그 사람은 주방장에게 이유를 알려 주었다.

"그러다 큰일 나려고! 설마 모르는 거요? 선락국은 패전국이잖소? 어쩌다 패했는데? 그 인면역인지 뭔지 하는 것 때문이잖소. 그럼 왜 인면역이 퍼졌을까? 바로 이 역병의 신 때문에……."

"역병의 신? 그것이 참말이오?"

이 말이 나오자, 아무도 선뜻 손을 뻗지 못하고 큼직한 사람 모양 구덩이 주변에서 성큼 물러났다.

그럴 만도 했다. 아무도 이 전대 태자 전하의 속사정을 알지 못했으니까. 정말 역병의 신일까? 저 몸을 건드리면 소문으로만 듣던 끔찍한 인면역에 걸리나? 아니면 정말로 재수 옴 붙나? 게다가 보아하니 저 검을 뽑지 않아도 당장은 죽지 않을 듯했다. 얼마나 높은 곳에서 떨어졌는지는 몰라도, 엄청난 굉음을 내고도 죽지 않았으니 단연코 평범한 인물은 아닐 터였다.

이윽고, 누군가가 쭈뼛쭈뼛 입을 열었다.

"역시 관아에 신고하는 게……."

"이 태자 전하는 등선한 신선이라며? 관아에 신고한다고 상대가 되겠어?"

"그럼 뭘 어쨰요?"

의논에 의논을 거듭해도 마땅한 결론은 나오지 않았다. 역시 관아에 소식을 알리는 것 말고는 뾰족한 방법이 없었다.

뻗어 있으라고? 그럼 이대로 뻗어 있지, 뭐. 다들 각자 갈 길

가라고.

그렇게 사련은 사람 모양 구덩이에 쥐 죽은 듯 드러누웠다. 주변에 붐비던 인파가 서서히 자리를 떴다. 앞길을 가로막혔던 마차는 그를 돌아 지나갔다. 거리를 쏘다니던 꼬마들도 부모의 손에 이끌려 집으로 돌아갔다. 간간이 등장한 행인들은 옆쪽으로 멀리 떨어져 지나치기도 했다. 그는 시종 무표정한 얼굴로 침묵을 지켰다.

이 모습을 안타깝게 지켜보던 한 물장수가 같이 장사를 하던 부인에게 넌지시 물었다.

"저렇게 내버려 둬도 괜찮을까요? 아니면 우리가 물이라도 떠다 줄까요?"

물장수 부인은 잠시 망설이더니 주변을 살피며 목소리를 낮추었다.

"……됐어요. 정말 역병의 신이 맞다면 가까이 갔다가 무슨 낭패를 당할지 몰라요."

그 물장수도 머뭇거리며 주위를 둘러보았다. 같이 노점을 벌이고 장사하는 행상꾼들이 긴장한 표정으로 이쪽을 쳐다보고 있었다. 그가 사련에게 다가가는 순간 선을 긋고 멀리 도망칠 듯한 기세였다. 결국 물장수는 과감하게 나서지 못하고 마음을 접었다.

사련은 물안개가 자욱한 아침부터 태양이 작열하는 대낮까지, 다시 해가 질 무렵부터 한밤중까지, 그대로 누워만 있었다.

그동안 수많은 사람이 그를 발견했으나 다가오는 사람은 드물었다. 하물며 배에 꽂힌 검을 뽑아 준 이는 단 한 사람도 없었다.

깊은 밤, 텅 빈 거리. 사련은 무슨 생각에 잠겼는지, 여전히 바닥에 누워 별이 총총한 밤하늘을 올려다보았다. 문득 위에서 또렷하고 시원한 웃음소리가 들려왔다.

"하하하하…… 지금 뭘 하는 것이냐?"

구덩이 속에 파묻혀 있던 사련은 몸을 움찔거렸다. 그러면서도 끝까지 일어나는 법은 없었다.

이 목소리의 주인을 자주 마주치기 시작하면서 사련의 격렬했던 반응도 사그라든 지 오래였다. 목소리의 주인은 공포과 분노가 뒤섞인 '환대'를 받지 못하자 제 발로 찾아와 사련의 머리 옆에 서서 몸을 숙였다. 그의 목소리에선 어째 유감스러운 듯한 기색이 묻어나는 것 같기도 했다. 그가 허리를 굽힌 채 물었다.

"뭘 기다리고 있지?"

거꾸러진 희비면이 사련의 온 시야를 가렸다. 한 사람과 한 가면이 바로 코앞에서 서로를 마주 보았다. 사련은 싸늘하게 받아쳤다.

"꺼져, 하늘이 안 보이잖아."

꺼지라는 말에도 백무상은 불쾌한 기색이 없었다. 그는 꼬마의 심술을 유하게 받아 주는 웃어른처럼 웃으며 몸을 일으켰다. 이어지는 목소리가 한결 다정했다.

“하늘이 뭐 그리 볼만하다고?”

“너보단 볼만해.”

“어찌 이리 화가 났을까? 이 검을 내가 찌른 것도 아니거늘. 이번에는 내가 널 여기 던져둔 것도 아니고, 전부 네가 자초한 일 아니더냐. 원하는 결과를 얻지 못한대도 그게 내 탓은 아니지.”

사련은 침묵으로 일관했다.

백무상이 말을 이었다.

“뭘 증명하겠다고 오늘 여기서 하루를 낭비한 것이냐? 아니면 자기 자신을 어떻게든 설득하고 싶었나?”

“신경 꺼.”

백무상은 연민을 담아 웃었다.

“어리석은 것. 누가 네 검을 뽑아 줄 것 같더냐?”

104장 비 내리는 심연 속, 건네받은 삿갓 하나

사련은 이를 악물고 대꾸했다.

“아무도 안 올 거 알아. 신경 꺼.”

백무상은 유유히 되물었다.

“그럼 왜 몸에 구멍까지 내고 이렇게 누워 있지? 누구에게 시위라도 하는 것이냐? 이제 널 안쓰럽게 봐 줄 사람은 없다.”

사련은 끝까지 받아쳤다.

“내 마음이야. 신경 꺼.”

“누군가 널 도우러 오면 어쩌려고? 아무도 없으면, 그땐 또 어쩔 거지?”

“…….”

사련은 우악스럽게 소리치기 시작했다.

“무슨 개소리가 이렇게 많아? 토할 것 같다고! 네 알 바 아니니까 신경 꺼!"

말투는 갈수록 저속하고 거칠어졌지만, 결국 무슨 욕을 하든 이런 몇 마디가 고작이었다. 백무상은 사련의 모습이 우스웠는지 웃음을 터트리곤 한숨을 섞어 말했다.

"어리석은 것."

빙글 돌아선 그가 말을 이었다.

"되었다. 고작 마지막 하루만 남았으니, 조금쯤은 미련하게 떼써도 괜찮겠지. 좌우간 네게 물 한잔 건네줄 사람도, 그 검을 뽑아 줄 사람도 없을 터이니. 명심해라—."

그는 다시 한번 강조했다.

"내일 해가 저물기 전까지 인면역을 퍼뜨리지 못하면, 저주는 네 머리 위로 떨어질 것이다."

사련은 가만히 듣기만 할 뿐, 손가락 하나 까딱하지 않았다.

사흘째. 사련은 여전히 자세도 바꾸지 않고 갈림길 어귀에 뚫린 구덩이에 누워 있었다.

오늘 사람들은 어제와 마찬가지로 멀찍이 그를 피해 제 갈 길을 재촉했다. 하늘에서 괴인이 떨어졌다는 사실이라면 벌써 관아에 알렸다. 하지만 그 괴인이 역병의 신일지도 모른다는 이야기가 돌았다. 게다가 범죄를 저지른 것도 아니고 시체처럼 누워만 있으니, 관리들은 며칠 더 지켜보자는 대답으로 얼버무렸다. 사실상 모른 체하겠다는 소리였다. 며칠 지나면 무슨 일이 일어날지 누가 알겠는가?

호기심에 달려온 몇몇 꼬마들은 구덩이 옆에 쪼그리고 앉아 안에 누운 사람을 구경했다. 나뭇가지를 주워다 슬쩍 찔러 보기도 했지만, 사련은 죽은 물고기처럼 별 반응이 없었다. 꼬마들은 한껏 신기해하며 그에게 다른 물건을 던져 보려다, 부모에게 들켜 흠씬 야단을 맞고 집으로 끌려갔다.

어제 그 물장수도 내내 이쪽을 흘겨보았다. 사련은 하루 꼬박 물 한 방울 마시지 못해 입술이 버석하게 말라붙었다. 물장수가 안타까운 마음에 물을 떠다 주려 했지만, 부인이 팔꿈치로 찔러 사발을 엎는 통에 하는 수 없이 포기했다.

하늘도 이 소동에 놀랐는지, 한낮이 지나자 하늘에서 부슬비가 내리기 시작했다.

거리 위 행상꾼들은 잽싸게 가판대를 접었다. 행인들도 목청을 높이며 서둘러 집으로 뛰어갔다. 한참이 지나자 빗줄기가 점점 굵어졌다. 빗물에 씻긴 사련의 얼굴이 창백하게 질렸다. 온몸도 축축하게 젖어 들었다.

이때 상복을 걸친 청년이 기척도 숨소리도 없이 사련의 앞에 나타났다.

거리에 남은 다른 이들은 이 괴상한 존재를 알아채지 못한 것 같았다. 백무상은 위압감을 풍기며 사련을 내려다보았다.

"곧 날이 저문다."

사련은 묵묵부답이었다.

"너는 역병의 신이 아니다. 하나 저들은 한사코 너를 역병의 신이라고 믿고 있지. 네가 천명까지 거스르고 영안에 비를 내려 주었지만, 지금 저들은 네게 물 한잔 주기도 아까워해. 지난번엔 부득이한 심정으로 너를 백 번 찔렀다지만, 지금은 검 한 자루 뽑는 손쉬운 일조차 어렵다며 내치고 있어."

그는 안쓰러운 듯 덧붙였다.

"아무도 널 돕지 않을 것이라고, 내 그리 일러 주지 않았더냐."

사련의 마음속에서 한 목소리가 처절하게 소리쳤다.

그만 인정해. 저 말이 맞아. 없어, 없어, 없다고! 아무도 없어, 한 사람도 없어!

백무상은 사련의 마음속 비명을 들은 것처럼 설핏 웃나 싶더니, 손을 뻗어 그 칼자루를 움켜쥐었다.

"하지만 괜찮다. 저들이 널 외면한다면 내가 널 도우마."

그는 가볍게 힘을 주고 사련의 배에서 검을 뽑았다. 그 새카만 검은 잘그락, 소리를 내며 사련의 곁에 떨어졌다.

뒤이어 빗속의 백의 청년은 제 임무를 마쳤다는 듯이 조용히 웃더니, 나머지는 사련 본인에게 맡기겠다는 듯 자취를 감추었다.

검이 뽑혀 나가며 적나라하게 드러난 상처가 빗물에 닥치는 대로 씻겨 나갔다. 무뎌질 대로 무뎌진 통증이 다시금 퍼져 왔다. 지금 선명하게 느껴지는 감각은 오로지 이것뿐이었다.

분주하게 물을 밟는 발소리가 울려 퍼졌다. 또 어떤 행인이 비를 피해 도망가는 모양이었다. 다만, 사련은 이제 더는 은근한 기대를 품지 않았다.

사련은 느릿하게 일어나 앉았다. 그런데 누가 알았으랴. 몸을 일으키기 무섭게 '으악!' 하는 비명이 들리더니, 한 사람이 옆으로 사납게 고꾸라졌다.

그 사람은 커다란 광주리를 등에 지고 비를 막을 삿갓을 쓰고 있었다. 빗줄기가 너무 굵어서 앞길 구덩이와 안쪽에 빠진 사람을 미처 모르고 있다가 사련이 불쑥 일어나 앉고서야 뒤늦게 알아챈 모양이었다. 게다가 정신없이 내달리다 급히 멈춰선 탓인지, 퍽 사납게 넘어져 한 바퀴 구르고는 사련이 앉아 있는 구덩이 옆에 철퍼덕 엎어졌다. 사내는 다짜고짜 욕을 퍼부어 댔다.

"젠장, 염병하네!"

삿갓은 날아가고, 등에 진 광주리도 엎어지면서 새하얀 쌀이 온 바닥에 쏟아졌다. 그 사내는 바닥에 주저앉아 괴로워하며 고함을 질렀다. 그러면서 손바닥으로 바닥을 철벅 내리치는 바람에 축축한 진흙과 쌀이 사련의 얼굴에 튀었다. 분노한 사내는 길길이 날뛰며 사련에게 마구 삿대질했다.

"뭐 하는 놈이야? 죽자 살자 개고생하면서 꾸역꾸역 번 돈으로 산 쌀을 몽땅 쏟았잖아! 평생 밟을 똥을 오늘 다 밟았네! 내 쌀 갚아! 죽은 척하지 말고 갚으라고!"

사련은 그를 거들떠보지도 않았다. 상대할 마음도 없었다. 그러거나 말거나, 그 사람은 사련의 멱살을 틀어쥐고 끈질기게 말했다.

"진짜 죽고 싶다 이거냐?"

사련은 냉담하게 대답했다.

"맞습니다."

그러자 사내가 윽박질렀다.

"그럼 염병하지 말고 구석으로 꺼져서 혼자 조용히 죽을 것이지, 길 한가운데서 남 앞길 막고 있으면 죽어서 편히 눈이나 감겠냐? 덜 돼먹은 놈 같으니!"

사련은 제 멱살을 거칠게 잡고 흔드는 사내를 무표정한 얼굴로 내버려 두었다.

그래, 욕해. 상관없어. 좋을 대로 욕해.

어쨌든 머지않아 전부 사라질 테니까.

곧 해가 질 테니까.

그 사람은 목석같은 사련을 붙들고 쌀을 갚으라며 요구했다. 신랄한 욕을 늘어놓고도 분이 풀리지 않았는지, 그는 한참이나 실랑이를 벌이고서야 바닥에 떨어진 삿갓을 주워 머리에 얹고 씩씩거리며 앞으로 걸어갔다. 사내가 멱살을 놓자 사련은 다시 쿵, 하고 구덩이에 쓰러졌다. 차츰, 빗소리보다 더 시끄러운 잡음이 귓가를 파고들었다.

검에 봉인된 수천수만의 원령이 내지르는 비명이었다.

해가 서서히 서쪽으로 기울었다. 원령들도 사련의 머릿속에서 실성한 듯 아우성치며, 눈앞으로 다가온 자유와 복수에 환호했다.

사련은 손을 들어 얼굴을 감쌌다.

떨려 오는 다른 한 손으로 옆에 내던져진 검을 움켜쥐려던 순간, 그는 이상한 점을 깨달았다.

비가 멈춘 것 같았다.

아니다.

비가 멈춘 게 아니라, 머리 위를 덮은 무언가가 비를 막아 주고 있었다.

사련은 황급히 눈을 뜨고 고개를 들었다. 앞쪽에 웅크리고 앉은 누군가가, 자신이 쓰고 있던 삿갓을 사련의 얼굴에 덮어 준 참이었다.

……놀랍게도 아까 그에게 욕을 퍼부었던 그 사내였다.

사련이 부릅뜬 눈으로 바라보자 상대방도 눈을 부라렸다.

"뭘 그렇게 쳐다봐? 왜, 욕 좀 먹었다고 시위하는 거냐?"

사내는 그리 말하며 한쪽으로 침을 퉤, 뱉고 말했다.

"재수 없게 뭐 그리 죽을상이야?"

"……."

아까까지만 해도 험상궂게 굴던 사내는 돌이켜 보니 조금 미안했는지, 구시렁대며 변명을 늘어놓았다.

"됐어, 됐어. 아까는 내가 좀 그랬지. 하지만 욕먹을 만했잖아. 그러게 누가 헛짓거리하래? 그리고 다들 살면서 욕 한 번쯤은 먹고 살잖아?"

사련은 두 눈을 커다랗게 뜬 채 아무 말도 하지 못했다.

그 사람은 답답한 기색으로 말을 이었다.

"알았어, 알았다니까. 내 운이 나빴던 거니까 쌀 값을 필요 없어. 왜 여태 거기 누워 있어? 다 큰 사내가 무슨 애도 아니고, 부모님이 일으켜 줄 때까지 그러고 있으려고? 자자, 일어나, 일어나."

재촉하며 사련을 끌어당긴 사내는 그의 등을 힘껏 두들겨 주고 말했다.

"일어나서 후딱 집으로 돌아가!"

사련은 이렇게 사람 모양 구덩이에서 끌려 나왔다. 얼떨떨한 나머지 하마터면 등을 두드리는 손길에 바닥으로 엎어질 뻔했다. 정신을 차렸을 무렵, 그 사람은 이미 가고 없었다.

짚으로 엮은 삿갓만이 그의 머리를 덮은 채, 방금 자신을 일으켜 준 손길이 환각이 아니라고 말해 주고 있었다.

얼마나 시간이 흘렀을까. 등 뒤편에서 백무상이 모습을 드러냈다.

이번에는 웃는 얼굴이 아니었다. 어조도 썩 태평하지 않았다. 오히려 조금은 못마땅하고 불안한 기색으로 그가 입을 열었다.

"지금 뭘 하는 거지?"

여전히 쏟아지는 빗줄기 속, 사련은 남이 준 삿갓을 쓰고 있었다. 온몸은 푹 젖었어도 얼굴만큼은 더 이상 젖지 않았다.

하지만 그의 뺨은 여전히 축축했다.

돌아오는 대답이 없자, 백무상은 목소리를 무겁게 가라앉혔다.

"곧 날이 저문다. 검을 꺼내 들어라. 그러지 않으면 무슨 일이 일어날지 잘 알 텐데."

사련은 고개 한번 돌아보지 않고 가만히 읊조렸다.

"염병하지 말고 꺼져."

백무상의 어조에 서늘한 기운이 묻어났다.

"뭐라고?"

사련은 비로소 그를 돌아보며 무덤덤하게 말했다.

"잘 못 들었나? 그럼 다시 한번 말해 주지."

다음 순간, 그는 난데없이 벼락처럼 발을 쳐들고 백무상을 뒤편 멀리까지 세차게 걷어찼다.

사련의 발이 다시 바닥을 내디뎠다. 그는 한 손으로 상처를 틀어막은 채 다른 손으로 백무상이 날아간 방향을 가리키며, 자신이 낼 수 있는 가장 큰 목소리로 사력을 다해 욕을 퍼부었다.

"염병하지 말고 꺼져! 내가 누군 줄 알고 무엄하게 입을 놀려? 난 태자 전하라고!"

뜨거운 눈물이 두 뺨을 타고 쏟아지고 있었다.

한 사람, 고작 한 사람뿐이지만,

정말로, 한 사람이면 충분했다.

발길질에 날아간 백무상은 공중에서 몸을 뒤집어 돌고선 반듯하게 착지했다. 그가 날카롭게 일갈했다.

"미친 것이냐!"

백무상이 격노했다.

백무상을 만나 온 이래로 이렇게 강렬하게 동요하는 모습은 처음이라 사련은 속이 다 후련했다. 그는 바닥에 떨어진 검을 단숨에 낚아채 덤벼들었다.

"안 미쳤어, 정신을 차렸을 뿐이지!"

다만 방금 그 발길질은 기습 공격이라 얻어걸렸을 뿐, 그다음부터는 생각처럼 녹록지 않았다. 백무상은 몸을 피하며 서늘한 목소리로 말했다.

"정녕…… 잊었느냐? 네 부모가 어떤 식으로 떠났는지, 네 백성이 어떤 식으로 대했는지, 네 신도가 어떤 식으로 등을 돌렸는지 잊었느냔 말이다! 고작 인간 하나 때문에, 그까짓 하찮은 행인 하나 때문에! 이 모든 것을 잊어?"

"잊지 않았어! 하지만—!"

사련은 검을 휘두르며 단전 한가득 분노를 담아 소리쳤다.

"네놈 따위가 알 바 아니야!"

백무상은 검날을 단단히 힘주어 움켜쥐었다. 피가 아래로 흐르고 뼈마디가 바드득, 울렸다.

그는 조금 흥분한 듯, 한편으로는 믿을 수 없다는 듯 중얼거렸다.

"……폐물, 폐물 같으니! 구제 불능이 따로 없군! 여기까지 와서 마음을 바꾸다니, 여기서 뒤를 돌아보다니!"

사련도 있는 힘껏 검날을 아래로 내리누르며 치를 떨었다.

“……넌, 정말 역겨운 놈이야. 그러니까, 난 절대로, 너 같은 역겨운 괴물이 되지 않겠어!”

“…….”

백무상은 조금 냉정을 되찾았는지, 모든 것을 손안에 쥔 듯한 평소의 여유로운 말투로 돌아왔다.

“되었다. 넌 그저 최후의 발악을 하는 것이지. 내가 한 말 기억하나?”

사련은 거친 숨을 몰아쉬었다. 백무상이 한 글자씩 힘주어 말을 이었다.

“전장의 망령들을 불러들인 이상, 더는 돌이키지 못해. 놈들은 막을 수 없어!”

억수같이 쏟아지는 장대비 속, 사련이 쥐고 있는 검이 날카롭게 울부짖었다. 그 아우성에 귀와 머리가 저릿해졌다. 백무상이 거듭 물었다.

“이제 어쩔 셈이지? 정녕 괜찮겠느냐? 고작 그런 인간을 위해 만고의 저주를 감내하겠다?”

아까 백무상을 걷어찬 순간부터 지금까지, 사련은 온몸의 피가 솟구치고 머리가 뜨거워진 상태였다. 검을 휘두르는 동작과 내뱉는 말 하나하나가 본심에서 우러나온 것이었지만, 앞으로의 계획은 미처 생각하지 못했다. 백무상의 물음에도 마땅히 대답할 말이 없었다.

“내가 뭘 어쩔지는 알 필요 없어. 그 전에 너부터 처리할 거니까!"

백무상은 차갑게 코웃음을 쳤다.

"주제를 모르는군!"

말이 끝나기 무섭게, 사련은 몸이 가벼워지는 느낌이 드나 싶더니 송두리째 하늘로 솟구쳤다.

그는 재빨리 정신을 가다듬고 중심을 잡으려 애썼다. 하지만 자세를 고치기도 전에 눈앞으로 흰 인영이 스치며 맹렬한 습격이 이어졌다. 사련은 마치 포환이라도 된 것처럼, 묵직한 손길에 얻어맞아 굉음과 함께 땅속 깊숙이 처박혔다.

사실 '온 힘을 다하면 이길지도 모른다'는 어렴풋한 희망을 품고 있었던 사련은, 이 일격에 맞은 순간 퍼뜩 정신을 차렸다.

승산이 없다.

너무 강하다. 이 존재는, 나보다 압도적으로 강하다.

사련은 지금껏 맞닥뜨린 어느 적 앞에서도 '압도적'이라는 단어를 떠올린 적이 없었다. 종종 군오와 부딪쳤을 때나 그런 생각이 문득 뇌리를 스치곤 했다. 다만 군오의 힘은 차분하고 절제되어 있어 백무상과는 사뭇 느낌이 달랐다. 이 괴물의 힘에는, 흉악한 서슬과 원념 가득한 살기가 묻어났다.

때문에 이 한 수만으로도 사련은 자신이 절대 백무상을 이길 수 없다는 것을 알았다. 아마 군오만이 이 괴물의 유일한 적수가 될 터였다.

하지만 지금 그의 목소리는 군오에게 닿지 않았다.

백무상의 흰 신발이 사련의 가슴팍에 정확히 꽂혔다. 싸늘한 목소리가 이어졌다.

"애초에 주제도 모르고 가당찮은 망상에 젖은 네 탓이다! 네가 이 모든 것의 원흉이야!"

묵직한 발길질에 오장육부가 한데 움츠러드는 듯한 격통이 찾아왔지만, 사련은 목을 타고 솟구치는 피를 꾹 삼키고 대꾸했다.

"아니, 내가 아니야!"

"뭐라?"

사련은 손을 내뻗어 백무상의 신발을 움켜쥐었다. 눈앞이 전에 없이 맑았다. 사련의 두 눈이 형형하게 빛났다.

"네가 인면역을 불러왔어. 네가, 이 모든 것의 원흉이야!"

"……."

백무상이 비웃음을 흘렸다.

"그럴지도 모르겠군. 꼭 그렇게 생각하겠다면야."

이윽고, 그가 싱긋 웃으며 덧붙였다.

"하지만 이것만큼은 알아 두거라. 네가 주제를 알고 무모하게 천명을 거스르지 않았다면 나는 이 세상에 나타나지 않았을 것이다. 나는 천명의 뜻대로 태어났거든."

사련의 두 눈 속에 타오르는 불길은 쏟아지는 장대비에도 젖지 않고 갈수록 눈부시게 타올랐다.

"잘난 척하지 마! 네 가르침 따위 없어도 알아서 깨우칠 수 있으니까. 만약 네가 천명의 뜻을 이어받았다면, 천명 따위 박살 내야 마땅한 존재야!"

하늘가로 묵직한 천둥이 울리고 광풍이 몰아쳤다. 백무상의 목소리가 다시 낮게 가라앉았다. 그는 가만히 입을 열었다.

"이토록 열성껏 너를 가르쳤건만 너는 끝까지 어리석구나. 태자, 내 인내심도 이젠 한계다."

사련의 쿨럭거리는 기침 소리가 이어졌다. 백무상이 말을 덧붙였다.

"그래도 달라질 건 없다. 네가 이미 망혼들을 깨웠으니, 이제 남은 단계는 하나뿐이다. 이 마지막 단계는 내가 도와주도록 하지."

사련은 신경을 바짝 곤두세웠다.

"뭘 어쩔 셈이지?"

백무상이 허리를 숙이고 사련의 손을 붙잡았다. 그러곤 검을 억지로 쥐여 주더니 하늘을 향해 쳐들었다.

하늘을 가른 새하얀 섬광이 검신을 꿰뚫고 다시 튕겨 나갔다. 빈틈없이 엉겨든 먹구름이 꾸물거리기 시작했다. 새카만 바다 같은 구름이 온 영안국 상공을 뒤덮었다. 수많은 사람의 얼굴과 손발이 그 안에서 몸부림쳤다. 흡사 하늘에 지옥을 고스란히 옮겨 놓은 것만 같은 모습이었다.

동시에, 해가 저물었다.

바닥에 누운 사련의 두 눈동자에 요동치는 먹구름과 천둥 번

개로 요란한 하늘이 엇비쳤다. 그를 쓰러뜨린 백무상은 새카만 검을 절그럭, 내던졌다.

구름 위편에서 천군만마가 내지르는 듯한 고함이 들려왔다. 천지가 멸망할 듯한 기세에 거리며 골목마다 수많은 사람들이 뛰쳐나왔다. 다들 우산을 쓴 채 망연한 얼굴로 왁자하게 떠들었다.

"뭐야?"

"왜들 소란이야?"

"맙소사! 하늘에 저게 뭐요? 사람 얼굴 아니오?"

"천하 대란, 천하 대란이 일어날 징조야!"

머리부터 발끝까지 진흙투성이가 된 사련은 바닥에서 비척비척 일어나 목청껏 외쳤다.

"돌아가요! 집으로 가세요! 나오지 말아요! 다들 돌아가요, 당장!"

인면역이, 다시 한번 창궐한다.

사련이 필사적으로 손을 휘두르는 동안 백무상은 옆에서 픽 웃음을 흘렸다. 사련은 고개를 홱 돌리고 부릅뜬 눈으로 그를 노려보았다. 백무상은 양손을 맞대 소매 안에 포개 넣으며 여유로운 투로 말했다.

"뭘 그리 화를 내느냐? 어차피 돌이킬 수 없다면 이참에 복수의 단맛을 음미해 보는 것도 나쁘지 않지. 마음껏 누리거라. 이건 네가 만든 걸작이니."

"……."

사련이 입을 열었다.

"너, 나한테 방법이 없는 줄 알아?"

"방법이 있다면, 어디 해 보지 그러느냐?"

사련은 크게 한 번 심호흡하고, 바닥에 나동그라진 검을 낚아채더니 길가에 모여든 사람들 앞으로 향했다.

사람들은 다가오는 이 사람이 거리에서 이틀을 자빠져 있던, 귀신도 신도 인간도 아닌 선락국의 전 태자라는 것을 알아보고는 조심스레 뒤로 물러섰다. 사련은 목소리를 높였다.

"다들 멈추세요!"

어째서였을까, 그는 진흙을 뒤집어쓴 몰골인데도 묘한 기개를 풍겼다. 사람들은 정말로 자리에 멈춰 섰다. 사련이 물었다.

"하늘에 저것들이 보입니까?"

사람들은 영문도 모르고 고개를 끄덕였다. 사련의 목소리가 이어졌다.

"저건 인면역을 불러오는 원령입니다. 머지않아 인면역이 다시 한번 창궐할 겁니다!"

새카만 구름바다가 어찌나 끔찍하던지, 사람들은 구태여 설득하지 않아도 이 말을 덥석 믿고 겁에 질렸다.

"이, 인면역?"

"또 창궐한다고?"

"설마, 아니겠지……."

누군가는 멍하니 넋을 놓았고, 누군가는 자리를 박차고 도망쳤다. 하지만 대부분은 불안에 떨며 제자리에 서서 이어질 사련의 말을 기다렸다. 그런데 사련은 말을 잇는 대신 손에 든 검을 내밀었다.

서슬 퍼런 흉기가 튀어나오자 놀란 사람들은 나란히 뒤로 성큼 물러섰다. 사련이 다시 일갈했다.

"받아요!"

"……."

사람들이 머뭇머뭇 물었다.

"……왜요?"

사련은 쏟아지는 빗속에서 검을 든 채, 나직한 목소리로 말했다.

"이 검으로 저를 찌르면 인면역에 걸리지 않을 겁니다."

"……."

순간 백무상의 미소가 굳어진 것 같았다.

이윽고 그가 침착함을 유지하며 물었다.

"태자, 지금 제정신이냐?"

사람들도 얼이 빠졌다.

"이…… 이게 뭔 소립니까?"

"미친 건가?"

"검으로 찌르라고? 진심인가? 뭘 어쩔 생각이지?"

사람들이 전전긍긍하자, 백무상은 크게 웃음을 터트리고는 말했다.

“판단력이 흐려진 거냐? 아니면 검에 백 번 찔리는 맛을 덜 보았나? 아니다, 이번에는 아마 만 번은 찔리겠구나. 두 눈 똑바로 뜨고 하늘을 잘 보거라!”

그는 별안간 웃음기를 거두고 하늘을 가리켰다.

“원령이 온 영안을 뒤덮었다! 네 말마따나 ‘창생 구원’을 하려면 영안국의 모든 백성이 널 한 번씩 찔러야 한다는 뜻이지. 넌 하루 만에 고깃덩어리가 될 터이고! 이런 어리석은 방법이 네가 처음에 천명을 거스르고 비를 내렸던 것과 뭐가 다르지? 이런 식으로 창생을 구원할 수 있을 것 같더냐?”

사련은 그를 등진 채 받아쳤다.

“하루로 모자라면 한 달이라도, 한 달도 모자라면 두 달, 석 달도 괜찮아! 만 명이 어려우면 천 명이라도, 천 명도 어려우면 백 명, 열 명, 고작 한 명이라도 구하겠어!”

백무상은 분노가 치밀었다.

“대체 왜지?”

사련은 두 손으로 검을 쳐든 채 목청껏 소리쳤다.

“왜겠어! 내가 하고 싶으니까! 아무리 설명해도…….”

가만히 고개를 돌린 사련이 경멸을 담아 말했다.

“—너 같은 폐물은 이해 못 해.”

“…….”

몹시 노골적이고 뼈아픈 멸시가 그의 목소리와 눈빛에 담겨 있었다. 백무상은 무심결에 어조가 조금 격앙됐다.

"지금 나더러 뭐라고 했지?"

사련은 그를 무시하고 담담하게 사람들을 돌아보며 말했다.

"검으로 찌르기만 하면 됩니다. 전 죽지 않아요. 지난 이틀간 여러분도 보셨잖아요. 하지만 각자 한 번씩만 기회를 드릴 겁니다. 그리고 마구잡이로 덤비지 말고 제가 시키는 대로 하세요. 멋대로 굴면 머리를 터트려 버릴 거니까. 믿으세요. 전 한 손으로도 당신들 머리통 백 개는 터트리고도 남거든요."

백무상은 현실을 받아들이지 못하는 모양이었다.

"제 조국과 가족을 무너뜨린 폐물이, 날 폐물이라고 불러?"

사람들은 사련이 건넨 검을 선뜻 받아 들지 못했지만, 그렇다고 섣불리 도망치지도 못했다. 백무상은 사련의 싸늘한 반응에 한층 화가 치밀어 목소리를 굳혔다.

"……좋다. 그렇다면 자기 고집만 내세운 네가 스스로를 어떻게 망가뜨리는지, 내 두 눈으로 똑똑히 지켜보지. 하지만 어떤 결과를 초래하든 네가 자초한 것이니, 마지막에 또 절망에 빠져서 울며 후회한다고 날 찾아오진 말아라."

실랑이가 이어지는 사이, 하늘을 뒤덮은 먹구름이 당장이라도 무너질 듯 무겁게 가라앉았다. 사람 얼굴이 내지르는 무수한 고함도 귓가에서 울리는 것 같았다. 마침내 두려움을 이기지 못한 한 사내가 아이를 이끌고 나와 검을 받아 들었다.

"우, 우리 아이가 먼저 시도를……."

망설이고 있던 다른 사람들이 이를 보고 경악했다.

"정말 하려고요?"

사실 아이의 아버지도 내심 망설여졌으나 이를 악물고 말했다.

"그…… 그게, 진짜 안 죽을지도 모르잖습니까! 미안하네, 형씨. 정말 미안하게 됐네! 우리 아이가……."

말끝을 흐린 사내는 품에 안은 아이의 눈을 손으로 가리고 손에 검을 쥐여 주었다. 백무상은 별다른 참견 없이 곁에서 냉담하게 웃으며 지켜볼 뿐이었다. 사련은 주먹을 꾹 쥐고 앞으로 찾아올 고통을 기다렸다. 그는 마음속으로 자기 자신에게 말했다. 괜찮아, 고통이라면 벌써 몇 번이고 겪어 봤잖아. 금방 익숙해질 거야.

그런데 누가 예상이나 했을까. 그 새카만 검 끝이 아랫배를 꿰뚫기 직전에 절그럭, 소리를 내며 아래로 내리꽂혔다.

"안 돼!"

기다리던 격통 대신 누군가의 외침이 울려 퍼졌다.

"……."

사련은 재빨리 고개를 돌렸다. 검을 내친 사람은, 지난번 그 물장수였다.

인파에 섞여 있던 물장수는 더 지켜볼 수 없었는지 앞으로 걸어 나왔다.

"아니, 이건 좀 아니지 않습니까? 이 사람 배 좀 봐요. 벌써 피범벅인데 정말 안 죽겠어요? 설사 죽지 않는대도 피는 흘리잖아요?"

아이의 아버지는 오만상을 찌푸렸다.

"그…… 그건……."

물장수의 부인이 사람들 틈바구니에서 그를 슬쩍 잡아당겼다. 물장수는 부인을 외면하며 나직하게 소리쳤다.

"그만 잡아당기고 할 말은 나중에 해요!"

그러고는 다시 사람들을 향해 말을 이었다.

"게다가 검에 찔리면 아플지도 모르잖소! 역시 마구잡이로 찌르는 건 그만둡시다."

아이의 아버지는 하늘을 가리키며 말을 흐렸다.

"하지만 이제 곧……."

이때 아버지의 품에 안긴 아이가 울음을 터트렸다. 물장수가 대뜸 손가락질하며 말했다.

"이봐, 이봐. 칼 들고 사람을 찌르라니까 애가 놀라서 울잖아요!"

아니나 다를까, 아이는 서럽게 울면서 들고 있던 검을 바닥에 떨어뜨렸다. 아버지의 의도는 잘 몰라도 무섭다고 생각한 모양이었다. 이쯤 되자 아이의 아버지도 마음을 접고 아들을 안은 채 사람들 틈으로 사라졌다. 은근히 기회를 엿보고 있던 몇몇 사람들은 첫 번째 도전자가 욕을 얻어먹자 나서기가 곤란해졌다. 그중 한 사람이 인파 사이에서 고함쳤다.

"저자가 한 말 못 들었소? 인면역이 곧 닥친다지 않소! 저자는 역병의 신이야. 역병을 코앞까지 몰고 왔다고!"

그러자 물장수가 대꾸했다.

“저 사람이 역병의 신이라면 이런 일을 자원할 리가 없잖아요?”

이어지는 대꾸에 몇몇 사람들의 심기가 불편해졌다.

“저게 자원인 걸 뻔히 알면서 왜 그리 불만이야? 지금 다 같이 죽자 이거야?”

“물이나 똑바로 팔 것이지, 평소에 손님들 등이나 처먹으면서 왜 지금 나서고 난리…….”

아까부터 물장수를 넌지시 잡아당기고 있던 부인은 이 한마디에 냉큼 폭발해서는 새빨개진 얼굴로 욕을 퍼부었다.

“어디서 개소리를 지껄여? 누가 남 등을 처먹었다고 그래? 면상 내밀고 다시 한번 말해 보시지!”

상대는 재빨리 사람들 사이로 움츠러들었다. 물장수도 얼굴을 붉히며 목에 핏대를 세웠다.

“그러니까! 자원하고 말고는 저 사람 사정이고, 찌르고 말고는 우리 사정이잖습니까? 아무리 그래도 사람을 찌르는 일이라고요! 내가 지난 이틀 동안 저 사람한테 물 한잔이라도 줬으면 한번 찔러 볼까 고민이라도 하겠는데, 그런데…… 안 줬잖아요? 누구 준 사람 있습니까? 난 면목이 없어서라도…… 이런 짓 못 해요!”

그가 이리 말하자 사람들은 침묵에 빠졌다. 제대로 정곡을 찔린 탓이다. 실제로 지난 이틀 동안 아무도 사련을 도와주지 않았으니까. 이 물장수는 끝끝내 건네지 못했을 뿐이지, 적어도 물을 떠다 줄 생각은 했었다. 하지만 다른 사람들은 애당초 사련을 거들떠보지도 않았다.

누군가 시끄럽게 윽박질렀다.

"그럼 이제 어떡하라고? 정 안되겠으면 댁들이 방법을 내놓든가!"

사람들은 다시 술렁이기 시작했다. 아득바득 사람들 틈을 비집고 앞으로 나오는 이도 있었다. 이때, 또 다른 목소리가 터져 나왔다.

"어디서 소란이야? 계속 떠들면 칼로 쑤셔 버릴 줄 알아!"

다시 보니 이 사람은 사련이 처음 하늘에서 떨어진 날에 검을 뽑아 주려 나섰던 그 퉁퉁한 주방장이었다. 그는 어째 화가 단단히 난 기색이었다.

"저 아우 말이 맞네! 저번에 날 막지만 않았어도 저 검을 뽑아 줄 뻔했다고! 그런 나도 가만히 있는데 날 막은 작자들이 어디서 목청을 높여? 참 나, 댁들이 그럴 자격이나 있어? 이렇게 뻔뻔한 작자들은 또 처음 보는구먼!"

덩치 크고 목소리가 우렁찬 주방장은 노발대발하며 식칼을 쳐들고 있었다. 아무래도 막 부엌에서 나온 모양새였다. 그가 나서자 방금까지 시끄럽게 빈정거리던 사람들이 재깍 입을 다물었다. 지난 이틀간 상황을 몰랐던 사람들은 자초지종을 듣고 화들짝 놀랐다.

"설마, 아니겠죠? 한 사람도 도와주지 않았다고요?"

“그러게요. 그냥 이틀을 누워 있게 놔뒀다고? 한번 일으켜 주지도 않고?”

한 소리 들은 사람들은 머쓱한 마음에 큰소리쳤다.

“그쪽이 자리에 있었으면 도와줬을 것처럼 말하는군! 지금 와서 떠들어 봤자 무슨 소용이라고. 잊었나 본데, 어차피 이따가 하늘에 저 괴물들이 내려오면 다들 꼼짝없이 붙잡힐 처지라고!”

“허, 이건 짚고 넘어가야겠습니다. 내가 자리에 있었다면 분명 검을 뽑아 줬을 거예요!”

“다 끝난 마당에 뒷북치기야 당연히 쉽지…….”

“잠깐! 다들 왜 입씨름하는 거요? 지금 검을 뽑고 말고의 문제가 아니잖소!”

갈등은 갈수록 깊어졌다. 두 편으로 갈라선 사람들 사이에 싸움이 붙기 일보 직전이었다. 비는 차츰 멎어 갔다. 하지만 머리 위까지 성큼 내려앉은 먹구름에 다들 숨쉬기가 버거워졌다. 별안간 긴 비명이 터져 나오나 싶더니, 몇몇 사람들이 하늘을 가리키며 외쳤다.

“온다!”

사련도 황급히 고개를 들었다. 뒤엉켜 꾸물대던 먹구름 속 얼굴들이 갑자기 요동치기 시작했다. 이윽고 그 얼굴들은 기다란 ‘꼬리’를 매달고 검은빛 유성처럼 빠르게 추락했다.

인면역이 온다.

사람들은 공황 상태에 빠졌다. 어떤 이는 자리를 박차고 도망쳤고 어떤 이는 집으로 숨어들었다. 또 어떤 이들은 사련의 검을 향해 달려갔다. 하지만 다들 허탕을 치고 말았다. 바닥에 나동그라진 그 새카만 검이 쥐도 새도 모르게 사라진 탓이었다.

사람들의 반응에 놀라 정신이 없던 사련은 이제야 검이 사라진 것을 알아챘다.

"검은요? 누가 가져갔습니까!"

다들 대답해 줄 겨를도 없이 사방으로 달아나기 시작했다. 하지만 사람들이 쏜살처럼 쏟아지는 원령 떼보다 빠를 수 있겠는가? 머지않아 사면팔방에서 사람들의 비명과 원령 떼의 아우성이 쏟아졌다.

사람들을 뒤쫓은 원령 떼는 새카만 연기처럼 집요하게 들러붙더니, 온갖 틈새를 파고들며 서서히 사람들의 몸을 집어삼켰다. 사련은 사력을 다해 원령 떼를 내쫓았으나 머릿수가 너무 많아 혼자 힘으로는 역부족이었다. 수많은 사람들이 그의 눈앞에서 원령에 뒤쫓기며 울부짖었다. 물장수의 부인과 덩치 좋은 주방장도 검은 연기에 휘감겨 바닥을 마구 뒹굴었다. 백무상은 멀지 않은 곳에서 비웃음을 흘리며 조용히 지켜볼 뿐이었다.

화가 치밀고 조급해진 사련은 내친김에 가장 많은 원령들이 엉겨 붙은 쪽으로 고함쳤다.

"이봐—!"

자신들을 불러낸 주모자의 외침에 원령들은 자연스레 사련 쪽으로 눈길을 돌렸다. 사련은 원령 떼를 향해 양팔을 활짝 벌렸다.

"이쪽이야!"

사람들을 휘감은 원령들은 가야 할지 망설이며 주춤거렸지만, 허공을 떠다니던 원령 떼는 다짜고짜 방향을 바꾸더니 사련 쪽으로 달려들었다.

성공이다!

심장이 빠르게 고동치다 못해 당장 멈춰 버릴 것 같았다. 앞으로 무슨 일이 벌어질지, 자신이 어떻게 변하게 될지는 모른다. 하지만 그는 머릿속에 불현듯 솟구친 혈기 하나만 믿고 앞으로 달려들었다. 저 비열한 괴물 앞에서 긍지를 지키기 위해서라면, 흠씬 얻어터지는 한이 있어도 절대 물러서고 싶지 않았다. 천백 곱절에 달하는 망령이 다시 몰려오더라도 무적 같은 기개로 나아갈 작정이었다.

내가 자책과 후회에 빠져 자포자기하는 모습을 보고 싶다고?

그렇게는 안 되지.

영영 그럴 일 없어!

천지를 뒤덮는 새카만 물결이 사련을 에워쌌다. 원령 한 마리가 울부짖으며 그의 몸을 통과했다. 순간 심장이 얼어붙는 듯한 감각에 사련의 몸이 흠칫 떨렸다. 뒤이어 두 번째, 세 번째…….

원령 떼가 사련의 몸뚱이를 날카로운 검기처럼 꿰뚫고 지나갈 때마다 체온을 조금씩 앗아 갔다. 사련은 낯빛을 창백하게 물들이면서도 끝까지 물러서지 않았다.

당장은 수백 마리라 버틸 수 있겠지만, 앞으로 더 많은 원령이 몰려올 터였다. 온 하늘을 뒤덮은 먹구름이 전부!

사련은 눈을 감았다. 혼자서 모든 원령의 분노를 감내할 준비라면 이미 끝마쳤다. 그런데 무슨 영문인지, 다음으로 달려들어야 할 원령이 감감무소식이었다. 그는 의아한 심정으로 눈을 떴다. 깨닫고 보니 그를 하염없이 에워싼 새카만 물결이 사라지고 없었다.

그 원령 떼는, 엉겨 붙은 검은 물결이 되어 다른 방향으로 빨려 들어가고 있었다.

사련은 경악하며 시선을 옮겼다. 긴 거리 끝, 검은 옷을 걸친 소년 무인이 서 있었다. 소년이 들고 있는 것은 그 새카만 장검이었다.

무명?

사련은 여기에 오기 전에 자신이 인면역을 퍼뜨릴 때까지 자리를 피해 있으라고 무명에게 미리 일러두었다. 그런데 왜 지금 여기에 나타났을까?

사련도 이게 무슨 상황인가 싶었다. 그 소년 무인이 무엇을 하러 왔는지 감도 잡히지 않았다. 그는 잠시 넋을 놓았다가 재빨리 달려가며 외쳤다.

"잠깐! 뭘 하려고? 함부로 만지면 안 돼! 검 이리 내!"

소년 무인은 그의 목소리를 들었는지 가만히 고개를 들었다. 사련의 눈에는 소년의 실제 얼굴 대신 붓으로 그려낸 웃는 얼굴만 보였다. 그런데도 어쩐지 묘한 느낌이 들었다.

그 소년 무인의 가면에 가려진 얼굴이, 정말로 희미하게 미소 짓고 있는 것 같았다.

물론 이 느낌은 빠르게 자취를 감추었다. 거대한 검은 기류와 아우성이 폭풍처럼 뒤섞여 소년 무인 쪽으로 몰려들더니 순식간에 그를 집어삼켰다.

그 순간, 사련의 귓가로 가슴이 미어지도록 처절한 비명이 들려왔다.

어디선가 들어 본 적 있는 소리였다. 분명 어디선가 들어 봤다.

아팠다. 마치 몸소 겪는 고통처럼 아팠다. 차라리 죽고 싶을 만큼, 심신이 갈기갈기 찢기는 것처럼, 고통을 이기지 못하고 꿇어앉을 정도로. 사련은 머리를 부여잡고 함께 비명을 질렀다.

"아아아아아악!"

마음속에서 폭발한 격통은 갑작스레 찾아왔다 갑작스레 사라졌다. 얼마나 시간이 흘렀을까. 사위가 고요해졌다. 사련은 머리를 끌어안은 두 손을 툭 늘어뜨렸다.

그는 멀거니 고개를 들고 주변을 훑어보았다. 사면팔방에 쓰러진 사람들이 보였다. 대부분 혼절한 모습이었다. 아까 그들을 휘감은 원령 떼는 남김없이 사라지고 없었다.

이 광경에 사련은 막연한 기분이 들었다. 인면역은 어떻게 됐지? 원령들은? 나는?

아까 그 새카만 원령의 물결도 안개처럼 흩어진 지 오래였다. 검은 옷을 걸친 무명귀가 서 있던 자리에는 검 한 자루만 남아 있었다. 검날 곁에는 희고 자그마한 들꽃도 놓여 있었다.

비척거리며 일어난 사련은 앞으로 다가가 검과 꽃을 챙겨 들었다.

그는 얼굴을 더듬고 팔을 살펴보았다. 제 몸은 별다른 이상이 없었다. 아무래도 대단한 저주를 받은 몸 같지는 않았다. 얼떨떨한 와중, 뒤에서 나지막한 목소리가 들려왔다.

"아."

사련은 뒤를 돌아보았다. 백무상이 양 소매를 겹쳐 든 채 뒤편에 서 있었다. 널따란 소매가 바람에 한들거렸다.

사련은 상황을 파악하지 못했지만 속으로 조금 불안한 예감이 들었다.

백무상이 그를 흘긋 보더니 조용히 웃음을 흘렸다. 불안한 예감이 한층 짙어졌다. 사련은 인상을 찌푸렸다.

"왜 웃지?"

백무상이 되물었다.

"무슨 일이 일어났는지 모르겠느냐?"

"뭐가?"

"그 혼백이 누군지 아느냐?"

"……."

사련은 겨우 대답했다.

"저, 전장에서 죽은 망혼이잖아?"

"그래. 하지만 이 세상에 마지막 남은 네 신도이기도 했지. 이젠 사라졌지만."

……신도?

아직 내 신도가 남아 있었다고?

사련은 한참 뒤에야 어렵사리 운을 뗄 수 있었다

"사라졌다는 게, 무슨, 뜻이지?"

백무상이 유유히 대답했다.

"혼이 부스러졌다."

사련은 어쩐지 믿기지가 않았다.

"왜 혼이 부스러져?"

"널 대신해 저주를 받았으니까. 네가 불러들인 망령들이 놈을 남김없이 집어삼켰다."

"……."

내가 불러들인 망령?

대신 저주를 받았다고?

백무상의 목소리가 이어졌다.

"아, 그렇지. 넌 놈과 초면이 아니야."

사련은 멍한 눈으로 그를 쳐다보았다. 백무상이 흥미롭다는 듯 말을 이었다.

"그 혼백은 내내 널 따라다녔던 모양이다. 원념이 깊어 보이기에 놈을 잡아다 정체를 물어봤지. 그런데 웬걸, 결과가 아주 흥미롭더구나. 중원절, 연등의 밤, 도깨비불. 기억하느냐?"

사련은 중얼거렸다.

"중원절? 연등의 밤? 도깨비불?"

백무상이 무심하게 설명해 주었다.

"이 혼백은 생전에 네 휘하의 병사였고, 죽고 나서는 널 따르는 망령이 되었다. 널 위해 전사했고, 네가 검에 찔리는 모습에 악귀로 변했고, 네가 인면역을 불러들이는 바람에 혼이 부스러졌지."

어렴풋이 기억이 떠오르는 것도 같았다. 하지만 사련은 이 신도의 얼굴을 보기는커녕 심지어 이름도 모르는데, 무슨 기억을 더 떠올릴 수 있겠는가?

– 어쩌면 여기에, 정말로 전하를 모시는 신도가 있을지도 모릅니다…….

그랬다, 있었다.

그것도, 그의 유일한 신도가.

백무상의 목소리가 이어졌지만 사련은 멍하니 한 귀로 흘리고 말았다. 백무상은 마지막으로 덧붙였다.

"너만 해도 충분히 비참하고 우스운 신이건만, 네 신도는 훨씬 비참하고 우습기 그지없군."

"……."

자신을 비웃을 때는 아무런 기분이 들지 않았다. 그런데 보란 듯이 자신의 신도를 비참하고 우습다고 평하자, 사련은 불시에 칼에 찔린 듯 정신을 차렸다. 억누를 수 없는 격노가 치솟았다.

그는 앞으로 달려들자마자 단숨에 붙잡혔다. 백무상의 차가운 목소리가 들려왔다.

"이런 식으로는 날 이기지 못한다. 내가 몇 번을 말해야 현실을 받아들일 셈이냐?"

애당초 사련도 그를 이길 생각이 없었다. 이길 수 없대도 좋았다. 그저 이 괴물을 두들겨 패고 싶을 뿐이었다. 사련은 목에 핏대를 세웠다.

"네가 뭘 안다고! 네가 뭔데 그 애를 비웃어!"

이 세상에 마지막 남은 내 신도를!

"실패자를 추종하는 신도인데 왜 비웃으면 안 되지? 네가 어리석다면 네 신도는 더더욱 어리석다. 잘 들어라! 만일 날 무너뜨리고 싶다면 반드시 내 가르침을 받아야 한다. 그러지 않으면 너는 영영 날 쓰러뜨리지 못해!"

사련은 있는 힘을 끌어모아 그에게 침을 뱉어 주고 싶었지만, 당장은 숨을 쉬는 것조차 버거웠다. 백무상은 다른 한 손을 뒤집어 펼쳤다. 그 손바닥 위에 생겨난 것은 희비면이었다.

"이제 다시 시작하자꾸나!"

그가 사련의 얼굴에 희비면을 내리덮은 순간, 둔탁한 울림이 느껴졌다.

하늘가에서 시작된 천둥 번개가 구름 너머에서 기이한 빛 무리를 쏘아 내렸다. 백무상은 신경을 곤두세우고 움직임을 멈추었다.

"저게 뭐지? 천겁?"

짧게 침묵한 그는 이내 자기 말을 일축했다.

"아니야!"

아니다.

천겁은 맞지만, 천겁뿐만이 아니다.

낮고 묵직한 남자의 목소리가 온 상공을 가르며 울려 퍼졌다.

"그 아이에게 승산이 없다면, 나는 어떨까?"

사련은 황급히 고개를 쳐들었다.

앞쪽 긴 거리 끄트머리에 흰 갑옷과 상서로운 기운을 두른 젊은 무신이 모습을 드러냈다. 그는 온몸에 옅은 영광을 휘감은 채, 가볍게 칼자루를 쥐고 걸음을 내디디며 암담한 세계에 눈부신 길을 내고 있었다.

사련은 저도 모르게 두 눈을 커다랗게 떴다.

군오!

비가 갰을 무렵, 사련은 검게 그슬린 땅 위에 주저앉은 채 가만히 숨을 몰아쉬었다.

검을 검집에 갈무리한 군오가 그에게 다가왔다.

"선락, 복귀를 환영한다."

지쳐 보이는 표정이었다. 얼굴에 묻은 핏자국은 백무상이 남긴 흔적이었다. 몸에도 자잘한 상처가 있었으나 중상은 아니었다. 오히려 심각한 쪽은 백무상이었다. 그는 부서진 희비면만 남긴 채 의식과 형체를 잃고 말았다.

'복귀'라는 말에 사련은 멈칫하며 목을 더듬었다. 깨닫고 보니 목을 감싼 주가가 감쪽같이 사라지고 없었다.

군오는 빙긋 웃으며 말했다.

"역시 내 안목은 틀리지 않았어. 내가 예상했던 시간보다 빨리 돌아왔구나."

사련은 차츰 정신을 차리고 나란히 웃어 보였다. 다만 이 웃음은 쓴웃음이었다.

숨을 가라앉힌 사련이 말했다.

"제군, 한 가지 청이 있습니다."

"들어주마."

"무슨 청인지 묻지 않으십니까?"

"좌우간 선경에 돌아가면 축전을 치러야 하니, 네 복귀 선물인 셈 치자꾸나."

사련은 입을 꾸물거리다 자리에서 일어났다. 그는 군오를 바로 보며 진중하게 입을 열었다.

"하오면, 저를 다시 한번 인간계로 폄적해 주십시오."

이 말이 나오자 군오는 웃음기를 거두었다.

"어째서지?"

사련은 솔직하게 대답했다.

"제가 잘못을 저질렀습니다. 두 번째 인면역은 제가 일으킨 겁니다. 물론 결과는 그리 심각하지 않아 보이지만요."

결국 이름 없는 혼백 하나만 사라졌을 뿐이니까. 이 세상 어느 누가 이 이름 없는 혼백에 마음을 쓰겠는가. 그러니 심각한 뒤탈은 없어 보일 수밖에.

군오가 느릿하게 입을 열었다.

"네 잘못을 알았다면 그걸로 되었다."

하지만 사련은 고개를 내저었다.

"아는 것만으로는 부족합니다. 잘못을 범했으면 응당 벌을 받아야 합니다. 하지만 제가 범한 잘못인데 다른 이가 대신 벌을 받았으니……."

그는 고개를 들고 말을 덧붙였다.

"그러니 제군께선 벌로 제게 주가를 하나 내려 주십시오. 아니, 두 개로요. 하나로는 제 법력을 봉하고 다른 하나로는 제 모든 운수를 거두십시오."

군오는 가볍게 미간을 좁혔다.

"운수를 거둔다? 그러다 불운이 겹쳐 정녕 역병의 신으로 불리면 어쩌려고?"

예전만 해도 사련은 역병의 신이라 불리는 것에 엄청난 모욕감을 느끼며 치를 떨었다. 하지만 이제는 아무래도 좋았다.

"역병의 신이라 불려도 괜찮습니다. 저만 사실을 알고 있으면 그만이죠."

게다가 흩어진 자신의 운수는 자연히 다른 불행한 사람들에게 흘러들 것이다. 어쩌면 이것도 보상인 셈이다.

군오가 나직하게 일러 주었다.

"체면이 깎일 터인데."

"깎여도 상관없습니다. 솔직히 말씀드리면, 벌써…… 익숙해진 것 같아요."

물론 이런 일에 익숙해지고 싶지는 않지만, 막상 익숙해지고 나니 아무런 타격도 없었다.

군오는 그를 바라보며 말했다.

"선락, 이것만큼은 알아야 한다. 법력이 없다면 너는 더 이상 신이 아니야."

사련은 한숨을 지으며 대답했다.

"제군, 그건 제가 누구보다 잘 압니다."

잠시 뜸을 들인 그는 다소 착잡하고 울적한 기색으로 말을 이었다.

"법력도 사람들이 절 신으로 받들어야 생겨납니다. 하지만 사실 전…… 이제 그들이 생각하는 신이 아닙니다. 그들의 염원처럼 무적 같은 존재도 아니고요. 이렇게까지 실패한 신이 있을까요? 자신의 백성을 지키려다 되레 죽음으로 몰아넣고,

대신 복수해 주려다 마지막 관문 앞에서 무너지고. '실패'했다는 사실만큼은 백무상의 말이 맞습니다."

그가 마지막으로 덧붙였다.

"신이 아니면 아닌 거지요, 뭐."

사련을 가만히 응시하던 군오가 한참 뒤에 운을 뗐다.

"선락도 많이 성장했구나."

사실 사련의 손윗사람이 할 법한 대사였다. 애석하게도 그의 부모님은 이 말을 해 줄 기회가 없었지만.

이윽고 군오가 말을 이었다.

"기왕 네가 택한 길이니, 좋다, 그리해라. 하나 널 인간계로 폄적하려면 그만한 이유가 필요해."

아무리 그래도 아이들 소꿉장난처럼 가볍게 신관을 폄적할 수는 없는 노릇이었다. 그러면 상천정 체면이 뭐가 되겠는가?

사련에게도 나름대로 생각이 있었다.

"제군. 우리 두 사람, 한 번도 전력으로 겨루어 본 적이 없지 않습니까?"

군오는 곧바로 그의 말뜻을 알아차리고 웃으며 말했다.

"선락, 난 지금 다친 몸이다만."

"저도 다쳤으니 마침 공평하네요."

군오는 고개를 끄덕였다.

"그렇다면, 봐주지 않겠다."

사련도 싱긋 웃었다. 눈동자가 의욕으로 번득였다.

"저도 마찬가집니다."

태자 전하가, 또 폄적됐다.

요란한 두 번째 천겁을 겪은 선락 태자 사련은 온 사방을 살벌하게 때려 부수며 상천정으로 복귀했다. 그러곤 등선한 지 일 주향도 못 되어 신무대제 군오에게 패해 인간계로 떨어졌다. 신관들은 통 이해가 가지 않았다. 이 사람은 대체 뭘 어쩌고 싶은 거야?

하지만 사련도 다른 신관들의 속내를 통 이해할 수가 없었다.

그 정도로 궁금한가? 날이면 날마다 사람으로 둔갑하고 동물로 둔갑하고, 벌써 며칠째 찾아와서 훔쳐보는 거냐고! 다 큰 사내가 공사판에서 일하는 모습이 뭐 그리 볼만하다고?

궁금함에 속이 터지려는 와중에 뒤편에서 공구장의 외침이 들려왔다.

"거기, 신입! 너 말이야, 너! 농땡이 치지 말고 똑바로 일해!"

사련은 잽싸게 몸을 일으키고 우렁차게 대답했다.

"네!"

냉큼 대답한 그는 낡아 빠진 부들부채를 정신없이 부쳤다. 앞쪽에 벽돌을 쌓아 만든 화덕 위로 커다란 솥이 부글부글 끓고 있었다.

여기는 자재를 나르는 공사판이다. 다만 벽돌이라면 벌써 다 옮겼다. 근처에 새로운 신전 두 채를 낙성한 지금, 사련에게 주어진 임무는 식사 준비였다. 한참을 공들여 음식을 끓이고 있는데 거대한 신상 두 개가 마차에 끌려 왔다. 사련은 솥 안에 무심하게 재료를 투척하며 바쁜 와중에 슬쩍 시선을 옮겼다.

두 신상은 각각 두 신전으로 모셔졌다. 왼쪽 신전에서 환호성이 울려 퍼졌다.

"현진 장군 만세! 현진 장군은 너그러우시다!"

사련은 말문이 막혔다.

모정을 '너그럽다'는 말로 떠받들다니. 이 신도들, 진심인가?

하지만 생각해 보면 이유야 충분했다. 모두가 알다시피 모정은 선락국 옛 황성에 남은 우둔한 원령 떼를 말끔히 처리한 공으로 선경에 올랐으니, 어쩌면 '너그럽다'는 말도 틀린 평은 아니었다. 아무튼, 모든 옛 황성 사람들은 그에게 한없이 감사해했다.

오른쪽 신전 사람들도 질세라 소리쳤다.

"구양 장군 만세! 구양 장군은 용감무쌍하시다!"

사련은 고개를 끄덕였다. 이 사실만큼은 그도 이견이 없었다. 물론 여인 앞에서는 보장할 수 없지만.

양쪽 신도들은 어떻게든 서로의 기세를 꺾어 보려고 악다구니를 썼다. 고함 소리를 듣고 있는 사련의 귀가 욱신거릴 정도였다. 그는 한숨을 내쉬고 미간을 문지르며 속으로 생각했다.

꼭 이래야 하나?

이렇게 서로 못 잡아먹어 안달일 거면, 애초에 맞은편에 사당을 짓지 말지?

대답은, '말도 안 되는 소리!'였다. 그도 그럴 것이 여기는 이 도시에서 가장 번화하고 풍수가 좋은 지반이었다. 두 신관의 신도들은 상대방을 피하겠다는 이유로 이 비옥한 땅을 포기할 수 없었다. 당연히 향불을 차지하려면 아득바득 상대의 속을 긁어야 했다.

머지않아 사련의 뒤에서 양쪽 신도들의 욕설이 싸움으로 번지기 시작했다. 솥이 얼추 끓었다고 생각한 사련은 주걱으로 솥을 두드리며 목청 높여 외쳤다.

"여러분, 싸움은 그만! 와서 식사들 하세요!"

싸움이 한창이라 아무도 그를 거들떠보지 않았다. 사련은 고개를 설레설레 내저으며 솥뚜껑을 열었다. 음식 냄새가 바람을 타고 멀리 풍겼다. 그러자 사람들은 싸움을 멈추고 너도나도 아우성쳤다.

"……세상에…… 이게 무슨 냄새야?"

"누가 똥을 끓이고 있나?"

"그냥 누룽지 냄새 나는 똥 아니야?"

사련은 냉큼 해명했다.

"그게 무슨 소립니까! 이건 황실의 비법 요리……."

코를 틀어막고 다가온 공구장이 안색을 새파랗게 물들이며 펄쩍 뛰어올랐다.

"비법 요리는 개뿔, 황실 사람이 어디 있는데! 너냐? 꺼져, 꺼져, 썩 꺼져! 역겨워 죽겠네!"

사련은 결국 꼬리를 내렸다.

"좋아요, 꺼질게요. 그럼 죄송하지만 제 품삯부터……."

공구장이 길길이 날뛰었다.

"어디서 품삯 얘기를 꺼내! 네가 직접 말해 봐라! 너! 네가 온 뒤로! 내가 얼마나 손해를 봤는데! 어? 비 오고 벼락 치면 꼭 네 위로만 떨어지더라! 건물이 세 번이나 불타고! 세 번이나 무너지고! 넌 아주 역병의 신 그 자체야! 그런데 내 앞에서 품삯을 논해? 썩 꺼져! 다시 얼굴 비치는 족족 얻어맞을 줄 알아!"

"무슨 말씀을 그렇게 하세요. 말씀대로 저한테만 문제가 있었지 남들은 매번 무사했잖아요. 이건 돈 떼어먹으려는……."

말을 끝마치지도 않았건만, 공구장과 다른 일꾼들은 솥에서 흘러나오는 냄새를 견디지 못하고 쏜살같이 도망쳐 버렸다. 사련이 외쳤다.

"저기요!"

다시 뒤를 돌아보니, 뒤편에서 싸우고 있던 두 무리도 도망친 지 오래였다. 사련은 할 말을 잃고 혼잣말을 중얼거렸다.

"먹지도 않을 거면서 이 많은 음식을 준비하라고 하다니. 돈이 넉넉하다고 함부로 낭비하면 쓰나?"

고개를 가로저으며 고민하던 그는 끓여 놓은 음식을 두 사발

듬뿍 떠서 한 사발은 구양전에, 다른 한 사발은 현진전에 바쳤다. 그러곤 근검절약을 실천했다는 만족스러운 기분으로 손뼉을 마주쳤다.

그는 바깥에서 고물을 줍고, 바닥에 깔린 멍석을 검과 함께 말아 진지하게 등에 멨다. 손목을 감싼 흰 비단이 조용히 꿈틀거렸다. 그는 비단을 쓰다듬고 삿갓을 고쳐 쓴 다음 말했다.

"됐어, 돈이야 안 받으면 그만이지. 가서 기예나 팔자."

누가 뭐래도 비장의 무기, 가슴으로 바위 부수기가 남아 있으니까!

얼마간 걸었을까, 길가에 피어난 작고 붉은 들꽃이 문득 눈에 들어왔다. 자못 앙증맞은 꽃이었다. 자리에 웅크리고 앉아 꽃잎을 톡 건드린 그는 유쾌한 기분으로 꽃에게 말을 걸었다.

"내일도 다시 만날 수 있었으면 좋겠다."

그가 멀어졌을 무렵에도, 붉은 들꽃은 제자리에서 바람에 한들대고 있었다.

天官賜福

천관사복 8

1판 1쇄 발행 2022년 7월 15일
1판 3쇄 발행 2024년 4월 12일
지은이 묵향동후 **옮긴이** 고고
펴낸이 최원영
본부장 장혜경 **편집장** 김승신 **책임편집** 원서은
본문조판 양우연 **국제업무** 박진해 전은지 남궁명일 **마케팅** 김민원 조은걸
펴낸곳 (주)디앤씨미디어 **출판등록** 2002년 4월 25일 제20-260호
주소 서울시 구로구 디지털로 32길 30, 코오롱디지털타워빌란트 1301-1308호
전화번호 02.333.2513
B-Lab 공식 트위터 twitter.com/B_lab_BL

ISBN 979-11-278-6461-3 04820
ISBN 979-11-278-6453-8 (세트)

정가 15,000원